古诗文中的
科学

刘兴诗 刘嘉雄 编著

SCIENCE

京华出版社

图书在版编目（CIP）数据

古诗文中的科学／刘兴诗等编著.–北京：京华出版社，2009.5

（中学生课外读本）

ISBN 978-7-80724-703-6

Ⅰ.古… Ⅱ.刘… Ⅲ.科学知识–青少年读物 Ⅳ.Z228.2

中国版本图书馆 CIP 数据核字（2009）第 064549 号

古诗文中的科学

著　者	刘兴诗　刘嘉雄　编著
出版发行	京华出版社
	（北京市朝阳区安华西里一区 13 楼 2 层　100011）
	（010）64243832　84241642(发行部) 64258473(传真)
	（010）64255036 （邮购、零售）
	（010）64251790　64258472　64255606 （编辑部）
	E-mail：jinghuafaxing@ sina. com
印　刷	北京科普瑞印刷有限公司
开　本	710mm×1010mm　1/16
字　数	380 千字
印　张	19 印张
版　次	2009 年 6 月第 1 版
印　次	2009 年 6 月第 1 次印刷
书　号	ISBN 978-7-80724-703-6
定　价	28.00 元

京华版图书，若有质量问题，请与本社联系

古 诗 文 中 的 科 学　　　目　录

古诗部分

目 录 古诗文中的科学

古诗文中的科学　目　录

目 录 古诗文中的科学

古诗文中的科学　目　录

目　录　古诗文中的科学

目 录

古 诗 文 中 的 科 学

古文部分

目　录　古诗文中的科学

古诗部分

赤壁惊涛何处寻

《念奴娇·赤壁怀古》

（宋） 苏轼

大江东去，浪淘尽，千古风流人物。

故垒西边，人道是，三国周郎赤壁。

乱石穿空，惊涛拍岸，卷起千堆雪。

江山如画，一时多少豪杰。

遥想公瑾当年，小乔初嫁了，雄姿英发。

羽扇纶巾，谈笑间，樯橹灰飞烟灭。

故国神游，多情应笑我，早生华发。

人间如梦，一樽还酹江月。

诗中的"乱石穿空，惊涛拍岸，卷起千堆雪"，在有的版本里写为"乱石崩云，惊涛裂岸，卷起千堆雪"。

这是苏东坡对湖北黄州赤壁矶下江边景色的描绘。人们读了这首词，都想到现场去看一下，体会当年苏东坡的心情。想不到走到这儿一看，赤壁矶离长江还很远，别说没有诗中怒涛拍打江岸的风光，岩下只有一个小池塘，连江水也没有。

这是怎么一回事，苏东坡搞错了吗？

不，苏东坡说话做事都认真，他讲的景色确实存在。

笔者曾经顺着赤壁矶下的岩壁仔细检查，发现苏东坡曾经休息的睡仙亭，旁边的岩壁上有许多船篙撑凿的痕迹。这就是古代船只紧贴着岩壁航行，遗留下来的铁证呀。既然岩下曾经行船，当然就会有浪涛拍打崖壁的风光啰。

一个谜解开了，紧接着又冒出来另一个谜。

从前这里紧紧挨靠着江边，为什么现在离江面这样远？请问，这又应该怎么解释呢？

再仔细考察赤壁矶下的地貌，眼前的一片平地，是一个巨大的江心洲。沙洲上有一串废弃的河汊形成的小湖和小池塘，紧靠着山根还有一条干枯的古河床。情况弄清楚了，原来江心洲逐渐向下游移动，最后连接着赤壁矶下的江岸，使苏东坡曾经登临的地方远离大江，形成了今天的景色。

这种解释在苏东坡自己的诗词里就提供了佐证。

他在赤壁写的一首词中写道："霜降水痕收，浅碧鳞鳞露远洲。"请注意"霜降"、"露"和"远洲"几个字，表明在当时的晚秋"霜降"季节，江水退落，水面就曾经"露"出过"远远"的沙"洲"。

他写《念奴娇·大江东去》的时间，应该和在这里写《前赤壁赋》是相同的季节。后者开始就说"壬戌之秋，七月既望"，点明了时间，是在农历七月的洪水季节。当然江水滔滔，可以"纵一苇之所如，凌万顷之茫然"，也就可以生成"乱石穿空，惊涛拍岸，卷起千堆雪"的景象了。

最后，还有一个需要解开的谜。苏东坡曾经望见过的那个远远的沙洲，怎么会移动到这里，挡住了赤壁矶的岩壁？

这个问题很容易回答。位于江心的沙洲，头部常常受到江水冲刷，水流把泥沙带到尾部堆积，就渐渐向下游移动了。当它移动到赤壁矶附近，和江岸连接在一起，就固定下来，成为江岸的一部分。沙洲挡住赤壁矶，使赤壁矶不再受江水冲击，也就不能再看见苏东坡当年见过的景象了。

黄州赤壁

折戟沉沙铁未销

《赤壁》

（唐）杜牧

折戟沉沙铁未销，
自将磨洗认前朝。
东风不与周郎便，
铜雀春深锁二乔。

这是诗人在黄州赤壁矶写的一首诗。这里是三国时期有名的赤壁之战的古战场，他在这里拾到几件生锈的兵器，不禁感慨万端。

读了这首诗，人们不禁产生了两个疑问。

第一个问题，为什么要认出古代器物，需要先"磨洗"一下？

因为古时候的金属兵器，像刀呀、戟呀什么的，埋在沙土里很容易生锈。不把表面的锈迹"磨洗"干净，就不能看清楚它原来的样子。

生锈是一种氧化过程。金属物质时间长了都会生锈，特别是埋藏在江边潮湿的沙土里，就更加容易氧化生锈了。

第二个问题，磨洗干净了，怎么"认前朝"？如果没有具体的特征，怎么能够判定这就是三国时期赤壁之战的遗物？

要鉴定古代文物，判明它的时期，有两个方法。

一个是传统的文物鉴定法。由于不同时代的器物的制造方法、结构样式等许多方面都不同，所以有经验的考古学家就能够根据器物的样式和其他特征，十分准确地鉴定出它的时代。

另一个是放射性年龄测定法，即利用各种放射性同位素的衰变周期，测算出器物的实际年龄。不过需要说明的是，不同的物质和实验方法，测定的精度不一样。有的方法比较精确，有的方法的精度差一些，所以选择什么物质和测定方法，和测定精度是有关系的。

另外，还有一个需要弄清楚的问题。诗人这首诗的题目是《赤壁》，请问，赤壁之战是不是真正发生在这里？

苏东坡在《念奴娇》里有这样一段话："故垒西边，人道是，三国周郎赤壁。"请注意"人道是"几个字，证明这不是他自己的揣摩，而是有人这么说的。这个话连学问渊博的苏东坡都相信，肯定来历不凡，准是更有学问的古人的结论，或者是大众的公论，难道还会有假？

杜牧这首诗也是在同一个地点写的。他不仅是听来的，还在这里发现了"前朝"的"折戟"。有了这样的实物证据，不仅补充了苏东坡的说法，也显得更加有根据。赤壁之战的古战场，似乎就真的在这个地方了。

噢，不，苏东坡和杜牧都弄错了，赤壁之战发生在湖北南部蒲圻境内的长江南岸。这里不仅崖壁是红彤彤的，和黄州赤壁矶一模一样，而且还发现了许多有关的出土文物，这才是赤壁之战的真实地点。杜牧和苏东坡被黄州赤壁矶的红色岩石迷惑了。其实，在湖北省沿江许多地方，出露的岩石都是白垩纪到早第三纪的红色岩层，崖壁都是红彤彤的，到处都是"赤壁"。

为什么当时的岩层是红色？这是气候干燥的原因。

真正的赤壁之战，发生在蒲圻地区。后人为了区分真假，就把蒲圻赤壁叫做"武赤壁"，表示这里发生过一场大战；把黄州赤壁叫做"文赤壁"，表示这只是苏东坡和杜牧几个文人猜想的罢了。

赤壁

巴山夜雨涨秋池

《夜雨寄北》

（唐）李商隐

君问归期未有期，
巴山夜雨涨秋池。
何当共剪西窗烛，
却话巴山夜雨时。

"巴山夜雨"这是多么熟悉的一个词语啊。

李商隐在这首诗中所写的巴山在什么地方？如果问一般人，也许会不假思索地回答说："巴山，就是大巴山呀。"

错了！这是不了解古代四川地理的一个误解。

明代曹学佺在《蜀中名胜记》中写得明明白白，重庆北碚的缙云山，古时候就叫巴山。这里从南北朝以来，就是一处名胜。这座山位于嘉陵江的温塘峡右岸。山上有古寺，山下有著名的北温泉，常有许多文人雅士来往。李商隐来到山上游玩，在这儿住几个晚上，岂不非常合理吗？

再看大巴山吧。这是一个巨大的山脉，是嘉陵江和汉水的分水岭。东西延伸500多千米，号称"千里巴山"。不仅范围广阔，山中许多地方也非常偏僻，李商隐没有居留在那里的任何理由。

这样说还不够。位于川东的缙云山有明显的夜雨现象，比川北大巴山显著得多，就更加可以确定这首诗中的"巴山"是缙云山，而不是大巴山了。

巴山为什么在秋季常常发生夜雨？这和当地的地形、气候特点分不开。

四川盆地由于四周山地环绕，副热带气团撤退比较慢，甚至处于准静止状态，所以造成云雾多，秋雨连绵。在具体的地形条件下，常常表现为夜雨。

为什么这里会产生夜雨呢？因为这里云层密布，白天在云层保护下，使云层底部和地面的辐射减弱,不会对流成雨。到了晚上,云层上部迅速变冷,下部和地面还比较暖和,所以就发生对流,形成了夜雨。

　　这种情况在山区更加明显。因为夜间冷空气顺着山坡下沉,抬高了暖空气,加速了对流作用,所以夜雨就更多了。

　　缙云山所在的地理位置和山地地形特点,特别有利于夜雨形成。李商隐滞留在这里,体会到"巴山夜雨涨秋池",就一点也不奇怪了。

缙云寺

清明时节雨纷纷

《清明》

（唐）杜牧

清明时节雨纷纷，
路上行人欲断魂。
借问酒家何处有？
牧童遥指杏花村。

看啊，诗人描绘了一幅多么迷人的江南风景画：若有若无的雨水，沾湿了春风，浸润了春天，整天无声无息飘飞着，本身就是一首情意脉脉的朦朦诗呀。这时候行人走在路上，怎么会不销魂？

瞧着这幅雨中的江南风景，人们不禁会问，为什么清明时节老是雨纷纷？

说起来这是一个气候问题，和这儿的气候特点有关系，是有名的江南的梅雨呀！

古代诗人描写梅雨的诗很多。另外一位宋代的诗人赵师秀描写说："黄梅时节家家雨，青草池塘处处蛙"，说的也是这时候的梅雨。

淅沥沥、淅沥沥……

清明时节到了，梅子熟了，杏花开了，江南的梅雨开始下了。

江南的梅雨，细蒙蒙的，似有、似无、似烟、似雾。说它是雨，还不如说它是雾，笼罩着小桥流水，遮掩住亭台楼阁，好一幅朦朦胧胧的江南春雨水墨风景画。

江南的梅雨，长长绵绵的。淅沥沥、淅沥沥，下了一天又一天，好像总是下不完，所以诗人才说"黄梅时节家家雨"，又说"清明时节雨纷纷"。

为什么江南的清明时节总是这个样子？雨水总是这样细，这样绵绵的，淅淅沥沥总也下不完？为什么梅子熟了有梅雨？

这是因为每年5月到7月，从太平洋上吹来的东南风，把含有大量水汽的暖气团带到了这儿，恰巧碰着冬天西北风吹来的冷气团因贪恋着江南风光，到现在还赖着不肯走，它们谁也不愿意后退一步。密度大的冷气团把密度小的暖气团抬起来，凝结形成了细蒙蒙的雨水，淅淅沥沥不停地飘落下来，直到不知趣的冷气团慢慢消失才结束。

瞧呀，这就是"黄梅时节家家雨"和"清明时节雨纷纷"的秘密。

江南风景

春眠不觉晓

《春晓》

（唐）孟浩然

春眠不觉晓，
处处闻啼鸟。
夜来风雨声，
花落知多少？

春天，多么美妙的季节。大地春回，鸟语花香，到处弥漫着春天的气息，正是一年最好的时候，该走出去享受美好的春光。

唉，说来也非常奇怪。人到这个季节却总是有些说不出的困顿，早上贪恋着被窝不想起床。唐代诗人孟浩然说："春眠不觉晓"，五代诗人温庭筠也说："懒起画蛾眉，弄妆梳洗迟。"当然啰，后者有思念不在身边的心上人的原因，可是春天早上的困顿，总也是一个原因呀。

为什么到了春天，人们总是感觉到很困，早上迷迷糊糊地睁不开眼睛，还想赖在被窝里多睡一会儿？

抛开个别情况和特殊的心理因素不说，是不是人们都犯了容易传染的"春天流行病"，全都变成了恋床的懒汉呢？

哈哈！哪有这回事！这不是"春天流行病"，是季节变化产生的生理反应。

原来，在漫长的冬天，人体为了防止散热，在中枢神经系统的调节下，会使皮肤里的毛细血管收缩，省下许多血液供给内脏，大脑里的血液也会增加。所以在严寒的冬天，人们不容易打瞌睡。到了春天，天气暖和了，皮肤里的毛细血管开始扩张，更多的血液流进毛细血管，流进大脑的血液就少了。血液供给不够，当然就容易打瞌睡。

这个现象还和人体生物钟有关系。寒冷的冬天，人体内的交感神经紧张。

温暖的夏天，副交感神经紧张。春天恰巧在转换的阶段，往往就会形成瞌睡多的现象。

再说，春天和冬天相比，白昼一天天长了，夜晚短了，实际并没有睡多，这时候早上多睡一会儿，也非常正常呀！这种现象叫做"春困"。

有人说，既然春天容易困顿，也许是生理的需要吧？想睡，就多睡一会儿，有什么太大的关系？

这话不对。延长睡眠时间，不仅不能消除春困，反倒会适得其反。由于睡得太多了，脑袋更加昏沉沉，弄得一天的精神都不太好。这是怎么一回事？原来是过多的睡眠，降低了大脑皮层的兴奋度，使人萎靡不振。

怎么消除这种爱打瞌睡的"春天流行病"呢？增强意志，加强锻炼就是很好的办法。

鸟语花香

春风不度玉门关

《凉州词》

（唐）王之涣

黄河远上白云间，
一片孤城万仞山。
羌笛何须怨杨柳，
春风不度玉门关。

说起玉门关，需要和嘉峪关、阳关分清楚。

嘉峪关是明代长城的最西头，今天还保存得非常完整，是研究古代建筑和旅游参观的胜地。而玉门关和阳关比嘉峪关古老得多，都是汉武帝时期设置的，是汉代长城的最西头。经过岁月消磨，早就荒废了，只留下一些残破的遗迹。

玉门关和阳关都是汉武帝为了开辟河西走廊、沟通西域地方、"列四郡、据两关"而建的。

阳关位于今敦煌市西南 70 千米处的南湖乡境内，是通过祁连山以南，沿着青海湖以北向西伸展的"丝绸之路"南线通往南疆的必经之路。王维诗中所说的"劝君更尽一杯酒，西出阳关无故人"，就是这个地方。唐代高僧玄奘从印度取经归国，也是从天山南麓西入阳关回长安的。

玉门关位于敦煌西北 90 千米处的一个沙石岗上，一个名叫小方盘城的地方。这是经过祁连山以北，进出河西走廊的"丝绸之路"北线的进出咽喉，因为西域输送玉石经过这里而命名。古代从北疆进入中原内地，就从这里通过。

王之涣在这首诗里说："春风不度玉门关"。

请问，为什么这样说？因为在古人眼中，玉门关内外的景观环境大不一样。

走出玉门关一看，分布着成片的沙漠戈壁，一派荒凉不毛的样子，和关内绿洲片片的景象有很大的差别。这里雨水特别稀少，气候特别干燥。诗人来到这儿，自然会深深叹息，"春风不度玉门关"了。

为什么会是这个样子？难道一道人造的关墙，真的有分隔两边不同自然环境的魔力吗？

当然不是的，这和海上吹来的夏季风的活动有关系。

温暖潮湿的夏季风，顺着玉门关以东的河西走廊，吹到这里已经是强弩之末了，一般不能继续再往前吹。关内还可以得到一些降水，关外广大地区得不到夏季风的滋润，气候非常干燥，绿洲少、荒漠多，属于干燥的大陆性气候，景观环境自然就和关内有很大的差别了。

想不到古时为了防御游牧民族入侵而修建的玉门关和阳关，还是一条气候分界线呢。

玉门关遗址

葡萄美酒夜光杯

《凉州词》

（唐） 王瀚

葡萄美酒夜光杯，

欲饮琵琶马上催。

醉卧沙场君莫笑，

古来征战几人回。

当夜幕降临的时刻，天上一钩新月，满天灿亮的星星，擎起一个同样闪亮的酒杯，盛满了葡萄酒，面对空旷的天地一饮而尽，该是多么迷人的场景。

读了这首诗，人们不禁会问：世界上真有夜光杯吗？

有的！西汉时期的东方朔在《海内十洲记》中的《凤麟洲》记载："周穆王时，西胡献昆吾割玉刀及夜光常满杯。刀长一尺，杯受三升。刀切玉如切泥，杯是白玉之精，光明夜照。"这个"夜光常满杯"，就是夜光杯。由此可见，早在两千多年前，就有这个东西了。

夜光杯是用什么原料做的，为什么会发光？

传说，酒泉城下的泉水中，有一股浓浓的酒香，黄昏时分酒香特别浓郁。天上的南斗星君和北斗星君闻着了，忍不住按低云头，落在泉边一棵大柳树旁。这时候，天色已经晚了，南斗星君顺手拣起两块石头，吹了一口仙气，变成两个酒杯，边饮酒、边下棋。虽然空中没有月光，但是借着酒杯发出的亮光，还是把棋盘看得清清楚楚。这两个奇异的酒杯，就是流传千古的"夜光杯"。

夜光杯真是这样来的吗？当然不是这么回事。

有人说，这是用夜明珠一样的东西做的，当然就会发光了。

有人说，这个杯子自己不会发光。因为里面装满了酒，在灯光和月光映照下，酒杯轻轻晃动，就会生成闪烁的光影效应。

河西走廊西头的酒泉，出产一种墨绿色夹着一些淡黄和黄白色条纹的玉石，叫做酒泉玉。把这种玉石磨得很薄很薄做成的酒杯，透明度很好，容易产生特殊的夜光现象。

酒泉距离西域不远，正是古代战争时期，军队经常来往的地方。人们认为，古时候的夜光杯，就是这儿出产的。诗人就是在这儿喝了夜光杯里的葡萄美酒，怀着浓浓的兴趣写的诗。从这首诗可以知道，至少在唐代就有夜光杯了。葡萄美酒产于凉州，就是今天的武威。夜光杯产于肃州，就是今天的酒泉。由于有夜光杯，葡萄美酒更加出名。也因为有了葡萄美酒，夜光杯的名声更加远扬，两者相得益彰。不消说，王瀚这首《凉州曲》起了很大的宣传作用，夜光杯的美名才流传了千秋。

酒泉夜光杯

大漠孤烟直

《使至塞上》

（唐）王维

单车欲问边，　属国过居延。
征蓬出汉塞，　归雁入胡天。
大漠孤烟直，　长河落日圆。
萧关逢候骑，　都护在燕然。

这是唐玄宗开元二十五年（公元 737 年），诗人王维到西北边塞慰问出征军队的途中，经过沙漠写的一首诗。

瞧，阒无人烟的沙漠里，只有一列大雁往北飞。远远的烽火台上升起一缕孤烟，笔直冲上天空。一轮又圆又大的落日，无声无息慢慢沉落于长河流向的天际线。

啊，这是一幅多么粗犷壮丽的塞外风景画。

读了这首诗，没准儿有人会问，为什么这股烟这样直？沙漠是有名的风窝子，难道这时候没有一股风吗？

说对了，一股烟笔直升起，就是无风的标志。王维的运气真好，没有遇见沙漠里狂风大作、飞沙走石的时候。要不，也就写不出"大漠孤烟直"这样的诗句了。

为了帮助大家鉴定风力，让我们看一张风力等级表吧。

我们现在使用的风力等级表，最初是英国人蒲福制作的。他仔细观察了在大小不同的风里，陆地和海洋上的各种现象，在 1805 年正式把风划成了 13 个等级（表中 0~12 级）。后来经过研究，又补充了 13~18 级。

风力等级表

风力等级	陆地地面物体征象	相当风速	
		千米/时	米/秒
0	静,烟直上。	小于1	0~0.2
1	烟偏斜,能表示风向。	1~5	0.3~1.5
2	人面感觉有风,树叶微动。	6~11	1.6~3.3
3	树叶和小树枝摇动不息,旗子展开。	12~19	3.4~5.4
4	能吹起地面灰尘和纸张,树的小枝摇动。	20~28	5.5~7.9
5	有叶的小树摇摆,内陆的水面有小波。	29~38	8.0~10.7
6	大树枝摇动,电线呼呼有声,举伞困难。	39~49	10.8~13.8
7	全树动摇,迎风步行感觉不便。	50~61	13.9~17.1
8	可以折断树枝,迎风步行阻力大。	62~74	17.2~20.7
9	烟囱和一些草房遭受破坏,大树枝可折断。	75~88	20.8~24.4
10	树木可被吹倒,一般建筑物遭破坏。	89~102	24.5~28.4
11	陆上少见,大树可被吹倒,一般建筑物遭严重破坏。	103~117	28.5~32.6
12	陆上绝少,摧毁力极大。	118~133	32.7~36.9
13		134~149	37.0~41.4
14		150~166	41.5~46.1
15		167~183	46.2~50.9
16		184~201	51.0~56.0
17		202~220	56.1~61.2

沙漠落日

大漠孤烟直

风吹草低见牛羊

《敕勒歌》

北朝民歌

敕勒川，阴山下。
天似穹庐，笼盖四野。
天苍苍，野茫茫，
风吹草低见牛羊。

这是一首描写内蒙古阴山下的诗歌。不知道是谁写的，就算是古代的蒙古民歌吧。

这首诗把蒙古高原上的风光描写得多么活灵活现啊。

不管是谁读了，眼前就会浮现出一幅辽阔无边的草原风景，一下子就被迷住了。对照着有关的图片看，觉得这首诗描写得太真实了。没有对蒙古高原的深刻了解和感情，绝对写不出这样的诗句。

好一个"天似穹庐，笼盖四野"。

这里的天空特别深邃，大地特别广阔，骑着马从一个天边走到另一个天边，依旧是同样无边无际长满青青牧草的原野。天空活像一个硕大无朋的蒙古包，把辽阔的大地笼罩得严严实实的。

这是一个透风的"帐篷"。有一朵朵白云、有一阵阵清风。空气非常洁净，天空非常爽朗，可以无拘无束地奔跑，自由自在地呼吸。没有一点儿闭锁在密封的蒙古包里那种狭小沉闷的感觉。王维《出塞》诗中吟唱道："居延城外猎天骄，白草连天野火烧。"诗中的景象一片白草连天，显示出原野十分开阔，也是一样的。

为什么蒙古高原会是这个样子，和别的高原有所不同？

这和它的特殊地质状况有关系。原来这里在第三纪期间，曾经有大面积的岩浆喷出。坚硬的熔岩覆盖了广阔的高原，保护着地面不受侵蚀风化，遗留下大片略微有一些儿和缓起伏的地形，就造成这个样子了。要不，哪会有"天似穹庐，笼盖四野。天苍苍，野茫茫"的风光呢？

好一个"天苍苍，野茫茫，风吹草低见牛羊"。

站在高处望，只见一片青幽幽的牧草，好像是绿色的海洋。一阵风吹来，轻轻拂开了高高的野草，一下子就露出了成群结队的牛羊的背脊。原来在高高的牧草下面，还隐藏着成群的牲口呀。

请问，蒙古高原的风光就是这副模样，完全是一个模子做出来的，没有一丝半点变化吗？

噢，不，如果这样想，就大错特错了。

你不信吗？请你骑着马从东到西横穿整个蒙古高原，就知道原来的想法错了。

天空依旧是天空，还是那样湛蓝幽深，还像是笼盖四野的大穹庐，地面的景象可就大不一样了。

东边靠近大兴安岭的地方，牧草又密又高，还保存着风吹草低见牛羊的景象。越往西边走，青草越低，到了内蒙西部只有短短几寸长了。别说不能遮住牛羊的身影，有的地方连鞋子也遮不住，怎么能够风吹草低见牛羊？

话说到这里，人们不禁会问，那首描写"风吹草低见牛羊"的《敕勒歌》，是高原西部阴山下的风光，为什么现在那儿的情况变了？

这是受古今不同的气候的影响所致，也和人类活动有关系。气候变干燥了，加上人为对环境的破坏，就逐渐使内蒙西部阴山下的草原风光慢慢变了样。

大草原

风吹草低见牛羊

山重水复疑无路

《游山西村》

(宋) 陆游

莫笑农家腊酒浑，丰年留客足鸡豚。

山重水复疑无路，柳暗花明又一村。

箫鼓追随春社近，衣冠简朴古风存。

从今若许闲乘月，拄杖无时夜叩门。

这首诗是南宋孝宗乾道三年（公元 1167 年），陆游罢官回家后，在故乡西村写的。这是一个典型的江南水乡小村，距离绍兴城南大约 4.5 千米，景色非常秀丽。

你看，诗中除了一派平和的农村景象，还展示了山村周围山峦重迭、流水萦绕的迷茫风光。

最令人难忘的是"山重水复疑无路，柳暗花明又一村"的描写。一重重山、一弯弯水，互相结合在一起，生成了诗人笔下的这幅特殊的山水画。

这是西村地方特有的景色吗？

不，自然界里到处都有同样的情况。

你不信么？请看其他诗人笔下的描写吧。

唐代诗人的笔下早就描绘过，如王维在《蓝田山石门精舍》中写道："遥爱云木秀，初疑路不同；安知清流转，忽与前山通。"北宋文学家王安石在《江上》中写道："青山缭绕疑无路，忽见千帆隐映来"。另一位北宋文学家欧阳修在《醉翁亭记》里说："峰回路转，有亭翼然临于泉上。"

瞧吧，这些描写岂不是和陆游笔下的"山重水复疑无路，柳暗花明又一村"，几乎一模一样。只不过陆游写得更加生动自然，也更加富于哲理，耐人咀嚼寻味罢了，成为流传千古，脍炙人口的名句。

读了这个诗句，没准儿有人会问，为什么会是这个样子，这是怎么生成的？

说起来，这和自然山水的结构有关系。自然界里的山地类型很多，无论是褶皱山，还是断块山，它们的分布和走向，全都受着地质构造的制约，往往都沿着一定的方向伸展排列，就形成了重重叠叠的山岭。

俗话说："山不转，水转。"

山间的河流也不是随意流动的，一般都沿着包括断裂带、岩层走向、构造裂隙等各种固定的构造线往前流淌。虽然水流不能直接贯通山墙，但是由于山中常常存在多组互相直交或斜交的裂隙系统。有的是方格状，有的是树枝状，有的是羽毛状，有的是放射状，有的是同心圆状。各种各样的水系形式，一下子说也说不完。每一种水系形式，都反映了一种特殊的地质构造，都有特殊的构造线的组合方式。在这些形形色色的水系里，水流就能沿着这些互相交叉的构造线，绕过一道道山墙，在"山重水复疑无路"时，自然就转入一个个新天地，展开"柳暗花明又一村"的景象了。

噢，原来在一重重山、一弯弯水的背后，还隐藏着这样丰富的地质构造的秘密呢。

山水自然风光

松间沙路净无泥

《浣溪沙·山下兰芽短浸溪》

（宋）苏轼

山下兰芽短浸溪，
松间沙路净无泥，
萧萧暮雨子规啼。

谁道人生无再少？
门前流水尚能西，
休将白发唱黄鸡。

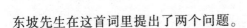

东坡先生在这首词里提出了两个问题。

第一个问题，为什么山间的这条路上没有一丁点儿泥？

是呀，平常的山路上雨后都非常泥泞，弄不好就会踩一脚稀泥浆。为什么这条路上却没有泥，有些叫人想不通。

这个问题很容易回答。这和地面的物质结构有关系。如果当地的岩石是泥岩、页岩，或者其他含有泥质成分的岩类，风化后必定生成许多泥土，路上当然就泥泞不堪。可是如果当地是砂岩出露的地段，风化后只能够生成沙子，怎么会有泥呢？特别是纯净的石英砂岩，风化成为一颗颗坚硬的石英砂，就更加不会有泥了。在这种路上行走，保证不会弄得满脚都是泥。

啊，苏东坡这首诗里，无意识地泄露了当地的地质情况，肯定是砂岩山区。这种山地适宜马尾松生长，所以他写出了"松间沙路"的自然环境。这不仅表现出岩石性质，还介绍了相关的植被情况。这是东坡先生在蕲水清泉寺写的一首诗。蕲水就是今天湖北的浠水，在黄州东边。清泉寺挨靠着幽静的兰溪,溪水边长满了兰花,所以叫做这个名字。附近包括赤壁在内的广大地区,到处一片平缓起伏的砂岩丘陵,山坡上分布大片马尾松林。东坡先生笔下的景象,处处都可以见到。

第二个问题,一般河水都向东流,所以李煜写出了"人生长恨水长东"的诗句。为什么这里的流水向西流?有些使人不能理解。

这个问题太好回答了。水流方向受着地势高低的限制。中国有从西向东逐级下降的三大阶梯,所以在全国范围内,总的来说是"一江春水向东流"的。可是在具体的地形条件影响下,也有像横断山区那样向南流,新疆阿尔泰地区一样向北流,西藏西部的马泉河、象泉河一样向西流的大河。如果考虑到许多地方的具体条件,向西流的水流就更多啦。

溪水

衡阳雁去无留意

《渔家傲·秋思》

(宋) 范仲淹

塞下秋来风景异，衡阳雁去无留意，四面边声连角起。千嶂里，长烟落日孤城闭。

浊酒一杯家万里，燕然未勒归无计，羌管悠悠霜满地。人不寐，将军白发征夫泪。

这是范仲淹写的《渔家傲·秋思》。不用说，诗中表现的就是秋天的景色了。抬头看，黄昏的太阳沉落进千山万山里，一股烽烟在空中静静飘散。边城紧紧关闭着城门，耳畔传来悠悠的羌笛声响，显得异常悲怆凄凉。

再一看，秋风里一行大雁南飞，渐渐消失了影子。在这空旷的天地间，没有一丁点儿留下的意思。

为什么这些大雁叫做"衡阳雁"呢？需要解释一下。

原来古人认为大雁南飞，不会飞过南岳衡山。那里有一座回雁峰，就是南飞的大雁过冬的地方。

回雁峰，听着这个名字，就可以想像是大雁回返的地方了。

你不信么？有书为证。

《楚志》说："衡州有回雁峰，雁至此不过，遇春而回。"

你看，书里不是说得清清楚楚。大雁飞到这里就不再往前飞了，一直住到第二年春天才飞回北方。

元代一个叫与恭的老和尚也说："官路迢迢野店稀，薄寒催客早添衣。南分五岭云天远，雁到衡阳亦倦飞。"

这个说法几乎成为了人们公认的定论。唐代诗人王勃在《滕王阁序》中写道："雁阵惊寒，声断衡阳之浦"。北宋政治家王安石也说："万里衡阳雁，寻常到此回"。由此可见，大雁在回雁峰过冬的看法，已经深深印在人们心里了。

是啊，大雁飞到这里非常疲倦，也不想再往前飞了。

北宋时期有名的宰相寇准到了衡阳南边的春陵地方，抬头看见一群大雁南飞，也写了一首诗，说道："谁道衡阳无雁过？数声残日下春陵。"

古代的春陵在哪儿？就是今天湖南最南边的道州。接着再往前飞不远，就飞过五岭山脉，飞到温暖的广东和海南岛了。事实证明，南飞的大雁几乎都飞过五岭山脉，一直飞到温暖如春的南海边越冬。

其实，早在唐代宗大历二年（公元767年）十一月二十五日，岭南节度使徐浩就看见一队大雁飞过五岭，一直飞到岭南地方。他觉得很奇怪，还专门给皇帝写了一个报告呢。这应该算是最早发现大雁飞到五岭以南的记载了。

大雁

衡阳雁去无留意

无定河，游荡的河

《陇西行》

(唐) 陈陶

誓扫匈奴不顾身，
五千貂锦丧胡尘。
可怜无定河边骨，
犹是春闺梦里人。

　　无定河是陕北黄土高原主要的河流，弯弯曲曲绕过一个又一个黄土坡，流过榆林地区八个县，才慢慢拐头向北流去，进入鄂尔多斯高原。在那里穿过荒凉的毛乌素沙漠南部边缘，最后注入了滚滚奔流的黄河。这条全长491千米，流域面积达30260平方千米的河流，对干旱的黄土高原和鄂尔多斯高原来说，该是一条不算小的河流了。

　　无定河是怎么一回事，为什么叫这个名字？

　　顾名思义，这条河的河身必定很不稳定，经常改变位置动来动去，所以人们才这样叫它。

　　生活在湿润地方的人们不明白，一条河流得好好的，怎么可能变来变去呢？

　　这就是干燥地区多沙性河流的一个特点。

　　在干燥地区，特别是在沙漠里面和沙漠边缘植被稀少的地方，流经的地面都是疏松的沙地，很容易冲刷，也很容易向下渗透，所以河水的含沙量很大。加上这里气候干燥，蒸发非常强烈，一些河流流着流着，河水就被蒸发减少，或者渗透进地下，变成涓涓细流，甚至完全变干没有了。

　　河水慢慢减少了，动能也降低了，减少到一定的程度，河水再也不能搬运泥沙，泥沙就会慢慢堆积下来，渐渐堵塞了河床。河床堵塞了，河水不能沿着原来的河道继续往前流，河流不得不改道。这样一次次堵塞改道，河身当然就不断在沙地上摆来摆去，形成了一条没有固定流向的无定河了。

噢，明白了。由于它的含沙量大，河床深浅不一，经常改变位置，所以才叫做这个名字。

无定河从来都是这个样子吗？

不，无定河是灿烂的鄂尔多斯文明的发祥地。1922年，有一个法国神父，也是地质学家的桑志华，在这里发现了一颗门齿化石。经北京协和医院解剖部主任步达生研究，确认它是35000年前的晚期智人牙齿。二十世纪四十年代，我国著名考古学家裴文中给它取名叫做"河套人"。我国地质和考古学家又在这里发现了许多旧石器时代的文物，取名叫做"河套文化"。加上大量共生的哺乳动物化石，证明了几万年前这里的自然环境非常良好，是适宜于人类居住的美好家园。

不用说，那时候的无定河水必定是清亮亮的，河床非常稳定，河身不会摆来摆去。

为什么无定河变成这个样子？

因为历代连绵不断的战乱，人们只顾打仗，谁还会管小小一条河的事情。加上这里位置偏僻，天高皇帝远，人们随意砍伐森林，破坏天然植被。到了唐代，整个陕北黄土高原的植被，已经被糟蹋得不成样子了。严重水土流失，给无定河增添了数不清的泥沙。原本是清澈的无定河，就永远告别了昔日的美好时光，变成滚滚黄汤了。含沙量这样大的无定河，怎么不在下游随意淤积，河身变得不稳定呢？

无定河这个名字，就是在唐代中叶出现的。请不要怪罪无定河，应该责怪的是人们自己。谁让人们只顾眼前利益，不顾后世影响，才把无定河弄成这个样子的。

无定河永远都是这个样子，再也不会改变了吗？

不，往昔的历史已经翻过去了，悲伤的往事不会重演。无定河边不再有征战，不会再有默默躺在河边的"春闺梦里人"。

现在人们已经醒悟了。加紧植树造林，开展流域治理。只要继续努力下去，无定河变成"永定河"的一天，总会来临的。

无定河

七月流火

《诗经·豳风·七月》

七月流火，九月授衣。一之日觱发，二之日栗烈；无衣无褐，何以卒岁？三之日于耜，四之日举趾。同我妇子，馌彼南亩，田畯至喜。

七月流火，九月授衣。春日载阳，有鸣仓庚。女执懿筐，遵彼微行，爰求柔桑。春日迟迟，采蘩祁祁。女心伤悲：殆及公子同归？

七月流火，八月萑苇。蚕月条桑，取彼斧斨，以伐远扬，猗彼女桑。七月鸣䴗，八月载绩，载玄载黄，我朱孔阳，为公子裳。

……

这首诗里不停地提起"流火"，必定有它的含意。

请问，这是什么意思？

是发生了火灾，一下子烧了一大串房子或者森林吗？

是天空中一颗亮闪闪的火流星飞过吗？

不，都不是的。诗中的"火"，说的是夏天南方晚空中，一颗明亮的红色星星，中国古代叫做"大火"。所谓"流火"，就是它的星光闪闪发亮，好像飘动的火光一样。

这颗红色的星星，古代天文学正式的名字叫做心宿二，西方天文学称为天蝎座 α 星。古希腊时代，把它当作是海上航行确定方位的王者四星之一，又称为航海四星。其他三颗是：狮子座 α，中国古代叫做轩辕十四；南鱼座 α，中国古代叫做北落师门；金牛座 α，中国古代叫做毕宿五。在茫茫大海上航行，只要认清这四颗亮星，就不会迷失方向了。

因为它太红、太亮了，心宿二本身就叫大火，又叫做商星、大辰。这是整个星空中第十四位亮星，目视星等为 0.96，绝对星等是 -5.3。星等越低的越亮，目视星等是人们肉眼看见的星星亮度，绝对星等是假设把所有的星星统统放在同样远的距离，它们的实际亮度。不管目视星等，还是绝对星等，它都是最亮的星星之一，真不愧是王者之星。

这颗星星光度大约是太阳的 5 万倍，直径也比太阳大好几百倍，距离我们大约 410 光年。它实在太大了，太阳带着身边的水星、金星、地球和火星在它上面去游历，空间也绰绰有余呢。

从天文望远镜里仔细看，看出一个秘密。

啊呀！想不到它竟是一颗双星呢。主星是一颗红超巨星，伴星是一颗蓝矮星。主星不断抛射出大量物质，在伴星周围形成一个气壳，也很有趣吧？

红巨星是恒星的中年阶段，外壳强烈膨胀，体积很大，密度很稀，表面温度比较低，光度很强，看起来是红色的。说它是大火，就是这样来的吧。

蓝矮星和天文学中常常提到的一般白矮星不一样，光谱型为 O、B、A。心宿二双星系统中，这颗伴星看起来和主星不一样。一颗是红的，一颗略微发出绿光，围绕在一起旋转，好像是天空中的一盏红绿灯。

这首诗里说："七月流火，九月授衣"，意思是那时候农历七月傍晚抬头看，心宿二已经移动到西边，快要下山了。眼看秋天就要到来，赶紧把棉衣准备好，别等到秋风一起，再临时抱佛脚就来不及了。

《书经·尧典》说："日永星火，以正仲夏"，又说："火昏中，可以种黍菽。"说的是这时候白天最长，南方中天的星星是心宿二，这就是仲夏季节了。《礼记·月令》说："季夏之月……昏火中"；《左传》说："心为大火"；《尔雅》说："大火谓之大辰"，说的都是它。

诗中所说的情况，在今天还适用吗？

不，现在距离《诗经》的时代已经有两千多年了，天空中的春分点已经向西移动了大约 30 度，也就是恒星位置相对向东移动了 30 度左右。当时的历法和现在比较，应该改一下了。如果以现在来讲，应该是现在的农历"八月流火"才对。按照公历推算，就是"九月流火"了。

参商不相见

《赠卫八处士》

（唐）杜甫

人生不相见，动如参与商。

今夕复何夕，共此灯烛光。

少壮能几时，鬓发各已苍。

访旧半为鬼，惊呼热中肠。

焉知二十载，重上君子堂。

昔别君未婚，儿女忽成行。

怡然拜父执，问我来何方？

问答未及已，儿女罗酒浆。

夜雨剪春韭，新炊间黄粱。

主称会面难，一举累十觞。

十觞亦不醉，感子故意长。

明日隔山岳，世事两茫茫。

　　诗人杜甫用"参"与"商"来譬喻人生难以相见。"参"与"商"是什么东西，为什么不能见面？

　　"参"是猎户座 α 星，中国叫做参宿四。这是冬天傍晚出现在头顶上的一颗红色的星星。

　　"商"是天蝎座 α 星，中国叫做心宿二。由于它又红又亮，还叫做大火。因为它靠近南方的地平线，一会儿出现，一会儿又不见了，好像忙忙碌碌跑来跑去的商人一样，所以又叫做"商"，是夏天傍晚出现在头顶的星星。

30

"参"与"商"，在天空中距离遥远。一个出现在冬天的傍晚，一个出现在夏天的傍晚，分别在寒暑不同的季节里，当然不能同时出现在空中，相互见面啰。人们把它们譬喻为天各一方，难以相见的朋友，真是再恰当不过了。

值得一提的是，参宿四和心宿二，都是非常明亮的红色的星星，夜空中最亮的恒星之一，非常引人注目。但是从它们本身来说，又有很大的差别。我们已经讲过了心宿二，现在就说一下猎户座和参宿四吧。

猎户座从 12 月的黄昏在东方天边出现，直到第二年 5 月黄昏才在西边落下去。在这期间，是晚空中最壮观的星座。《礼记·月令》中说："孟春之月……昏参中"，就是说初春的傍晚，它移动到正南方，春天已经来了，大家赶快耕地，准备种庄稼吧。在西方，当它在半夜出现，就是收获葡萄的季节。不管东方还是西方，它对农业生产都有特殊的意义。

在猎户座里，有四颗星星构成一个巨大的长方形，就是想像中的猎人的魁梧身躯。中间三颗星星斜斜地排列成腰带，还有三颗紧紧排列成一条直线的星星，好像是腰刀。加上其他一些星星组成脑袋和高高举起的兽皮，面对着旁边一只气势汹汹的野牛，低着脑袋昂着尖尖的牛角朝它冲过来，就是天空中的金牛座。它的后面还跟着一只猎犬，叫做大犬座，就是有名的天狼星。整个图像合在一起，真的像是一个勇敢的猎人。

猎户座就是中国古代天文学中的参宿。其中构成猎人肩膀的参宿四和参宿五，腰带上的参宿一，作为一只脚的参宿七，都是特别明亮的星星。

参宿四是整个天空第六位亮星，也是一颗红巨星。它的光度是太阳的 10 万倍，半径是太阳的 900 倍，距离我们大约 650 光年。它的个儿很大，在它的体内可以放进 7 亿个太阳。可是它的质量却只有太阳的 15 倍，所以物质密度很小，是一个虚张声势的大家伙。

三星在天

《诗经·唐风·绸缪》

绸缪束薪，三星在天。今夕何夕，见此良人。子兮子兮，如此良人何！

绸缪束刍，三星在隅。今夕何夕，见此邂逅。子兮子兮，如此邂逅何！

绸缪束楚，三星在户。今夕何夕，见此粲者。子兮子兮，如此粲者何！

在这首诗里，描写了一个孤单的劳动妇女由于战乱，不能和心上人按时成婚，当她把柴草紧紧扎成捆的时候，抬头望着晚空中的三颗排在一起的星星，就想起了自己的命运，抒发出无可奈何的心情。

你看她，起初看见三颗星星在东方天边出来，慢慢移动到东南角，最后移动到南边，正好映照着她的窗户。几乎整整一个晚上也没有睡着，心里多么寂寞痛苦啊！

这三颗排成一条直线的星星，是什么星星？古时候，几位专门研究《诗经》的学者有不同的说法。

郑玄在《诗经笺注》里说，这是心宿里的三星。β、α、γ星。

心宿在天蝎座里，其中在整个星座里最明亮的心宿二两边，各有一颗星星，排列成一条直线，称为心宿三星，西方天文学是天蝎座 α、σ、τ 星。

毛亨在《诗经传疏》里说，这是参宿里的三星。

参宿在猎户座里，星座中间也有三颗紧紧挨靠在一起的星星，好像是猎人的腰带。中国古代称为参宿一、参宿二、参宿三，西方天文学是猎户座 δ、ε、ζ 星。

近代天文学家朱文鑫在《天文考古录》里说，天上的"三星"很多。这首诗里提起的"三星"，实际上是三个不同的"三星"。其中，"三星在天"指参宿三星；"三星在隅" 指心宿三星；"三星在户"指河鼓三星。

河鼓三星是怎么一回事？就是牛郎星和它前后的两颗星星呀。三颗星星排列在一起，俗称扁担星。牛郎星在天鹰座里，中国古代称为河鼓二，旁边两颗是河鼓一、河鼓三，西方天文学分别是天鹰座 β、α、γ 星。

说了老半天，到底谁说得对？著名教育家陶行知先生的儿子、天文学家陶宏解释说，这得要看《绸缪》这首民歌流行的时代了。当时人们认为结婚最适当的季节，究竟在什么时候？如果在仲春季节，诗中的"三星"就是郑玄所认为的心宿三星；如果在秋末至春初，就是毛亨所认为的参宿三星了。因为在这些不同季节里，抬头看见的就是这些不同的三星。

如果按照朱文鑫的说法，相当于从 10 月直到第二年的 7 月。那个孤独寂寞的妇女从深秋一直等待到盛夏，依旧与心爱的人天各一方不能成婚，多么凄凉呀！

三 星 在 天

窗含西岭千秋雪

《绝句》

(唐) 杜甫

两个黄鹂鸣翠柳，

一行白鹭上青天。

窗含西岭千秋雪，

门泊东吴万里船。

这是杜甫在成都西郊草堂写的一首短诗，描写了眼前看见的景色。其中，前面两句的景物，现在还能够看见。第四句里所说的"东吴"来的"万里船"，虽然没有了，却还有一条小河存在。其中一些疑问，让我们在下一篇里仔细讨论。最奇怪的是，第三句里所说的"西岭千秋雪"，人们很难看见了。请问，这是什么原因？

1998 年的一天雨后，人们忽然抬头看见远远的西边地平线上，耸起一排积雪的山峰。不知情的人们以为是"海市蜃楼"现象，感到非常惊奇。报纸上也登在头版头条，简直出了大新闻。

真的是"海市蜃楼"吗？

当然不是的，这就是杜甫在诗中描写的"西岭千秋雪"呀。

这首诗里，别的现象现在都能够看见，怎么会偏偏这一句里的现象看不见呢？他在草堂写的许多诗里，都有同样的描述。例如他在草堂外面的浣花溪上划船的时候，亲眼目睹过"练练峰上雪"，出城抬头看见"斜景雪峰西"，草堂早起望见"西岭纡村北"。这个现象直到南宋时期，陆游在同样的地方，还常常看见"西山云千重"，"连峰积雪苍茫间"。

由此可见，古时候在成都随便抬头一望，都可以清清楚楚看见西边的雪山，那就是千年积雪不化的岷山的主峰。

为什么从前杜甫打开窗子一望，能够看见的雪山，现在却很难看见了？这是环境破坏的结果。

进入工业化时代以来，大量工业废气，加上别的原因生成的烟雾，污染了成都地区的空气。加上最近几十年来，人们没有环保意识，单纯在农区抓粮食，在牧区发展畜牧的错误观念指导下，只知道到处开荒种地，在草原上毫无节制发展牲口数量，不想一想这样会造成什么恶劣的影响。大面积破坏森林和草地，露出光秃秃的土地。风一吹，就会刮起一阵阵尘埃。气流从远处带来的尘埃，加上城市近郊成片建造工厂，造成大量工业废气，使成都地区的空气洁净度大大下降，就很难看见西边的高山了。下雨后，空气的能见度好些。偶然看见了，觉得非常奇怪，当成是"海市蜃楼"，闹了一场大笑话。

人们啊，可要警惕呀！再也不能够随便破坏我们居住的生态环境了。让古人描写的美好的大自然风景永远保留下来，该有多么好啊！

杜甫草堂

估客船随返照来

《野老》

（唐）杜甫

野老篱边江岸回，　柴门不正逐江开。
渔人网集澄潭下，　估客船随返照来。
长路关心悲剑阁，　片云何意傍琴台？
王师未报收东郡，　城阙秋生画角哀。

　　我们在前面说了，杜甫的一首绝句，提到"门泊东吴万里船"。今天我们来到草堂门前，看见浣花溪又窄又浅，不由产生了疑问，怎么可能停泊"东吴万里船"？

　　东吴来的"万里船"，是什么船？

　　肯定不是李清照所说的"只恐双溪蚱蜢舟，载不动，许多愁"那样的小船。也不是姜夔在《过垂虹》所描述"自作新词韵最娇，小红低唱我吹箫。曲终过尽松陵路，回首烟波十四桥"那样的轻舟。东吴距离西蜀那样远，谁会划着一只小小的船儿到成都来游玩？只能是运载货物的商船。诗中也说得明明白白，这是"估客"乘坐的船。"估客"又可以写为"贾客"，就是"商人"的意思。

　　问题就出来了。现在小小的浣花溪，怎么能够航行"东吴万里船"？

　　其实，当时的浣花溪并不像现在这样窄小。他曾经描述过，在草堂的水槛边"苍江多风飚"、"第轩驾巨浪"，表现出很大的水势。他的诗中还有"杖藜徐步立芳洲"，"倚杖没中洲"，"江敛洲渚出"一类的词句。由此可见，当时这里的河床结构也和今天不同，是有河心沙洲存在的。

　　他在《溪涨》诗中描述："当时浣花桥，溪水才尺余。白石明可把，水中有行车。"值得注意的是在浣花溪内可见卵石分布。从"白石"而言，应该是从西边龙门山中带来的石英为主。卵石在水流中属于推移质，必须较大流速和流量方可转运。今日成都城下的平缓水流仅能冲淤泥沙，已经很难冲动砾石了。由此证明，古时水流远较今日为大，所以才能转运杜甫所见的卵石。诗中描述还有水车分布，也从另一个角度证实当时浣花溪水流大于现在情况。

上世纪 60 年代，笔者应邀研究青羊宫自来水公司的新开挖水池基坑内，埋藏在砾石层中的巨大北宋石头水磨。根据砾径大小、砾石扁平面倾斜方向和沉积相，很容易恢复了当时河床宽度、水流方向、局部涡流状况，计算出大致流速，得知当时的水流远比今日浣花溪宽阔，流速也大得多。这个考古发现，岂不是有力印证了杜甫诗中的描写吗？

《蜀梼杌》中的一段记载也可以作为旁证。五代前蜀"乾德五年（公元923 年）四月十九日，王衍出游浣花溪。龙舟彩舫，十里绵亘。自百花潭至于万里桥，游人仕女，珠翠夹岸。日方午，暴风忽起，雷电晦冥。有白鱼自江心跃起，变为蛟形腾空而去。是日溺死者数千人。"今天的浣花溪和锦江无论如何淹不死这许多人。请注意，这才是初春的四月，还没有到洪水期。暑天洪水滔滔，该是什么样子，就不难想象了。

唐代水情应该近于五代，不能用今日情况妄加猜测。当时"东吴船"确有可能停泊在草堂门外。

成都平原水流和其他地方不同，水流大小不完全是自然条件的影响，还决定于都江堰以下各级水闸开启和关闭情况。都江堰设计之初，就特别重视对成都的水量调节。所以后世成都得惠于都江堰工程，不仅可以防洪、灌溉，还有航行之利。

浣花溪上游承接走马河，自都江堰闸门前向东南流，分出徐堰河后，至郫县两河口又分两支。左支沱江河、右支清水河。其中，清水河继续前行，左边分出双江堰、右边分出栏杆堰，主干进入成都境内，再分出龙爪堰后，就改名为浣花溪。浣花溪在青羊宫送仙桥附近，又接纳了摸底河，最后绕过成都西郊，成为南河，也就是锦江。

由此可见，流过草堂的浣花溪当时是一条重要的水道。来水丰富，水面宽阔，流量较大，远非今日可以比拟。杜甫诗中描述的种种景象，完全可以理解。以后由于上游逐渐淤塞，才演变成今天的情况。诗人的描述是忠实可信的。

其实杜甫在草堂所写的诗中还有"独立见江船"，"雪里江船渡"，"江船火独明"等许多即景记述，统统都可以作为通航的印证。

古船

牛郎织女能见面吗

《鹊桥仙》

（宋）秦观

纤云弄巧，飞星传恨，银汉迢迢暗度。
金风玉露一相逢，便胜却人间无数。

柔情似水，佳期如梦，忍顾鹊桥归路？
两情若是久长时，又岂在朝朝暮暮！

这是诗人在七夕写的一首词。

可怜的牛郎织女被王母娘娘隔在银河两边，眼巴巴望着，却不能见面。传说，织女是王母娘娘的外孙女，非常美丽善良。有一天，她和六个仙女在河里洗澡，被牛郎看见了，一下子爱上了她，并偷偷藏起了她的衣服。

织女没有了衣服不能飞上天，只好嫁给了英俊的牛郎。两个人相亲相爱，生了一个儿子、一个女儿，日子过得非常甜美。但是时间长了，织女还是免不了想念天上的生活，总想找机会回去。

有一天，她趁牛郎不注意，悄悄拿回了自己的衣服，穿在身上就逃走了。牛郎在后面紧紧追赶，眼看就要追上了，天上的王母娘娘立刻拔出插在头发上的玉簪，在织女脚后跟后面划了一条线，这条线变成一条大河，挡住了牛郎的去路，这条大河就是银河。

牛郎没有办法，只好挑着两个孩子，天天站在银河边盼望。织女虽然回到了天上，也非常想念牛郎和孩子。王母娘娘被深深感动了，便允许他们每年在"七夕"见一次面。到时候，许多喜鹊飞来，给他们搭成一座鹊桥，让他们踏着鹊桥走过去，在银河中间见面，细细倾诉一年分别的相思衷肠。

汉代古诗十九首之一写道："迢迢牵牛星，皎皎河汉女。纤纤擢素手，札札弄机杼。终日不成章，泣涕零如雨。河汉清且浅，相去复几许。盈盈一水间，脉脉不得语"，说的也是这回事。

这个美丽的传说，反映了古时人们对牛郎星、织女星和银河的认识。

织女是天琴座 α 星，中国古名又叫天孙，距离地球 27 光年，位于银河以西。它的半径是太阳半径的 2.76 倍，大约 190 万千米。目视星等 0.03，绝对星等 0.5，光度是太阳的 60 倍，在天空中最亮的恒星中名列第五，也是这个季节最亮的星星。织女星好像是一颗散放出灿亮蓝白色光芒的钻石，镶嵌在群星闪烁的银河边，一眼就可以认出来。

牛郎星是天鹰座 α 星，中国古名河鼓二，距离地球 16 光年，位于银河以东。它的半径是太阳半径的 1.68 倍，大约 117 万千米。目视星等 0.77，绝对星等 2.19，光度是太阳的 10.5 倍，在天空中最亮的恒星中排列第十二，也是一颗有名的亮星。故事里所说，他担着的两个孩子，就是和它排列成一条直线的天鹰座 γ 星和 β 星，三颗星星排列成一条直线，俗名"扁担星"。古人看出了这三颗星星的排列关系，以及织女星和牛郎星与众不同的亮度，才编出这个动人的神话故事。

请问，他们真的可以跨过银河，每年见一次面吗？

不，这只不过是人们的想象而已。天文学家告诉我们，这是根本就不可能的事情。

织女是天琴座 α 星，距离地球 27 光年。牛郎是天鹰座 α 星，距离地球 16 光年。它们之间相互距离也有 16 光年。让我们来算一下，它们到底相距多远吧。

光速每秒 30 万千米

1 光年 = 9.46^{12} 千米

请你仔细算一下，16 光年等于多少千米？

啊呀，细细算一下，它们之间的距离大得吓人。这样遥远的距离，怎么可能在一夜之间就跨过去相会呢？

北斗七星高

《哥舒歌》

（唐）西鄙人

北斗七星高，
哥舒夜挂刀。
至今窥胡马，
不敢过临洮。

诗中的北斗七星，就是有名的大熊座。

古代希腊神话中，传说众神之主宙斯爱上了温柔美丽的卡利斯托，并且生了一个孩子。这件事不幸被妒忌的天后赫拉知道了，她非常生气，决心对卡利斯托报复。她施展魔法把卡利斯托变成了两只难看的狗熊，永远展示在人们的面前，成为北方天空中的大熊座和小熊座。

大熊座中七颗亮晶晶的星星，排成了一个图形。其中四颗排成梯形的斗身，三颗排成中间拱起的长长的斗柄，合起来正是一个古代饮酒的斗，高高挂在北极星的旁边，十分惹人注目。《诗经·小雅》："维北有斗，不可以挹酒浆"。屈原也写道："操余弧兮反沦降，援北斗兮酌桂浆"，都表现出自古以来人们早就把大熊座看作是北斗图形的观念。

随着地球自转，夜晚慢慢过去，满天的星星都会悄悄移动位置，好像也跟着不断旋转。北斗七星这样慢慢旋转着，产生了"斗转星移"的现象。难怪隋炀帝杨广吟唱道："更移斗柄转，夜久天河横。"

北斗七星还有一个秘密，想知道吗？

请注意它的斗柄上倒数第二颗星，也就是斗柄中间拱起来的那一颗，到底有几颗星星？

仔细一看，秘密显露出来了。想不到在那颗星星旁边，还有一颗很不显眼的小星星呢。如果不留意，很不容易看出来。

那颗星星的学名叫大熊座ζ，中国名字叫做开阳，又叫北斗六，是一颗2等星。旁边的小星星叫做辅，是4等星，是有名的开阳双星。美洲印第安人给这一对双星取了一个有趣的名字，叫做"妈妈背孩子"，多么形象呀。

有趣的是，古代阿拉伯，把辅叫做Alcor，就是"试验"的意思，把它用来作为招兵的视力测验标准。在明朗的夜间，你也可以试一试，是不是能够清楚看见开阳双星，测验自己的视力。

什么是双星？

顾名思义，所谓双星就是两颗互相环绕运行的恒星，或者两颗实际上没有联系但处于同一视线的恒星。

星空中有多少双星？

不查不知道，一查吓一跳。想不到在已知的恒星中，差不多有三分之一左右都是双星。

这样多的双星，难道都是紧紧挨靠在一起的吗？

不是的，我们看见的双星有两种情况。

视双星：又叫光学双星。这是两颗相隔很远，但是从地球上看去，好像挨在一起的星星。随着它们各自的运动，以后就会渐渐远去了。我们看见的双星，大多是这种"假双星"。

物理双星：二者距离很近，由于引力作用而围绕着共同的质心转动，合组成一个运动系统。其中，较大的是主星，较小的是伴星。这才是真正的双星，可是数量较少。

值得一提的是，开阳是望远镜发现的第一颗双星。二者大小相仿，质量都大于太阳的四倍，相互旋绕的公转周期为20天14小时。

开阳双星只有两颗吗？

不，如果用望远镜一看，开阳本身就是一颗四合星，辅星也是三合星，加起来有七颗，想不到还是七合星呢，当然这就不是肉眼能够看清楚的了。

北斗星

青天有月来几时

《把酒问月》

(唐)李白

青天有月来几时？我今停杯一问之。

人攀明月不可得，月行却与人相随。

皎如飞镜临丹阙，绿烟灭尽清晖发。

但见宵从海上来，宁知晓向云间没。

白兔捣药秋复春，嫦娥孤栖与谁邻？

今人不见古时月，今月曾经照古人。

古人今人若流水，共看明月皆如此。

唯愿当歌对酒时，月光长照金樽里。

月球是地球的伴侣，永远伴随着地球在茫茫太空中运行。

你可曾想过，月球是什么时候诞生的？

诗人李白提出这个问题，要请我们回答呢！

另一位唐代诗人张若虚在《春江花月夜》里，也问道："江畔何人初见月，江月何年初照人？"北宋苏东坡也说："明月几时有？把酒问青天。"一个个古代诗人提出同样的问题，要求得到满意的答案。古人缺乏科学知识，就让我们满足他们的愿望吧。

要说清楚这个问题，必须首先弄明白月球的起源。可是这个古老的问题，直到今天还有些困惑着人们。

有人说，月球是和地球同时产生的，是地球的姊妹。

有人说，月球是从地球分裂出去的，是地球的女儿。

有人说，月球是地球俘获的。

有人说，月球是地球和另一个星球碰撞的产物。

请问，你相信什么说法呢？

月球的年龄到底有多大？

随着登月活动的展开，以及其他科学手段，已经取得了许多资料，探悉了比较清晰完整的月球历史过程。现在就让我们来看它的历史吧。

月球历史可以分为5个大时代，分别是：

1. 前雨海纪。这是雨海事件以前的总称，生成了最古老的地形。

2. 雨海纪。月球上雨海盆地形成的时期，距今大约39-41亿年。

3. 风暴洋纪。由于大量陨石和小行星撞击月球，广大月海生成的时期，所谓"月海泛滥"时代。

4. 爱拉托逊纪。以爱拉托逊月坑为代表，相当于后月海时期的前阶段，主要受陨石冲击，形成许多月坑，至今还保存完好。

5. 哥白尼纪。以哥白尼月坑为代表，相当于后月海时期的后阶段，距今大约5亿年前，相当于地球下古生代的寒武纪，三叶虫和其他海洋生物大量出现的时期。

科学家测定月海里的玄武岩，也有31~39亿年。最古老的月尘，竟有44~46亿年，几乎和地球的年龄相当。李白和苏东坡的疑问得到比较清楚的解答了。

张若虚提出的问题呢？"江月何年初照人"？是不是月球刚形成的时候，就有幸运儿曾经看见过它了？

不，人类出现只有短短两三百万年的历史。月光最初照射人类，也只有两三百万年。在月球刚形成的时候，地球上还没有任何生物呢！

月球

月有阴晴圆缺

《水调歌头》

(宋) 苏轼

明月几时有？把酒问青天。

不知天上宫阙，今夕是何年？

我欲乘风归去，又恐琼楼玉宇，高处不胜寒。

起舞弄清影，何似在人间！

转朱阁，低绮户，照无眠。

不应有恨，何事长向别时圆？

人有悲欢离合，月有阴晴圆缺，此事古难全。

但愿人长久，千里共婵娟。

月儿圆了又缺，这是多么熟悉的景象。古代诗词里，经常有这样的描写。

请看杜甫在《八月十五夜月》诗中说："满月飞明镜"，李白说："峨眉山月半轮秋"，南唐后主李煜的一首词中说："无言独上西楼，月如钩"，另外一首五代古词的前半阕："新月曲如眉，未有团圆意"，以及另外一首古诗说："明月明月明月，争奈乍圆还缺。"这些岂不都表现了"月有阴晴圆缺"的变化？

为什么"月有阴晴圆缺"呢？

这是月相变化的原因。

什么是月相变化？就是月儿的圆缺变化呀！

话又说回来了，讲一讲为什么月儿会有这样的变化吧。

原来，月球本身不发光。我们瞧见月光亮堂堂的，那是太阳照射它的反光。

月球总是用一面朝着地球，可是它在转动中，和太阳的位置关系却在变化着。

当它背对着太阳，正面没有亮光，就是"朔"，相当于农历的初一。

当它面朝着太阳，正面被照射得亮堂堂的，是"望"，相当于农历的十五、十六。

当它和太阳成直角关系，天空中露出半个月亮，是"上弦"和"下弦"。前者相当于农历的初七、初八，后者相当于农历的二十二、二十三。

自古以来，高高挂在空中的月亮，和太阳一样受到人们崇拜。月亮盈亏有明显的规律性，最容易被人们注意到。古时候，人们就注意到月相变化的规律了。新石器时代出土的陶器，曾经发现弯月形的花纹。3000多年前的甲骨文中，"月"这个字就像农历初二、初三的新月。殷商就分出了大月30天，小月29天，早在那个时候就产生了月相授时的认识。种种事实表明，"月"的观念比"年"的观念还更早形成。

古人还根据月相变化，制定了太阴历，基本周期就是从朔到望的月相变化，和太阳运动没有任何关系。一个朔望月相当于29.53059日，一年354.36708天，包括中国、埃及、巴比伦、希腊、印度等许多文明古国都曾经使用过。在伊斯兰历法中，至今还在使用这种历法呢。

月相图

圆蟾照客眠，桂影自婵娟

《苍梧谣》

（宋）蔡伸

天，休使圆蟾照客眠。人何在？桂影自婵娟。

古时候，人们瞧见月亮表面有明有暗，根据明暗的图形，编出许多神话。古人认为月亮上有一只小兔子在月宫里面不停地捣药，还有一只青蛙和一棵桂花树，伴着嫦娥住在月宫里过日子。

真是这样吗？才不是呢。天文学家伽利略最早用望远镜观察月球，这才看清楚了月面上的真实情况。其中一些地方明亮，另一些地方黯淡。他以为月球上和地球一样，也有山有水，同样有几大洲、几大洋模式的海陆分布。于是，他就把明亮的部分当作"月陆"，黯淡的部分误认为是"月海"。

月海是月面上比较开阔平坦的部分，反照率低，只有6%，其实一滴水也没有。

他在月球面朝地球的一面，发现了22个"海"，并给它们取了一个个非常富于诗意的名字。

出于"地球地理"的模式观念，他把月球上的"水域"进一步划分。大的叫"海"，小的叫"湖"、"湾"或"沼"，最大的是"洋"。例如：风暴洋、冷海、静海、梦湖、虹湾、露湾、浪湾、雾沼。听着这些名字，就会觉得月球到处都充满了一片片波光荡漾的水面，景观非常美丽，一派诗情画意。

月球上比较大的几个"海"中，相当于"兔子脑袋"的是危海、澄海、丰富海和酒海；相当于"兔子身体"的是风暴洋、雨海、云海、湿海和汽海。后来才发现这些所谓的"海"和"洋"，其实都是一片片一滴水也没有的平原。

"月陆"是月面上的高地，一般高出月海2~3千米左右。用地球上的地形来比照，相当于大面积的高原。主要由浅色的岩石组成，反照率比较高，大约

17%左右。

月陆上有许多环形山，有的大、有的小，最大的是克拉维环形山，直径达到236千米，和海南岛大小差不多。月球正面直径大于1000米的环形山达到30万座以上。更小的叫做月坑，就多得没法计数了。除了这些坑坑洼洼的环形山和月坑，还有一条条巨大的山脉、长达几百千米的弯弯曲曲的月谷和一些宽达几千米的辐射纹。其中一些山脉用地球上的山脉命名，例如阿尔卑斯山脉、亚平宁山脉、高加索山脉等，以及绵延几百千米的阿尔泰峭壁。最高峰在南极附近，高达9000米，比地球上的珠穆朗玛峰还高。

根据伽利略创立的命名原则，月球上所有的环形山都用著名的天文学家、物理学家、数学家、化学家、哲学家、工程师、探险家的名字命名，已经命名的有3000多个。其中，有四座是用中国古代天文学家的名字来命名的，分别是石申、张衡、祖冲之和郭守敬。

月球表面

47

蒹葭苍苍

《诗经·秦风·蒹葭》

蒹葭苍苍，白露为霜。所谓伊人，在水一方。溯洄从之，道阻且长。溯游从之，宛在水中央。

蒹葭凄凄，白露未晞。所谓伊人，在水之湄。溯洄从之，道阻且跻。溯游从之，宛在水中坻。

蒹葭采采，白露未已。所谓伊人，在水之涘。溯洄从之，道阻且右。溯游从之，宛在水中沚。

这是一首两千多年前的民歌，好像是一首美丽的朦胧诗。

看呀，一片密密的芦苇，结满了亮晶晶的露水珠儿。我那心爱的人儿，伫立在那边的河水旁。要想逆流而上去找她，道路险阻又太长。若是顺流而下去找她，仿佛就在水中央。我的心儿飞过了芦苇、飞过了水，一直飞到她的身旁。

在这幅诗一样的古代风景画里，最吸引人们眼球的就是那一片随风摇曳的水边芦苇。别管古人的爱情，让我们就来说一说芦苇吧。

啊，芦苇，谁不知道呀。它总是成簇成片生长在水边，一根根紧紧挨靠在一起，生成密密的芦苇塘。

啊，芦苇，谁不知道呀。风吹着芦苇，就会飕飕飒飒响，演奏出一支支神秘的乐曲。说不出的轻柔又哀伤，叫人好迷惘。

啊，芦苇，谁不知道呀。秋天来了，又细又高的杆儿上，缀满了雪白的花絮。不是雪，不是霜，远望一片白茫茫，给诗人增添了多少遐想。

啊，芦苇，谁不知道呀。芦苇丛中是水鸟藏身，也是孵卵育儿的好地方。数不清的鹭鸶、秧鸡钻进钻出，数不清的野鸭、大雁飞起飞落，吱吱嘎嘎叫声多么响亮。

啊，芦苇，你可知道吗？你和许多野草，也和小麦、水稻是一家，都是禾本科大家庭的成员。只不过你长得高高的，可以达到两三米。如果人们钻进去，也看不见影子。

啊，芦苇，你可知道吗？你是最好的造纸原料，也是人造丝、人造棉的原料，还能编织席子、帘子，芦花可以做枕头，花絮可以做扫帚，芦根是健胃、镇呕、利尿的药材。古代埃及人干脆叫你是纸草，明明白白说清楚了你的用途。

啊，芦苇，你可知道吗？因为你的草茎很轻，里面含有空气，可以在水上浮起。上万年前古埃及人就用芦苇扎了一只只纸草船，在尼罗河上航行和捕鱼。后来还勇敢地扬帆出海，横渡了辽阔的大西洋。

芦苇的秘密真多呀，一下子没法细细讲。

蒹葭苍苍

芦苇荡

一江春水向东流

《虞美人·一江春水向东流》

（五代·南唐）李煜

春花秋月何时了，往事知多少？

小楼昨夜又东风，故国不堪回首月明中。

雕栏玉砌应犹在，只是朱颜改。

问君能有几多愁？恰似一江春水向东流。

这是南唐后主李煜做俘虏的时候，流着眼泪写的一首怀念故国的诗篇。诗中最后说到"一江春水向东流"，这是不可能改变的事情。

江水啊，江水，为什么老是日日夜夜不休息，滚滚滔滔地流向东方呢？难道不能改变一下方向吗？

李煜明白这个道理，在另一首词里也哀伤地吟唱道：

林花谢了春红，太匆匆！

无奈朝来寒雨晚来风。

胭脂泪，留人醉，几时重？

自是人生长恨水长东！

看呀，他心里明白，江水是永远流向东方的。

他在这里所说的江水，是万里长江水。

岂止长江水向东流，黄河也是一样的。韩愈在《河之水》里吟唱道："河之水，去悠悠。我不如，水东流。"黄河也是由西向东流淌过中华大地。

长江和黄河都发源于高高的青藏高原，巴颜喀拉山脚下，经过万里路途，一直奔流进东方的大海，世世代代都是这个样子。

为什么长江、黄河一直向东流？从前有一个神话传说。

据说，远古时期女娲在世的时候，水神共工和火神祝融打起来了。共工失败了，发了脾气，一脑袋撞向不周山，把支撑天空的柱子撞断了，天空和大地就倾斜了。大地向东方倾斜，水流就统统流进了东方的大海。

这样说对吗？当然不对。

科学家说："这是地形的影响。"

翻开地图看，中国地形有三大阶梯。"世界屋脊"青藏高原是第一阶梯，中部的山地是第二阶梯，东部大平原是第三阶梯。长江和黄河都发源于高高的青藏高原，当然就顺着地形流进东方的大海了。

噢，原来造成"一江春水向东流"的原因，就是这么一回事呀！

话说完了，人们忍不住还会问："是不是世界上所有的江水都向东流呢？"

那才不是呢。世界上只有"水往低处流"的道理，没有到处都是"一江春水向东流"的道理。如果什么地方东边高、西边低，还会"一江春水向西流"呢。

同样发源于青藏高原的印度河和恒河，岂不是顺着地形先往西流，再拐一个弯向南流吗？在云贵高原西部的横断山脉里，一条条江水还并排着向地势低矮的南方流去，造成了"一江春水向南流"呢。

长江

51

黄河之水天上来

《将进酒》

（唐）李白

君不见黄河之水天上来，奔流到海不复回。

君不见高堂明镜悲白发，朝如青丝暮成雪。

人生得意须尽欢，莫使金樽空对月。

天生我材必有用，千金散尽还复来。

烹羊宰牛且为乐，会须一饮三百杯。

岑夫子，丹邱生，将进酒，杯莫停。

与君歌一曲，请君为我侧耳听。

钟鼓馔玉不足贵，但愿长醉不愿醒。

古来圣贤皆寂寞，唯有饮者留其名。

陈王昔时宴平乐，斗酒十千恣欢谑。

主人何为言少钱，径须沽取对君酌。

五花马，千金裘，呼儿将出换美酒，与尔同销万古愁。

黄河发源在什么地方？

诗人李白说："黄河之水天上来。"

啊呀，诗人说的黄河，是一条"天河"呀！

黄河发源在什么地方？

古代地理学家郦道元在《水经注》里说，黄河发源在遥远的昆仑山下，潜入地下，后来冒了出来，才生成了我们看见的这条波涛滚滚的大河。

啊呀，想不到他说的黄河，居然是一条"地河"呢。

不，黄河不是"天河"，也不是"地河"，而是一条流淌在人间的大河。诗人的浪漫的幻想，还有别的猜测，全都不是真的。

黄河发源于青藏高原，青海省巴颜喀拉山脉雅拉达泽山约古宗列渠冰川前缘，刚刚诞生的黄河，是一条冰水汇集成的涓涓细流呢。你站在这儿，面对着寂静无声的高原，洁白如银的冰川，浅得不能再浅、细得不能再细、冷得不能再冷的一股小小水流，你能相信这就是李白说的"天河"，郦道元说的"地河"，哺育中原大地的母亲河吗？

不要怀疑，不要认为这是荒诞的童话。这就是它，我们的母亲河，伟大的黄河横空出世时的第一个镜头呀！

人之初，尚未牙牙学语。河之初，也不能汹涌奔腾。我们至亲至爱的母亲黄河，刚诞生时就是这样的。当它从这里流出去，沿途接纳了无数大大小小的支流，才汇合成了气势磅礴的大河。古时候，人们干脆就叫它"河"。一个"河"字代表了一切，多么干脆利落。好一个"河"！除了它，谁还配得上这个名字？

请别小看了它的发源地只是区区一条冰川。就是这条银色的冰川，最后发展成为了浩瀚的黄河。世界上的河流有各种各样的起源，黄河的起源是冰川融化水，这叫做冰川水源的河流。

黄河

53

气蒸云梦泽

《望洞庭湖赠张丞相》

（唐） 孟浩然

八月湖水平，涵虚混太清。

气蒸云梦泽，波撼岳阳城。

欲济无舟楫，端居耻圣明。

坐观垂钓者，徒有羡鱼情。

看呀，盛夏八月的洞庭湖，被一片迷迷蒙蒙的水雾笼罩着，显示出一派梦幻般的景色。

那是什么，是漂浮在水上的雾气吗？不是的，根据诗人的描述，这是水蒸气呀。丝丝袅袅的水蒸气不住向上升腾，好像整个湖面都在水汽里上升。

为什么湖上会生成这样的情况？这和当时的季节分不开。

盛夏八月，位于华中的洞庭湖区，正是酷暑季节。在空旷的洞庭湖上，火辣辣的日头无遮无盖地悬挂在空中，散发出炙人的热量，就可以使湖水蒸发成一股股水蒸气，从湖面冉冉升起，就形成诗中的这种"气蒸云梦泽"的景象了。

噢，原来这是常见的蒸发现象呀。这种情况不仅生成在广阔的水面，陆地上也能够形成同样的现象。

你不信么？请看一个例子。我们都有在烈日下的公路上步行或者乘车的经历，抬头看前方的路面，常常可以瞧见一片迷迷腾腾的样子，有时候甚至产生了路面有一些积水潭的感觉。那就是蒸发的水汽产生的幻觉，迷惑了我们的眼睛。别以为路面上光秃秃的，什么东西也没有，总也有些水分，在烈日炙烤下就能够产生和水面一样的蒸发了。

蒸发需要考虑两个因素，地表的水分和空中烈日的威力。在干旱的荒漠里虽然水分很少，但是太阳的威力却比别的地方大得多。不用说，这里也能产生强烈的蒸腾作用。唐代边塞诗人岑参描写西域的夏天景象说："西头热海水如煮，海上众鸟不敢飞。"接着又描写湖边沙漠说："蒸沙烁石燃虏云，沸浪炎波煎汉月。阴火潜烧天地炉，何事偏烘西一隅？"湖水沸腾像是煮开了，干燥的沙子和石头也被蒸腾得像是火烧，简直把这里描写成可怕的火的炼狱了。

荒漠里的石头真的可以被蒸腾得像火烧吗？

可以的！戈壁滩上的石块就可以作为证明。在戈壁滩表面的石块，往往变成亮光光的黑褐色，好像在外面涂了一层油漆，叫做"沙漠漆"，就是由于强烈蒸发，使石头内部的矿物质随着水分蒸发出来，沉淀在石头表面而生成的。

强烈的蒸发，还会使田地干裂，禾苗干枯，威力真不小呢。

洞庭湖

名不副实的"五岳之首"

《望岳》

(唐)杜甫

岱宗夫如何，齐鲁青未了。

造化钟神秀，阴阳割昏晓。

荡胸生层云，决眦入归鸟。

会当凌绝顶，一览众山小。

看呀，杜甫登上泰山山顶，只觉得天地无限广阔，周围的群山统统俯伏在脚下，再也没有比它更高的了，不由从心里发出这样的感叹。

《孟子》里记述："孔子登东山而小鲁，登泰山而小天下"，觉得登上了泰山，几乎就看见整个天下了，也是同样的感觉。

为什么人们都有这样的联想？因为泰山很高呀。在周围群山中高高耸起，当然就有"会当凌绝顶，一览众山小"的感觉了。

泰山号称"五岳之首"，别号岱宗。其实它并不比别的"岳"都高。根据2007年公布的19座名山的最新高度数据比较，五岳海拔高度自高而低，依次是西岳华山2154.9米，北岳恒山2016.1米，东岳泰山1532.7米，中岳嵩山1491.7米，南岳衡山1300.2米，泰山只不过是"五岳之中"而已。

泰山为什么被称为"五岳之首"？这和它的特殊地理位置有关系。它位于山东半岛西部，周围除了一些低矮的丘陵，就是一片大平原，是看日出的好地方。在这样的环境里，当然出人头地，"一览众山小"了。

它的出名还和这里是古代文化中心鲁国有关，它同时是中原地方最高的山峰。

为什么人们这样尊敬泰山？

因为它是最早被封为"岳"的名山。

谁封它做"岳"的？是秦始皇。他统一天下后，为了答谢皇天后土，也显示自己至高无上的权威，习惯到泰山封禅。由于它是最早封禅的名山，后来才接连封了其他几座山，它的地位越抬越高，所以它也就顺理成章成为了"五岳之首"。

古时候，人们认为东方是一年之始的春天发生的地方，吉祥的紫气由东而来，沾染了浓厚的仙气。所以这里朝山的人特别多，香火非常旺盛，也增添了它作为"五岳之首"的砝码。

其实泰山不仅很高，山形也很壮观。清代文人姚鼐在《登泰山记》中描述它："山多石，少土。石苍黑色，多平方，少圆。少杂树，多松，生石罅，皆平顶。"为什么会是这个样子？这是花岗岩地形的特点。

泰山主要是花岗岩构成的，坚硬的花岗岩形成悬崖绝壁，奇异的怪石，景色非常壮观。山上都是光秃秃的岩石。所以"多石，少土"。这里的岩石以沿着裂隙崩解的物理风化为主，不容易化学风化，所以山上的石头都是带棱带角的，"多平方，少圆"了。山上的松树特别多，所以"少杂树，多松"。这里有一棵特别著名的松树，传说秦始皇曾经在树下避雨，叫做"五大夫松"。

泰山

东临碣石有遗篇

《步出夏门行·观沧海》

(三国) 曹操

东临碣石，以观沧海。

水何澹澹，山岛竦峙。

树木丛生，百草丰茂。

秋风萧瑟，洪波涌起。

日月之行，若出其中。

星汉灿烂，若出其里。

幸甚至哉，歌以咏志。

东汉献帝建安十年 (公元 205 年)，曹操打垮了北方最大的对手袁绍，逼得他吐血而死。他的儿子袁谭、袁尚逃到东北地方的乌桓，企图勾结乌桓贵族反攻倒算。建安十二年公元 207 年夏天，曹操亲自领兵追剿，九月凯旋，途经碣石的时候，兴致勃勃登上山顶，了望大海。面对着无边无垠的大海，满怀激情吟唱了这首诗，表现出他踌躇满志的英雄气概。

碣石在什么地方？

有人说是山东无棣碣石山，又名马谷山。笔者在上世纪 50 年代中期前往考察，那是一个玄武岩火山锥，远远偏离曹操进军乌桓的路线，距离海边也还有一段路，站在山顶上根本就看不见海，不是曹操登临望海的碣石。

曹操看海的碣石，应该是今天河北昌黎海边的小碣石山。

毛泽东也到过这里，写下了"往事越千年，魏武挥鞭，东临碣石有遗篇"的诗句，说的就是曹操在这里东望大海，留下诗篇的事情。

在一望无涯的海滨平原上，这里是看海最好的地方。传说秦始皇、汉武帝、唐太宗等许多帝王，也曾经在这里看过大海。可惜秦皇、汉武略输文采，唐宗、宋祖稍逊风骚，不会吟诗作赋。要不，就更加增添它的传奇色彩了。

碣石是一座高山吗？

不，它的主峰仙台顶只有695米高，根本就不能和别的名山相比。可是请你别小看了它。它耸立在一片低平的平原和大海中间，也有一派雄伟的气势，显得非常突出。

不算太高的碣石，很容易爬上去吗？

不，它是一座岩性坚硬的花岗岩山峰，到处都是悬崖绝壁，好像刀砍斧劈似的，很不容易攀登。

为什么它叫碣石这个名字？

原来山上有一根巨大的石头柱子。传说这是当年大禹治水的时候，在洪水里拴船的柱子，刻写着"大禹拴船处"几个大字，留给人们许多遐想。

碣石山紧紧挨靠着渤海湾，视野非常宽广。人们说："登泰山而小有天下，登碣石而小有沧海"，一点也不错。

北戴河碣石

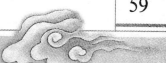

飞流直下三千尺

《望庐山瀑布》

（唐）李白

日照香炉生紫烟，
遥看瀑布挂前川。
飞流直下三千尺，
疑是银河落九天。

瞧呀，浪漫的诗人把瀑布当成是银河，譬喻得再好也没有了。

读了这首诗你会问，哗啦啦的瀑布，真的是天上的银河落下来的吗？

不，银河是一条"星星河"，没有一滴水，怎么可能生成瀑布呢？所谓"银河落九天"，纯粹是诗人的想象。如果把诗人那浪漫主义的想象当成是真的，那就上当啦。

瀑布到底是怎么生成的？

地质学家给瀑布取了另外一个名字，叫做跌水。意思是高处的水，一个跟斗跌了下来。哈哈，这个名字真形象啊。一听这个名字，就知道它的生成原因了。

高处的水怎么跌下来，形成了一道道瀑布，有不同的原因。

在自然界里，最常见的是河水从一道陡崖上面泻流下来。著名的黄果树大瀑布，就是附近一条白水河流到这儿，从高高的石灰岩悬崖上面流下来的。北美洲的尼亚加拉大瀑布，也是同样的成因。滚滚河水流不尽，当然就形成了哗啦啦的瀑布啰。

半崖上的溶洞里流出的地下暗河，也可以生成瀑布。在长江三峡的大宁河小三峡里，有一个奇怪的瀑布从溶洞里流出来，飞洒在半空中，就是这个原因。

跌水有高有低，瀑布有大有小。有的地方，它的落差很小，还不配叫瀑布，只能叫做跌水。成都附近有一座天台山，层层叠叠的小跌水，虽然没有巨大的瀑布壮观，但也很有趣。

瀑布有的有巨大的声响，有的几乎没有一点儿声音。

清代文学家袁枚在浙江省天台县写的《峡江寺飞泉亭记》中描写说："飞瀑雷震，从空而下"，"闭窗瀑闻，开窗瀑至"，就是瀑布声音最好的写照。想一想，从半空中泻流下来的瀑布，好像雷声轰鸣一样，关着窗子都能够听见，可见声音有多大，简直像是如雷贯耳。读了这篇文章，耳畔似乎也回响着瀑布的声音。地跨赞比亚和津巴布韦两国的维多利亚大瀑布，赞比亚人叫做莫西瓦图尼亚瀑布，津巴布韦人叫做曼吉昂冬尼亚瀑布，都是"声如雷鸣的雨雾"的意思，名字本身似乎就是有声音的。

四川省成都附近的银厂沟风景区里，有一个小小的瀑布，无数水珠儿从崖上飘洒下来。笔者当年设计这个风景区的时候，就给它取名叫做珍珠帘瀑布，基本上是没有声响的。虽然算不上壮观，却也很富于诗意呢。

庐山瀑布

温泉水滑洗凝脂

《长恨歌》

（唐）白居易

汉皇重色思倾国，御宇多年求不得。

杨家有女初长成，养在深闺人未识。

天生丽质难自弃，一朝选在君王侧。

回眸一笑百媚生，六宫粉黛无颜色。

春寒赐浴华清池，温泉水滑洗凝脂。

侍儿扶起娇无力，始是新承恩泽时。

……

　　这首《长恨歌》，写的是唐明皇和杨贵妃缠绵悱恻的爱情故事。这个故事发生在长安以东，骊山北麓有名的华清池。华清池是我国最早开发、最有名的温泉之一。

　　天下温泉数不清，有谁能比华清池？

　　这儿曾是周幽王的骊宫，秦始皇的骊山汤，汉武帝的离宫，唐太宗的温泉宫，唐明皇的华清宫，从来都是赫赫帝王的行宫别墅。有了华清宫，才叫华清池。天下温泉虽然多，怎能及这一眼温泉水，历史故事积累多多？

　　什么是温泉？说白了，就是地下热水在地表的露头。如果泉水温度高于当地的年平均气温就是温泉了。如果温度特高，接近沸点，又叫沸泉。如果水温低于气温，叫做冷泉。

　　温泉是怎么生成的？说起来也非常简单，这和地热有关系。

　　地壳下面隐藏着火热的岩浆，温度比地面高得多。地壳下面越深，温度越高。在几千米深的地方，温度可以达到几十度，甚至上百度。如果有一股地下水接近地下深处的高温地方，岂不就会被"烧热"了，再流出来，就成为温泉了。

什么条件才能够接近地热，又涌流出来？一般来说，有两种情况。

一种是火山地区，直接和岩浆活动有关联的温泉。云南腾冲和黑龙江五大莲池火山群，都有这种温泉分布。不用说，这种温泉水里含有许多特殊的矿物质，治疗皮肤病和别的疾病有很大的疗效。内蒙古东部的阿尔山泉水就能够治病。据说，每股泉水治的病也不一样。人们给每个泉眼取了不同的名字，分别叫做心脏泉、肝脏泉、肾脏泉、脾脏泉、肺泉、胃病泉、眼病泉、耳病泉等，听着这些名字就可以猜到，它们能够治疗什么疾病，简直像是走进了一个医院。其中还有一个最神秘的问病泉，又称万能泉。据说，想治病的人先到这里泡一下，觉得身上有什么地方不对劲，便表明哪儿有毛病。下一步再对症下"泉"，到专门的泉水里泡一下，病情就可以一天天松快了。难怪当地的蒙古族牧民非常崇拜阿尔山的泉水，把它称为"神泉"，传说得神乎其神了。

人们不禁会问，阿尔山温泉真的有这样奇妙的功能吗，到底是什么原因？

原来这些从地下深处流出来的泉水，每一股所含的矿物质成分和数量都不一样。有的的确能够治病，只是没有传说的那样神奇罢了。

另一种和断裂带有关系。地下水沿着断层，从地下深处涌流出来，温度也很高，有的也有治疗疾病的效果。陕西骊山下有一条巨大的活动性断裂带，华清池就是这种类型。华清池的水，来源于东边的骊山温泉的四个泉眼，每小时流量达 112 吨，水温达到摄氏 43 度。泉水里含有石灰、碳酸钠、硫酸钠、硫磺、氧化钠等多种矿物质，对皮肤病、风湿病、关节炎、肌肉痛等多种疾病有一定的疗效。白居易在《长恨歌》里描写说："温泉水滑洗凝脂"，说明温泉的水很"滑"，洗浴后令人的皮肤像"凝脂"一样光滑洁白。

华清池

温泉水滑洗凝脂

东边日出西边雨

《竹枝词》

(唐) 刘禹锡

杨柳青青江上平，
闻郎江上唱歌声。
东边日出西边雨，
道是无晴却有晴。

这是诗人深入长江三峡民间生活，用当地竹枝词的形式写的一首诗，写得多么俏皮、多么富于生活气息呀！根据东边天晴、西边下雨的天气特点，运用"晴"和"情"的谐音，表露一个对爱情寄托着深深希望的姑娘的复杂心情，实在太妙了。

在这首诗里，描写的是一种山区特殊的天气现象。一边出太阳，一边在下雨，难怪要说是"东边日出西边雨，道是无晴却有晴"了。

不仅南方的三峡里有这种现象，北方山西黄土高原上也有同样的民间天气谚语说："天东雨，隔堵墙；这边落雨，那边出太阳。"

下雨，就是下雨；出太阳，就是出太阳。为什么会有这种半边下雨、半边晴的天气？

其实，这是一种常见的天气现象。特别是在炎热的夏天，这种"东边日出西边雨"的现象最容易发生。

说来道理很简单，火辣辣的夏天，常常有雷阵雨，就是产生这种现象的温床。

雷阵雨和一般的降雨不同，不是大面积下雨，而只是一团雨积云产生的。这种雨积云的面积本来就不大，云层下面降雨的面积当然也不会太大。只有在云下的地方才有雨水，甚至是哗啦啦的大雨，云影外面的广阔地方，没有雨积云遮盖，照样一片阳光灿烂，就生成了一边下雨、一边依旧出太阳的特殊天气。

噢，明白了。原来这一团雨积云好像是高高挂在空中的一个"淋浴器"，只是在它的喷头下面才有水。它影响不了的地方，照旧是干的。

这个空中的"淋浴器"位置始终不会变化吗？

不，值得注意的是，由于风的影响，雨积云会被推动着慢慢移动，地面相应的降雨区也跟着移动，雨区和晴区的位置就会不停地变化，并不是稳定不变的。

这种现象在山野里看得非常清楚。站在一个开阔的地方，特别是在周围没有遮掩的山顶上，可以远远眺见天上的雨积云慢慢移动，云影下的雨脚也跟随着不停地移动。如果有一团雨积云正朝着自己所在的地方移动过来，还可以选择躲避的路线。不要顺着雨积云来的方向跑，只需横着跑，或者斜着跑，就能够十分从容地躲开它，不会被雨水浇得周身湿淋淋。掌握了这种雨积云和雷阵雨移动的规律，看清楚了雨脚移动的方向和速度，要躲开它非常容易。

由于地球从西向东自转，我国上空的气流也大多是从西向东运动，所以在一般情况下，雨积云和雷阵雨往往也有从西向东移动的规律。当然啰，在不同季节的不同的风的影响下，它的移动规律也不完全相同，需要根据实际情况而定。

云区

东虹日出西虹雨

《诗经·鄘风·蝃蝀》

蝃蝀在东，莫之敢指。女子有行，远父母兄弟。

朝隮于西，崇朝其雨。女子有行，远兄弟父母。

乃如之人也，怀婚姻也。大无信也，不知命也。

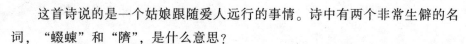

　　这首诗说的是一个姑娘跟随爱人远行的事情。诗中有两个非常生僻的名词，"蝃蝀"和"隮"，是什么意思？

　　翻开字典看，这都是"虹"的意思。瞧呀，一会儿东边天空挂着一道彩虹，一会儿西边天空挂着一道彩虹，是怎么一回事呢？咱们不管那个姑娘到哪儿去，就说天上的虹吧。

　　下雨后，天空中常常出现一道美丽的彩虹，好像是弯弯的天桥，真好看啊！

　　瞧着天上的彩虹，人们不禁会问，它是怎么生成的？

　　这是一种常见的光学现象，是太阳光照射着空中的水滴，发生折射与反射形成的。不同波长的光的折射率不一样，原来的白色光线经过折射后就会分解成红、橙、黄、绿、青、蓝、紫七种颜色，于是就生成美丽的彩虹了。

　　其实只要空气中弥漫着水滴，特别是雨后刚刚转晴的时候，空气里的尘埃特别少、小水滴特别多，加上太阳光正在观察者的背后，尤其是清晨或者傍晚低角度映照，就有可能产生彩虹现象。在瀑布附近，或者洒水车旁边，常常也能够看见类似的彩虹现象呢。

　　彩虹的鲜艳程度和宽窄不一样，是怎么生成的？

　　这是受空中水滴大小的影响。如果水滴比较大，彩虹就比较鲜艳，也比较窄；水滴小，色彩就淡些，也比较宽些。

　　为什么早上的彩虹总是在西边，傍晚的彩虹总是在东边？

说来很简单，因为我们面对太阳看不见彩虹，只有背着太阳才能看到彩虹。早上太阳从东边升起，彩虹当然映在西边天空。傍晚太阳在西边落山，彩虹就映在东边天空里了。

虹的出现常常和天气变化有关系。虹所在的位置，往往可以作为天气预报的根据。

经过长期生活实践，人们总结出经验，编了两句民间谚语说："东虹日头西虹雨"。有的地方的人们又说："朝虹雨，夕虹晴"，都是一个意思。

为什么虹的位置和出现时间可以预报天气？

说来道理很简单。因为地球由西向东自转，天气系统运动也有同样的自西向东移动规律。如果西边出现虹，表明西边的雨区会移过来，本地就会下雨。东边有虹，表明雨区在东边，它往东移动走了，不会影响本地，当然这里就不会下雨了。

彩虹

半江瑟瑟半江红

《暮江吟》

（唐）白居易

一道残阳铺水中，
半江瑟瑟半江红。
可怜九月初三夜，
露似真珠月似弓。

这是白居易在唐宪宗元和年间，担任江州司马的时候写作的。有人又说，这是他到杭州担任刺史的途中写的。诗中的"江"，应该是长江，而不是有人认为的长安东南郊的曲江。

看啊，一道西下的夕阳霞光，映照在江水上。水上波光粼粼的，一些地方绿碧碧的，一些地方红映映的，活像是一幅色彩丰富的油画。配上秋夜空中弯弯的月儿，以及不知凝结在岸边草上，还是船篷上的亮晶晶的露水珠，真美呀！

仔细琢磨这首诗，不仅意境很美，有很高的文学价值，还包含有一些物理知识。

在落日余晖映照下，为什么会生成"半江瑟瑟半江红"的景象？

这是因为红光的波长比较长，容易发生衍射现象，使晚霞变成红色，在水波上映出了一派红光。

晚唐诗人温庭筠在《梦江南》中，也抒写了一首情意脉脉的夕阳诗。

梳洗罢，独倚望江楼。
过尽千帆皆不是，
斜晖脉脉水悠悠，
肠断白蘋洲。

看呀，一个多情的姑娘，早上梳妆后，就独自登上江边的小楼，等待远行的爱人归来。望呀，望呀，望遍了无数只船儿，眼睛都望酸了，都不是爱人所乘坐的那只船。直到黄昏时分，夕阳的霞光铺在悠悠的水波上，这个痴情的姑娘还在盼望。望着长满白蘋的那个熟悉的江心沙洲，不由触景生情柔肠寸断，流下了眼泪。

　　归来吧，远行的人，莫让深深爱你的人儿总是空等待。

　　诗中的"斜晖脉脉水悠悠"，岂不也是"一道残阳铺水中，半江瑟瑟半江红"的情景？

江水

秋荷一滴露

咏露珠

（唐）韦应物

秋荷一滴露，
清夜坠玄天。
将来玉盘上，
不定始知圆。

清晨走进荒野里，常常会瞧见一颗颗亮晶晶的水珠儿，凝结在青草叶上。

露水是怎么生成的？

这是夜间水汽凝结的。

为什么一年三百六十五天，不是天天都能瞧见露水珠？因为它的生成需要一定的条件。

请问，什么是露水凝结最理想的条件？

晴朗无云的夜晚，是形成露水最理想的时候。这时候地面上的草叶和树枝由于在夜间散热很快，表面温度迅速下降，底层空气里的水分接触到草叶和树枝，就很容易凝结成一个个小小的水滴，这就是露水了。

这里说的夜晚，不一定都是漆黑的子夜，傍晚和清晨时候也能够生成露水。陶渊明在《归园田居》中说："种豆南山下，草盛豆苗稀。晨兴理荒秽，带月荷锄归。道狭草木长，夕露沾我衣。衣沾不足惜，但使愿无违"。曹操《短歌行》说："对酒当歌，人生几何？譬如朝露，去日苦多"。这两首诗中的"夕露"和"朝露"，就是傍晚后不久和清晨前不久所形成的露水。这些时候由于气温下降，都能够使空气里的水分凝结生成露水。

为什么露珠是圆的？

这是一种特殊的物理现象。由于在体积相等的各种形状的物体中，球形物体的表面积最小。液体的表面张力作用，使露水表面收缩到最小面积，就成为珍珠一样的球形了。

　　诗人观察得非常仔细，发现露水珠儿只有在荷叶上滚动的时候，才会感觉到它特别圆。

　　清晨草叶上的一串串露水珠，水质十分纯净。一颗颗亮晶晶、圆溜溜的，非常好看，真的像是晶莹透亮的珍珠呢。

　　古时候，人们认为露珠是最好的饮料，喝了可以延年益寿。其实这只不过是普通的水分罢了，不能当成是灵丹妙药来对待。

荷叶

艨艟巨舰一毛轻

《观书有感》

（宋）朱熹

昨夜江边春水生，
艨艟巨舰一毛轻。
向来枉费推移力，
此日中流自在行。

　　为什么沉重的船只平常推也推不动，漂浮在水上一下子就可以自由自在航行了？

　　这是浮力的奥妙。

　　公元前三世纪的古希腊学者阿基米德，号称"物理学之父"、"数学之神"，是一位了不起的科学家，留下了许多创造发明和奇闻逸事。

　　有一次，赫农国王拿了许多黄金，叫一个工匠做一个金冠。工匠做好后，他怀疑这个工匠会不会掺假。可是把这个做好了的金冠放在天平上一称，和原来的金子一样重，没法查明真假。怎么在不损坏金冠的条件下，弄清楚其中有没有掺假呢？身边的大臣谁也没有办法。赫农国王就请阿基米德解决这个难题。

　　阿基米德想了很久，刚开始也想不出是什么原因。有一天他泡在洗澡盆里，忽然觉得身子轻飘飘地浮了起来。他的身子浸进满满一盆洗澡水，水立刻哗啦啦往外溢流。他一下子明白了，忍不住高兴得大声叫喊："我知道啦！"连衣服也顾不上穿，就从洗澡盆里跳起来，直朝外面跑去。

　　他弄明白了什么？因为他完成了国王交给他的任务，终于查明狡猾的工匠在金冠里掺了假，盗窃了贵重的黄金。

　　他怎么知道那个工匠掺假的？

　　因为他从这个现象悟得了一个非常重要的原理。发现了物体在液体中所获得的浮力，相当于其排开液体所受的重力，得出了浮力定律。后来为了纪念这位伟大的科学家，人们就把浮力定律命名为阿基米德定律。

瞧，聪明的阿基米德，在洗澡盆里就解决了一个重大的科学问题。

阿基米德是聪明的，可是他并不是唯一发现浮力定律的人。在我国三国时期，有一个孩子也发现了同样的现象。

这个孩子是曹操的小儿子曹冲。有一次东吴孙权送给曹操一只大象。曹操非常高兴，却不知道它有多重。两旁文武大臣面面相觑，谁也想不出办法。这时候曹冲不慌不忙走出来，叫武士把大象牵上一只船，看船下沉多少，在船边做一个记号。再把大象牵上岸，搬运许多石块装上船，当船沉到相同的位置的时候，称一下这些石块的重量，就是大象的体重了。

朱熹在这首诗里所说的现象，也是同样的科学原理。

"艨艟巨舰"够大了，放下水会沉一些儿下去，这是它的吃水深度。当它沉下水，就会排开一些水。这些被排开的水的重量，就相当于对它产生的浮力。船越大，受到的浮力也就越大。我们常常说，一些大船的排水量是多少吨，也就可以知道浮力有多大了。不用说，排水量越大的船，装载的东西也越多。请你想一想，排水量几万吨的油轮和航空母舰，浮力有多大，可以装载多少东西？

这样说，也许还不清楚。让我们换一个说法吧。

浮力是怎么产生的？

浸泡在液体中的物体，各个侧面都会受到液体对它的压力，它的前后、左右两侧面受到的压力互相平衡了。但是下面受到的向上的压力，比上面受到的向下的压力大，物体上下表面受到的压力差，就产生了特殊的浮力。物体受到的浮力的方向总是竖直向上的。

液体能产生浮力，气体能产生浮力吗？

当然也可以。气球和气艇能够在空中漂浮，就是空气浮力的原因。

"艨艟巨舰一毛轻"的原因，说起来就这样简单。曹冲和朱熹都不知道阿基米德的发现，同样懂得了这个原理，也很了不起。

正是河豚欲上时

《惠崇春江晚景二首之一》

（宋）苏轼

竹外桃花三两枝　春江水暖鸭先知。
萎蒿满地芦芽短　正是河豚欲上时。

啊，河豚，叫人又爱又怕的鱼儿。

为什么人们爱它？

因为它好吃呀！人们说它和刀鱼、鲥鱼是三道最美味的河鲜，而它是这"三鲜"之冠。古代有一个谚语说："不食河豚，焉知鱼味？食了河豚百无味"。这个谚语说的是河豚实在太好吃了，吃过河豚觉得这才是真正的美味，再也不想吃别的东西了。

为什么人们怕它？

因为它有毒呀！据说，1 克河豚毒素就能毒死 500 人。这样毒的鱼，比砒霜还厉害，怎么不怕它呢？

既然河豚有毒，为什么还有人想吃它？说来说去就是因为它的肉好吃，人们管不住自己的嘴巴，所以有拼死吃河豚的说法。苏东坡在另一首《戏作回鱼》诗里说："粉红石头仍无骨，雪白河豚不药人。寄语天公与河伯，何妨乞与水精鳞。"也是一样的意思。河豚怎么不药人呢？请注意他给这首诗题名的一个"戏"字，就是说着好玩的。谁真敢乱吃河豚，不"药人"才奇怪了。

河豚又叫河鲀。古时候称为鲐，现在民间又常常叫它为艇鲅鱼、气泡鱼。

河豚是什么样子？它的个儿很大，一般长一尺左右，体重 1000 克上下。身体好像是一个圆筒，又短又肥厚。带花纹的黑褐色背脊，配上白肚皮，身上光溜溜的没有鱼鳞。尾巴细细的，很像一个大蝌蚪。它的嘴巴很小，露出愈合在一起的牙板，模样儿怪怪的。

有趣的是它的肚皮里面有一个很大的气囊，遇着敌人或者受到惊吓，立刻就鼓满气，把肚皮胀得像气球似的，翻转肚皮躺在水面装死。有时候还能发出"咕咕"的叫声呢。

它的名字虽然带一个"河"字，却是一种暖水性海洋底栖鱼类，有100多个品种，世界上许多地方都有它的踪迹。我国沿海各个海区都能找到它，只不过长江口附近最多而已。它主要栖息在大海里，每年春天游进河里产卵，所以人们误认为它是河里的鱼儿，取了河豚这个名字。

河豚的毒主要集中在肝脏、血、眼睛、生殖腺里，如果有一点儿没有清洗干净，就会使人中毒。

什么地方的河豚最多？

人们早就掌握了它分布的规律，说江阴的河豚最有名。在靠近长江口的镇江、江阴一带，是河豚最集中的地方。

什么时候河豚最多？

人们说它"立春出江中，盛于二月"。前面所举的苏东坡的那首诗中也说得清清楚楚，在"竹外桃花三两枝，春江水暖鸭先知"的时候，就是"河豚欲上时"了。

噢，河豚，这是美味的毒药呀！好好管住自己的嘴巴吧。保护自己的生命最重要，这样的毒鱼最好别碰它。

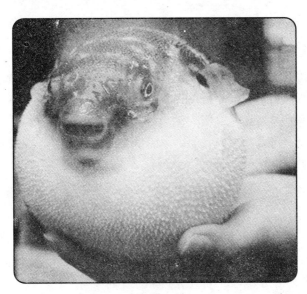

河豚

似曾相识燕归来

《浣溪沙》

（宋）晏殊

一曲新词酒一杯，去年天气旧亭台。
夕阳西下几时回？

无可奈何花落去，似曾相识燕归来。
小园香径独徘徊。

春天来了，燕子回来了。

瞧呀，两只熟悉的身影低低掠过天井，笔直飞到屋檐下面，找到了它们从前住的旧巢。

听呀，它们兴奋地呢呢喃喃，不知在说什么事情。

是互相倾诉回家的喜悦吗？是向屋子的主人问好，说一声："您好！还认识我们吗？"

啊，当然认识它们呀！人们早就知道燕子有千里迢迢飞回来，寻找旧巢的习惯了。古时候，人们把黑色的小燕子叫做元鸟。春秋时期的《礼记》里，就明明白白记述有"元鸟归"的句子，表明早在那个时候，人们就知道燕子是飞来飞去的候鸟了。

人们喜欢小燕子，翻开古代诗词，有数不清的描写燕子的篇章。让我们再看一首诗吧。

唐代大诗人刘禹锡在一篇题名《乌衣巷》的绝句里写道："朱雀桥边野草花，乌衣巷口夕阳斜。旧时王谢堂前燕，飞入寻常百姓家。"

想不到的是，小小的燕子从远方归来，真的像游子回家一样，还能够找到从前居住的地方，重新筑巢居住呢。

北宋宰相诗人晏殊在这首《浣溪沙》中所写的现象，更加能够说明问题。

好一个"无可奈何花落去"，点明了燕子归来的时间是春天快要结束的落花季节。

好一个"似曾相识燕归来"，说的就是去年来过的老燕子，现在又飞回来了，十分准确地找到了从前住过的地方。难怪另外一个元代的宰相诗人刘秉忠也写道："衔泥旧燕垒新巢"，说明了燕子飞回来，重新修补旧巢的情况。

为什么燕子每年总要飞来飞去？主要是气候环境的影响。

一阵秋风一阵凉。秋季冷空气南下的时候，北方首当其冲。对燕子来说，不仅是天气逐渐变冷，还因为气候变化，作为食料的小虫子也一天天少了。本来在这里住得好好的燕子，只好告别旧巢，成群结队向温暖的南方飞去，一直飞到暖和的南海边，度过漫长的冬天。

等到春暖花开的时候，不仅大地春回，气候变暖，更加重要的是在暖和的季节里，许多昆虫也大量繁殖，给燕子提供了丰富的食料。一群群燕子又飞回北方，在老地方营巢繁殖小鸟，是名副其实的候鸟。每年这样不停地飞来飞去，与其说是气候冷暖的单纯原因，还不如说它们是追逐食物的天空游牧者，还包含了为了填饱肚皮的因素。

燕子

似曾相识燕归来

望帝春心托杜鹃

《锦瑟》

(唐) 李商隐

锦瑟无端五十弦，一弦一柱思华年。

庄生晓梦迷蝴蝶，望帝春心托杜鹃。

沧海月明珠有泪，蓝田日暖玉生烟。

此情可待成追忆，只是当时已惘然。

这首诗里的"望帝春心托杜鹃"一句是什么意思？

这其中有一段故事。来自西边龙门山中的古代蜀族最后一个首领杜宇，又叫做望帝。据说他在位的时候发生洪水，没有办法治理。后来从东边来一个部落首领鳖灵（又叫丛帝）治好了洪水灾害，逼迫杜宇让位，杜宇只好退回西边山中，日日夜夜梦想回来却不能够。春天到来的时候，他就变成一只杜鹃鸟，飞回成都平原，一声声啼叫，提醒人们准备布谷种庄稼。

杜鹃就是布谷鸟，每当春天布谷的季节，总是在田野里飞来飞去，不停地"布谷，布谷"叫着。声音活灵活现的，仿佛真的是在提醒人们赶快布谷下种呢。

人们仔细听它的声音，又像在呼叫："不如归去，不如归去"，产生了许多联想。朱熹在《杜鹃》诗中说："不如归去，孤城越绝三春暮，故山只在白云间，望极云深不知处。不如归去不如归，千仞冈头一振衣。"范仲淹也写道："夜入翠烟啼，昼寻芳树飞。春山无限好，犹道不如归。"说的都是它。

杜鹃又叫子规，全世界到处都有它的影子，特别在我国南方和亚洲热带地方最多。它好像害羞似的，喜欢躲藏在树林和灌木丛里，常常只听见它的声音，看不见它的身影，显得有些神秘兮兮的。

杜鹃鸟是什么样子？

杜鹃鸟有许多种类。常见的一种，个儿比鸽子小些，背上是暗灰色，肚皮上布满了黑褐色的条纹，还有的是红色或白色的斑纹。也有的是明亮的鲜绿色，隐藏在树丛中很不容易被发现。还有的热带杜鹃的背上和翅膀上，像彩虹一样蓝艳艳的。映照在热带阳光下，飞起来特别显眼。

杜鹃鸟啼叫的时候，正是杜鹃花漫山遍野开放的季节。人们瞧见杜鹃鸟嘴上有红色斑点，认为是它苦苦啼叫，咳出了血，留下的迹印。红艳艳的杜鹃花就是杜鹃鸟咳出的血，滴落花上而染红的，所以有了"杜鹃啼处血成花"的说法。

杜鹃鸟是一种专门吃虫的益鸟，特别喜欢吃毛毛虫。据统计，一只杜鹃鸟每小时就要吃100多条松毛虫。请你算一算，一天要吃多少？它还喜欢吃别的害虫，是果园和松林的忠诚卫士。

杜鹃这样逗人喜爱，却不会安排自己的生活。

它不会做窝，也不会孵蛋。它总是悄悄把蛋生在别的鸟儿的窝里，让别人给它孵蛋。使人生气的是，孵化出来的小杜鹃非常霸道，常常把窝里别的小鸟挤走，自己霸占了别人的窝，实在太不光彩了。

布谷鸟

孔雀东南飞

《孔雀东南飞》

汉乐府

孔雀东南飞，五里一徘徊……

这是汉代的一篇乐府诗，也是我国古代最长的叙事诗。据说是东汉末年，庐江府一个小吏焦仲卿的妻子刘氏被婆婆赶回娘家，誓死不愿意再嫁，后来被逼着投水而死。焦仲卿知道了，也在庭院里一棵树上上吊自杀。夫妻俩用这种方式来控诉吃人的封建礼教。事情传出去，人们感到非常悲伤，就有人写了这篇长诗来叙述这件事情。我们不必议论这件事情了，只讨论一下这首长诗中的第一句话"孔雀东南飞，五里一徘徊"吧。

孔雀会飞吗？

噢，不，在我们的记忆里，它可是不太会飞的鸟儿。它的翅膀不太发达，两条腿儿却非常强健有力，能够快步走，也能够一路小跑。它老是拖着华丽的尾羽，十分庄重地慢慢在地上走来走去。行走姿势和鸡一样，边走边点头，活像是一只大母鸡。谁瞧见它像别的鸟儿一样，张开翅膀飞起来，一直飞进高高的空中，可是稀罕事情了。

孔雀是鸟儿，真的不会飞吗？

要说它完全不会飞，似乎也不是事实。白天它在地上踱着步子，晚上就会飞上树休息。能够飞上树，也是飞呀！

当它被逼急了，还会像鸡一样吓得咯咯叫着，扇着翅膀飞起来，飞得稍微高些远些。不过这可是鸡飞狗跳的情况，不是常有的事情，不能作为它像别的鸟儿一样能够正常飞行的证据。

孔雀的飞行本领到底怎么样？

前面已经说过了，它被逼急了，在特殊情况下也能够飞一下子。只不过这种情况太少，它的飞行本领实在很不高明，飞不了多高，也飞不了多远。飞得很慢，动作非常笨拙，只是在下降滑飞的时候稍微快一些。孔雀最多也只能飞到十几米高，几百米远，只比老母鸡高明一些而已。有人说，它能飞一两千米远。古时候一里相当于 500 米，2000 米就是四里了。如果这是真的，"五里一徘徊"倒也勉强可以说得过去。不管怎么说，也不能把它当作是真正能够翱翔天空的飞鸟。

为什么孔雀不会飞？或者换一句话说，为什么孔雀飞行本领不太高明？

因为它是留鸟，不是候鸟。它生活在热带雨林里，林中到处都可以找到食物，气候环境也没有什么变化。这儿非常适合它的生活，用不着像大雁、野鸭一样，气候一变化就飞到别的地方去过日子。既然不是候鸟，没有固定的飞行方向，所谓"孔雀东南飞"，就不切合实际了。

从另一个方面说，茂密的热带大森林里，数不清的树木紧紧挤在一起，根本就没有太大的飞行空间，也不可能让它自由自在飞起来呀。

孔雀到底怎么飞？

它的飞行姿势也和别的鸟儿不一样，最多从一棵树上飞到旁边另一棵树上。说这是飞行，还不如说是滑翔，这更加符合实际情况。

孔雀

呦呦鹿鸣

《诗经·小雅·鹿鸣》

呦呦鹿鸣，食野之苹。我有嘉宾，鼓瑟吹笙。
吹笙鼓簧，承筐是将。人之好我，示我周行。

呦呦鹿鸣，食野之蒿。我有嘉宾，德音孔昭。
视民不恌，君子是则是效。我有旨酒，嘉宾式燕以敖。

呦呦鹿鸣，食野之芩。我有嘉宾，鼓瑟鼓琴。
鼓瑟鼓琴，和乐且湛。我有旨酒 以燕乐嘉宾之心。

听啊，一群鹿在野地里时而呦呦叫，时而低着头儿静静地吃草。我有许多嘉宾，边喝酒、边弹琴吹笙，多么快乐啊！

这首两三千年前的民歌，勾绘出一幅多么和谐的生活画面。

鹿，多么可爱的动物。把它放在这首诗里，衬托出一种平和欢快的气息，如果换一种动物写进这首诗里，就完全不是这样的意境了。

谁都知道，鹿的性情温和、十分机灵，胆子特别小，身材轻巧，跑得像风一样快，能够生活在森林、草原、荒漠、苔原等各种各样的自然环境。它没法和凶猛动物争斗，只有依靠警惕性高，动作灵活，跑得快，以及身上的保护色等办法，才能够在大自然里生存下来。

鹿是一种常见的动物，它的种类很多，总共有16属大约52种。不管寒带、温带和热带，全世界除了南极大陆，几乎到处都有分布。由于生活环境不一样，种类特别复杂，所以形态也有很大的差别。最大的是驼鹿，分布在北极圈附近，我国只有黑龙江北部森林里才有它的踪迹。肩高将近 2 米，身体非常结实，和牛一样大。最小的是鼷鹿，生活在我国云南省南部勐腊县的热带密林里，个儿和兔子差不多，身长 40 多厘米，体重仅仅 2 千克左右。

常见的鹿还有梅花鹿、白唇鹿、驯鹿等。獐、麂、麝等也是鹿的大家族的成员。

中国的鹿的种类很多，无论属和种，都占世界的一半左右。其中古怪的四不像是中国的特产，和大熊猫一样珍贵，属于国家一级保护动物。"四不像"是麋鹿的绰号，它的犄角像鹿，面部像马，蹄子像牛，尾巴像驴。从整体看，却又似鹿非鹿，似马非马，似牛非牛，似驴非驴，所以叫做这个名字。

《诗经》里的这首诗说鹿吃"苹"、"蒿"、"芩"，是什么植物？"苹"是艾蒿，"蒿"和"芩"也是蒿类植物。

鹿真的只吃蒿类植物吗？不，它的食物很广泛，不仅是一般的蒿类植物，还包括草、树叶、果实、种子、花、地衣、苔藓、树皮、嫩树枝，甚至粗硬的灌木枝等，几乎什么东西都吃。要不，怎么能够适应不同的生活环境呢？

鹿

蝉噪林逾静

《入若耶溪》

（南朝·梁）王籍

舻艒何泛泛，空水共悠悠。

阴霞生远岫，阳景逐回流。

蝉噪林逾静，鸟鸣山更幽。

此地动归念，长年悲倦游。

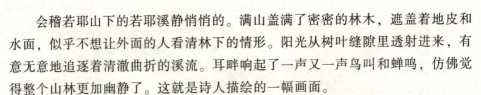

　　会稽若耶山下的若耶溪静悄悄的。满山盖满了密密的林木，遮盖着地皮和水面，似乎不想让外面的人看清林下的情形。阳光从树叶缝隙里透射进来，有意无意地追逐着清澈曲折的溪流。耳畔响起了一声又一声鸟叫和蝉鸣，仿佛觉得整个山林更加幽静了。这就是诗人描绘的一幅画面。

　　啊，蝉鸣呀。我们曾经在一篇篇古诗里，读过许多有关蝉鸣的句子。王维的"倚杖柴门外，临风听暮蝉"，杜甫的"春山无伴独相求，伐木丁丁山更幽"，岂不都是用声响来衬托一种静的境界吗？

　　蝉鸣是秋天来临的信息，也许就是秋天的女神让它传递的问候吧？白居易说："残暑蝉催尽，新秋雁带来。"宋代诗人吕同老说："一声声断续，频报秋信。"

　　蝉鸣非常高亢响亮，传送得很远。朱熹说："高蝉多远韵，茂树有余音。"南朝诗人萧子范说："流音绕丛藿，余响彻高轩。"

　　蝉鸣常常透着一些儿凄凉的气息，柳永说："寒蝉凄切，对长亭晚，骤雨初歇。"

　　唐代诗人虞世南在题名《蝉》的这首诗里，说得清楚完整。他说："垂緌饮清露，流响入疏桐。居高声自远，非是藉秋风。"

　　为什么蝉鸣这样响亮，因为它在高高的树枝上，不需要秋风帮助，自然能够传送得很远。"鸣"是怎么一回事？就是张开嘴巴叫。

蝉吃什么东西？就是清亮亮的露水呀。南朝诗人刘删也说"得饮玄天露，何辞高柳寒。"看起来古人共同的意见，蝉就是喝露水过日子了。

读了这样多的诗句，关于蝉鸣和它吃什么东西，说得对不对？

首先需要说明并不是所有的蝉都会叫，只有雄蝉才能发出特殊的蝉鸣。雌蝉没有发声的器官，是天生的"哑巴"。

还需要说清楚，蝉鸣不是鸣。所谓蝉鸣，并不是从嘴巴里发出的"叫声"，而是一种特殊的声音。在雄蝉腹部前端，紧紧靠着后足，有一对发音器，声音就是从这里发出的。

仔细看它的发音器，是一对半月形的盖板，里面连着薄薄的鼓膜和声肌。当声肌收缩的时候，就能牵着鼓膜，在盖板下面引起共鸣，发出"知了、知了"的声音了。

蝉也不是一直"鸣"。我国古时候按蝉的出现时间，分为春蝉、夏蝉和寒蝉。春蝉出土最早，古人叫做"宁母"。夏蝉中有一种叫蟪蛄的，声音特别嘹亮。人们平时听见的蝉鸣，就是它的声音。可是它的寿命特别短，只有短短几天到几个星期，所以有"蟪蛄不知春秋"的说法。最晚出现的是寒蝉，一般过了寒露才"鸣"。因为它的声音不响亮，加上数量不多，所以人们很少听见，误以为它是哑巴。有一句成语"噤若寒蝉"，说的就是它。

蝉吃露水吗？这是一个天大的误解。蝉的幼虫生活在土壤里，吸食植物根部的汁液，成虫吸食树木枝干的汁液，和露水没有半点关系。

蝉怎么吸食树的汁液？它用又尖又细的刺吸式的嘴刺进树身，就能吸食汁液了。轻的可以使树上产生斑点，严重的能够把整棵树弄死，所以是农业害虫。可是古代却误以为它生活在高高的树枝上，吃露水生活，是"清高"、"廉洁"的象征。晋代陆云写了一篇《寒蝉赋》，认为它集"清、廉、俭、信"四字于一身，称赞它是"至德之虫"，是道德高尚的君子的化身。古希腊把它当作是"歌唱女王"，赞扬它的美妙的声音，还不知道这是一个害虫呢。

蝉

85

"森林医生"啄木鸟

《啄木》

（宋）韩琦

搜索不知疲，
利嘴信催秃。
忽而破奸穴，
种类无遗族。

听啊，森林传来一阵阵"笃笃"的声音，好像有谁不停地敲打着木头。

这是"森林医生"啄木鸟在给树看病呢！

啄木鸟不懂医术，怎么给树木看病？

说来非常简单。树木里钻进了害虫，啄木鸟就用锋利的尖嘴，把害虫一只只叼出来。消灭了树身里面的害虫，树木的病也就好了。

森林里有这样多的大树和小树，它怎么知道哪棵树上有害虫呢？

说来办法非常简单，只要认真一棵棵树检查，就能够发现问题。

啄木鸟怎么检查树木？

它的嘴就是最好的检查工具。

它的嘴又尖又硬，发现了有害虫躲藏的地方，就使劲把树皮啄开，伸出带黏液的长舌头，一下子就把害虫粘住，想跑也跑不了。

这是真的吗？如果狡猾的害虫藏得很深，怎么办？

啄木鸟也有办法。因为它的舌头尖上还有倒钩。不管害虫藏在什么隐蔽的角落，都逃不了它的长舌头。何况它还有钢钻子似的嘴，还可以继续往里啄。

一棵树很大，它会不会漏过一些害虫的巢穴？

不会的。啄木鸟既有经验，也很有耐心。总是绕着树身慢慢盘旋着往上爬。边一步步慢慢往上爬，边用又尖又硬的嘴在树上敲敲打打，好像医生用听

86

诊器检查一样，只要听出一点不对劲的响声，发现树皮下面好像是空的，就停住脚步，准备抓暗藏的害虫，绝对不会放过一个可疑的处所。

啄木鸟攀在树上，不会掉下来吗？

放心吧，它的脚趾很特别。它有四根脚趾，两根脚趾朝前、两根脚趾朝后，好像一把铁钳子，紧紧抓住树身。它的爪子非常锋利，好像是铁钩子，紧紧抓住树身。加上它的尾羽支撑在树干上，有支架作用，保证不会一咕噜跌下来。

啄木鸟老是"笃笃"不停地鼓捣着，啄得又快又狠，不会把脑袋啄得发晕吗？

不会的。它的脑袋里面有一套天然的防震装置，骨质像海绵一样疏松。在它的外脑膜和脑髓中间，还有一些缝隙，可以减低震波的影响，保证不会因此而发生脑震荡。

『森林医生』啄木鸟

啄木鸟

江上鸥、海上鸥

《弄白鸥歌》

（唐）刘长卿

泛泛江上鸥，毛衣皓如雪。
朝飞潇湘水，夜宿洞庭月。
归客正夷犹，爱此沧江闲白鸥。

咦，鸥不是海鸥吗，怎么会生活在江上？

这真是少见多怪，江上的鸥可多啦。翻开古人的诗集，写江鸥的多得数也数不清。不是写鸥的诗篇多，而是江上的鸥本来就很多。唐代诗人崔道融在一首诗里说："白鸥波上栖，见人懒飞起。为有求鱼心，不是恋江水。"所描写的岂不也是江上的鸥吗？水鸟总是随着鱼群迁移。大海里有鱼，江河里也有鱼，全都是水鸟过日子的好地方。江上风浪不大，生活环境一点也不比海上差。它们在这里抓鱼吃，日子过得很好，干嘛非得要生活在海上呢？

另一个唐代诗人陆龟蒙在《白鸥》中描述："惯向溪头戏浅沙，薄烟微雨是生涯。时时失伴沈山影，往往争飞杂浪花。晚树清凉还鸂鶒，旧巢零落寄蒹葭。池塘信美应难恋，针在鱼唇剑在虾。"也说得很清楚，江上的鸥喜欢在浅浅的沙滩旁边飞翔，也喜欢冲波逐浪寻找鱼虾吃。

其实，江鸥也就是海鸥。《南越志》说得很清楚，"江鸥，一名海鸥，涨海中随潮上下。在海者名海鸥，在江者名江鸥。"

请看杜甫在《鸥》中也说："江浦寒鸥戏，无他亦自饶。却思翻玉羽，随意点春苗。雪暗还须浴，风生一任飘。几群沧海上，清影日萧萧。"

啊，明白了。一些鸥生活在江上，一些鸥生活在海上，都是同一个种类。

《禽经》："鸥，信鸟也"，就是候鸟的意思。云南昆明每年都有成群结队的海鸥飞来，形成一道特殊的景观，受到市民热情欢迎。

鸥都吃鱼吗？

也不见得。海鸥当然主要吃鱼，江鸥的生活环境复杂，食谱也很复杂。除了吃鱼，有时候还抓老鼠、蜥蜴和昆虫吃呢。

说起鸥，人们就会联想起它那周身雪白的羽毛，好像披着一件白色水兵服，模样儿非常可爱。其实鸥的种类很多，总共有 90 种。有的是白的，也有些是黑的。有的主要生活在内陆江上，有的主要生活在海上，就更加不奇怪了。

不消说，在鸥的家族里，海鸥比江鸥多得多。

海鸥主要在小岛上和礁石上休息，有时候也能在水上歇一会儿。

每年春天和夏天，是海鸥最繁忙的时候。一群群住在小岛和礁石上的海鸥，衔来一些野草、海藻、羽毛，忙着给自己筑巢。做好了，雌海鸥就趴在窝里产卵。海鸥蛋的颜色很多，非常好看。

海鸥一般都在白天飞，因为白天才好抓鱼呀。燕尾鸥却是晚上飞，没准儿它们觉得晚上更容易抓鱼吧。聪明的海鸥特别喜欢跟着海上的轮船飞，不仅可以把船作为飞累了歇脚的地方，还因为轮船尾舵搅动着海水，能够翻卷起许多鱼儿，捕鱼更容易。

别小看了海鸥。有一种北极燕鸥，一辈子可以飞行 100 万千米以上呢。

海鸥

江上鸥、海上鸥

89

画眉毛的鸟儿

《画眉鸟》

（宋）欧阳修

百啭千声随意移，
山花红紫树高低。
始知锁向金笼听，
不及林间自在啼。

爱美的姑娘喜欢画眉毛，想不到有的鸟儿也画眉毛。

这种画眉毛的鸟儿，就叫做画眉。也有人把它叫做虎鸫、金画眉。

你不信么？请再看两首古诗吧。

一个叫陈旅的诗人诗描述说："隋家官妓扫长蛾，销尽波斯万斛螺。化作雪禽春树顶，远山无数奈愁何？"

另一个叫钱逊的诗人说："红杏花开好鸟啼，章台走马未归时。螺青钿合蛛丝满，谁画春山八字眉？"

诗中都描写它像姑娘一样画眉的事情。

画眉真的自己画眉毛吗？当然不是的，这是自然生长的花纹。原来在它的眼睛周围有一圈白色的环带，特别在眼睛上面有一条非常清晰的白色眉纹，活像是特意画的眉毛，所以就叫做这个名字了。

画眉不仅有"眉毛"，羽毛的颜色也很好看。棕褐色的背脊上有一些暗褐色的线条，棕黄色的肚皮中间夹杂着灰色，比常见的麻雀、乌鸦好看多了。

画眉逗人喜爱，还因为它的叫声特别好听。欧阳修的这首诗里，就描述了它的叫声非常宛转，"百啭千声随意移"。画眉是有名的鸣鸟，可以和黄莺、百灵媲美，人们常常把它关在笼子里，作为随时欣赏的笼鸟。但是笼子里的啼叫，怎么比得上在大自然里自由自在的欢鸣呢？所以欧阳修说："始知锁向金笼听，不及林间自在啼。"

　　画眉的生活环境，欧阳修也说得很清楚。诗中说"山花红紫树高低"，就是高高低低的树丛和灌木丛。它的翅膀又短又圆，不能远距离飞翔。加上它的胆子特别小，害怕敌人攻击。所以只能藏在低矮的树丛和灌木丛中间，借着密密的树枝树叶掩护，来回穿插飞行，不能也不敢飞进高高的天空，只有在秋天才会三三两两成群出现。人们常常只能听见它的叫声，不能看见它的身影。

　　它的飞行本领不高，加上在密密的树丛中生活的需要，养成了善于跳跃的本领，常常在林地上跳跳蹦蹦找昆虫吃。它的食性很杂，一些浆果和种子也是它爱吃的东西。

　　不用说，夜晚是它最好的活动时间。往往在黄昏时刻有一只画眉叫，立刻就招引来一只又一只画眉跟着啼叫，声音此起彼落，合奏出一支多音符的黄昏小夜曲。

　　画眉虽然胆子小，想不到一些雄鸟却为了争夺雌鸟的爱情，特别喜欢争斗。古时候还有人利用它的这种特性，把它经过训练后，饲养为打斗观赏的斗鸟呢。

画眉鸟

行不得也哥哥

《山鹧鸪》

(唐) 白居易

山鹧鸪，朝朝暮暮啼复啼，啼时露白风凄凄。

黄茅冈头秋日晚，苦竹岭下寒月低。

畲田有粟何不啄，石楠有枝何不栖？

迢迢不缓复不急，楼上舟中声暗入。

梦乡迁客展转卧，抱儿寡妇彷徨立。

山鹧鸪，尔本此乡鸟。

生不辞巢不别群，何苦声声啼到晓。

啼到晓，唯能愁北人，南人惯闻如不闻。

这首诗是诗人在安徽九华山下苦竹岭写的。这里有一大片竹林，藏着许多野生鸟类。李白也曾经到过这里，用当地的江南民间乐曲，填写过一首《山鹧鸪词》，吟唱道："苦竹岭头秋月辉，苦竹南枝鹧鸪飞。"最后说："我今誓死不能去，哀鸣惊叫泪沾衣。"由此可见，这里的鹧鸪不少，啼叫的声音非常动人，听起来似乎也非常悲伤。

鹧鸪又叫赤姑、花鸡、怀南、越雉等许多名字，是雉科一种野鸟，但是又和常见的雉不一样。它体型好像是小鸡，却比小鸡大得多。黑褐色的羽毛上洒满了白色斑点，很好看。

这种鸟儿的翅膀不大，不能飞上高高的天空，只能在树林中、山谷里，用力扇着翅膀短距离直线飞行。别瞧它飞行本领不高明，两只脚却很有力气，在地上蹦蹦跳跳地跑得很快。

生活在树林里和草地上好呀！这儿有许多昆虫和植物的种子，可以填饱肚皮。这里的隐蔽条件也很好，可以躲开敌人的眼睛，自由自在地过日子。

说它们的胆子特别小，整天藏着不出来也不是的。因为它们会飞，又会跑，很喜欢在光秃秃的山坡上和低矮的草丛里活动。常常在清晨和傍晚飞进山谷和稻田找东西吃。

唐代诗人郑谷在《鹧鸪》诗中描写它："暖戏烟芜锦翼齐，品流应得近山鸡。雨昏青草湖边过，花落黄陵庙里啼。游子乍闻征袖湿，佳人才唱翠眉低。相呼相应湘江阔，苦竹丛深日向西。"说它和山鸡相近似，倒也十分准确。

鹧鸪啼叫的声音很特别，发出的音调变化也多。有时候像当地的土话"十二两半半"，有时候又像是"行不得也哥哥"。还常常像外星人说话似的，叫着"钩辀格磔"，音调很好听，却不知道是什么意思。人们说，鹧鸪这个名字，也是它自己叫出来的，这可是真的呀。

古代诗人根据它的叫声，写了许多"行不得也哥哥"的诗篇。明代丘浚的一首《禽言》诗就吟唱道："行不得也哥哥，十八滩头乱石多。东去入闽南入广，溪流湍驶岭嵯峨，行不得也哥哥。"他自己为这首诗作序说："金兵追宋隆祐皇后至漳赣，几及之。时人有词曰：天晚正愁予，春山啼鹧鸪，盖言行不得也。"另一个明代诗人袁汝璧写道："行不得哥哥，行不得哥哥，天下到处皆风波。"这些诗篇都使用了鹧鸪啼叫的谐音，表现出人间的复杂感情。

鹧鸪

叫苦的秧鸡

《夜闻姑恶》

（宋）陆游

湖桥东西斜月明，高城漏鼓传三更。

钓船夜过掠沙际，蒲苇萧萧姑恶声。

湖桥南北烟雨昏，两岸人家早闭门。

不知姑恶何所恨，时时一声能断魂。

天地大矣汝至微，沧波本自无危机。

秋菰有米亦可饱，哀哀如此将安归？

这是陆游夜晚听见江边芦苇丛中秧鸡叫，有感而发写的一首诗。秧鸡就是秧鸡，怎么会引起这样的感慨？

原来秧鸡叫的声音有些像"姑恶、姑恶"的。民间传说这是一个苦媳妇被恶婆婆折磨得实在受不了，跳水淹死后变成的一只鸟儿，总是在水边"姑恶、姑恶"的叫，好像在控诉把她逼死的恶婆婆，反映了古时候旧礼教和封建家庭的生活多么专制黑暗。

苏东坡在《五禽言》里也说："姑恶、姑恶，姑不恶，妾命薄。君不见东海孝妇死作三年乾，不如广汉庞姑去却还。"表现的也是同一个意思。

猛一听，秧鸡的叫声好像还像是"苦、苦、苦"。清代诗人邵长蘅在《和颜黄公六禽言》中说："苦，苦，旧年鬻牛犁，今年典妻子，屋里无人泪弥弥。"用它的叫苦声音，表现出旧社会贫穷农民的深深痛苦。

秧鸡在我国南方可多啦，到处都可以看见。它的种类很多，最常见的是白胸秧鸡。为什么叫这个名字？因为它的脸上、脖子上和胸口都是一片雪白，只有背上和翅膀才是灰黑色，略微带一些儿绿色光泽，和别的种类很容易区别。

秧鸡是常见的一种水鸟。它和别的水鸟不一样，不能飞得太高太远，只能紧紧贴着水面飞一丁点儿远。别说比不上大雁、野鸭、海鸥，就连胖乎乎的鸬鹚也比不上。

水鸟不飞，算什么水鸟？

嗨，真是少见多怪，世界上有许多飞得少，在水里走得多的鸟儿呀。这种水鸟叫做涉禽，仙鹤、鹭鸶就是有名的涉禽。秧鸡只不过走的时间更多，飞的时间更少罢了。它平时都踩着水啪嗒、啪嗒走，只有受到惊吓，才慌里慌张扇着翅膀飞起来。它飞得很慢，飞不多远就落下来，立刻钻进芦苇丛中，或者密密的灌木丛里躲起来。

噢，原来秧鸡是一个胆小鬼，不敢在大白天露面，只是在清晨天蒙蒙亮，或者傍晚暗沉沉的时候，才钻出来找东西吃。不管小鱼、小虾，还是别的什么水生小动物，以及鲜嫩的植物，统统都是它喜欢吃的东西。

秧鸡老是边走边叫，在繁殖期间甚至整整一个夜晚叫个不停。

"姑恶、姑恶……"

"苦啊，苦啊……"

它这样叫苦，难怪别人以为它有什么伤心事，把它叫做姑恶鸟。

秧鸡

点水蜻蜓款款飞

古诗文中的科学

《曲江二首之二》

（唐）杜甫

朝回日日典春衣，每日江头尽醉归。

酒债寻常行处有，人生七十古来稀。

穿花蛱蝶深深见，点水蜻蜓款款飞。

传语风光共流转，暂时相赏莫相违。

杜甫在这首诗里描绘了蝴蝶和蜻蜓的一些活动现象。

看呀，蝴蝶穿过了花丛，扇着翅膀往前飞着。

为什么蝴蝶喜欢在花丛里飞？这个问题太容易回答了，因为它要采花蜜呀。

为什么蜻蜓老是低低挨着水面，一上一下地慢慢飞着，还不停地用尾巴点水？这就需要多说几句才行。

蜻蜓真的飞得很慢吗？

不，别小看了它。虽然它只有四只薄薄的透明膜质翅膀，上面只有一根根细细的脉络，好像是纸糊的风筝似的，想不到却能够急速扇动，每秒能够扇好几十下，在空中飞得很快呢。

有人计算，一只蜻蜓每秒可以飞10米左右。要是让它和奥运会百米冠军赛跑，也慢不了多少。

蜻蜓不仅飞得快，也飞得很远。有人在南太平洋上惊奇地发现，在距离澳大利亚海岸500多千米的地方，也有小小的蜻蜓在飞。如果它们再飞回去，就是上千千米的不着陆飞行了。说它是远程飞行家，一点儿也不错。

既然它飞得这样快、这样远，为什么要紧紧贴着水面，一上一下地慢慢飞呢？是不是力气用尽了，正在费力地挣扎着？人们不禁为它捏一把汗，弄不好就会一下子落下水。可能还会有人猜想，它是不是在水里找东西吃？

不是的，蜻蜓只在空中捉小虫子吃。它的脚很细，长着锋利的钩刺，不能在地上走路，这是它捕捉小虫子的武器。它们常常在黄昏时的闷热天气，或者雷雨以前，成群结队低飞抓小虫子。

它在水上产卵，才做出这样"点水蜻蜓款款飞"的动作。它的卵全都产在水草上，不这样小心翼翼地飞，怎么行？

蜻蜓卵孵化后，会生成一种叫水虿的幼虫，在水里生活很久，经过大约1年左右的漫长时间，蜕皮10次以上，才爬上水草慢慢长出翅膀，变成一只真正的蜻蜓。一只水虿在水里生活的这段时间能吃3000多只蚊子的幼虫。它从小就能消灭这样多的害虫，是人类的好朋友。

仔细看蜻蜓，有两只特大的圆溜溜的眼睛，几乎占了脑袋体积的一半。这是特殊的复眼，里面还藏着许多"小眼睛"呢。蜻蜓凭着这两只特殊的眼睛，不仅可以看见四面八方的东西，还能测量在面前飞的小虫子的速度，算准了冲上去一口吃掉它。

顺便说一句，蜻蜓并不都是这样弱小。它的老祖宗原始蜻蜓，出现在2.8亿多年前的石炭纪晚期，有4只大翅膀，两只小翅膀，比现在大得多。最大的张开翅膀有91厘米，简直像是一只大风筝。值得一提的是，它还是最早飞上天的天空征服者呢！

蜻蜓

神龟虽寿

古诗文中的科学

《龟虽寿》

（三国）曹操

神龟虽寿，犹有竟时；

腾蛇乘雾，终为土灰。

老骥伏枥，志在千里；

烈士暮年，壮心不已。

盈缩之期，不但在天；

养怡之福，可得永年。

幸甚至哉，歌以咏志。

　　乌龟是爬行动物。说起来，不仅比人类低级，还比别的哺乳动物也低级得多。因为它动作缓慢，遇着危险就缩进脑袋，不敢和别人争斗，所以总是受人嘲笑，把它叫做缩头乌龟。可是使人们羡慕的是，它的寿命特别长，百岁算不了什么，有的竟能活到300多岁，是长寿的象征，真了不起呀！

　　为什么乌龟能够长寿？有许多原因。

　　1. 它是有名的慢性子，行动特别缓慢，总是慢吞吞地爬来爬去，似乎从来也不着急。有人测算过，它一小时才爬100多米。因为它的体力消耗得很少，所以新陈代谢也特别缓慢。

　　2. 乌龟有冬眠的习惯，躲在地下不吃也不动，用漫长的四个多月的冬眠度过寒冬。除了冬眠，在炎热干旱的夏天，天气太热了，它还有夏眠。平时也是有名的瞌睡虫，爬不了几步，常常就会打盹，一天要睡上十五六个小时。有人计算，它一年要睡上10个月左右，剩下来还有多少日子呢？人的生命在于运动，它的生命就在于睡觉。因为活动少，所以它体力消耗得也很

98

少，新陈代谢特别缓慢。

3. 人和动物的细胞，可以逐渐分裂更新，延长生物的寿命。乌龟的细胞的分裂代数，比其他动物细胞分裂代数多得多。人一般只有50代左右，乌龟可以达到110代。它能够不断产生新生的细胞，当然能够永葆青春。

4. 乌龟有特殊的心脏机能。当它的心脏从身体里取出来，想不到还能跳动24小时左右。这表明它的心脏机能较强，不消说可以对寿命产生重要作用。

5. 乌龟的呼吸方式也很特别。因为它没有肋间肌，所以在呼吸的时候，必须用嘴巴一上一下运动，才能吸进空气，压送到肺部。脑袋和脚一伸一缩，肺也跟着一呼一吸。这种特殊的呼吸动作，没准儿也是它长寿的一个原因。

6. 有人发现乌龟体内没有致癌因素，所以不会产生可怕的癌变。

7. 不少种类的乌龟吃素，所以寿命很长。热带太平洋和印度洋的一些岛屿上的乌龟，只吃青草、野果和仙人掌，寿命就特别长，可以活上两三百岁。

8. 乌龟壳很厚也很硬，好像是坦克钢板似的，遇到外敌就把脑袋、尾巴和四只脚缩进壳里来保护自己，这样能够保护内脏不受外力伤害，也能减少身体里面的水分蒸发流失。

9. 它的脾气好，心态平和，从不和别人争斗，也是长寿的原因。

乌龟

松江鲈鱼美

《江上渔者》

（宋）范仲淹

江上往来人，
但爱鲈鱼美。
君看一叶舟，
出没风波里。

这首诗里说到人人都爱鲈鱼美，引得江上渔夫不顾危险，驾一只小船出没风浪去捕捞。

这儿说的鲈鱼，是有名的松江四鳃鲈鱼。

松江四鳃鲈鱼又叫四鳃鲈、花鼓鱼、媳妇鱼。它和黄河鲤鱼、松花江鲑鱼、兴凯湖鲌鱼齐名，被列为我国四大名鱼之一。

水里的鱼儿只有两个鳃，为什么人们都说它有四个鳃？

原来它也只有两个鳃，另外两个是假鳃。在它身子侧面的鳃盖膜上，两边各有两条桔红色斜带。猛一看，好像四片外露的鳃叶。所以人们才给它取了这个名字，错误认为它是有四个鳃的怪鱼。

这种鱼是什么样子？苏东坡在《后赤壁赋》里描述说："举网得鱼，巨口细鳞，状如松江之鲈"。"巨口细鳞"就是它的特点。

它的个儿不大，身上似乎是光溜溜的，几乎瞧不见通常的鱼鳞片。它的下颌比上颌长，张着一个大嘴巴。配着两只小眼睛，冷冰冰地盯住来来往往的鱼儿。只要瞧准了一个猎物，就猛地扑上去，毫不客气当成自己的美味大餐。

松江是一个古老的江南小城，处处小桥流水，处处临水人家。平静的河水静悄悄淌流着，别说没有声响，连水泡儿几乎也没有一个，到处都是一幅幅安闲的江南水乡风景画，使人流连沉醉，舍不得离开。想不到在这诗情画意的小河里，竟也隐藏着杀机，潜伏着这个冷酷的杀手。

唉，松江四鳃鲈鱼在江南小河里游来游去，像水中恶狼一样追踪猎物。不知道自己也被渔夫追踪，到头来成为了人们盘中的美食。

松江四鳃鲈鱼的滋味到底有多美？请听古往今来许多名人的评说吧。

苏东坡是有名的美食家，他在《携白酒鲈鱼过詹文君》一首诗里描写说："青浮卵碗槐芽饼，红点冰盘藿叶鱼，醉饱高眠真事业，此生有味在三余。""藿叶鱼"是什么鱼？就是松江四鳃鲈鱼。

元代王恽在《食鲈鱼诗》中也说："愈啖味愈长。"由此可见，这种鱼的确好吃极了。

清代康熙皇帝和乾隆皇帝下江南，专门到松江品尝过四鳃鲈鱼，称赞这是"江南第一名鱼"。有了皇帝的评语，它的身价就越来越高了。

更加有趣的是，晋代有一个名叫张翰的京官，到了秋天，怀念故乡的四鳃鲈鱼，立刻就辞职回老家，连官也不做了。这才是真正的美食家，也是一个真正淡泊名利的人物。

鲈鱼

青草池塘处处蛙

《约客》

（宋）赵师秀

黄梅时节家家雨，
青草池塘处处蛙。
有约不来过夜半，
闲敲棋子落灯花。

黄梅时节的江南，总是细雨蒙蒙，淅淅沥沥下个不停。青草池塘里的青蛙分不清远近，分不清这只那只，"呱呱、呱呱"叫成一片。

王维说："熟梅天气已初收，何处蛙声隔水楼。"陆游说："水满有时观下鹭，草深无处不鸣蛙。"辛弃疾说："稻花香里说丰年，听取蛙声一片。"都把蛙声写得活灵活现的。

我们常见的青蛙，有黄绿色、深绿色、灰棕色，肚皮都是白的，背脊上有许多黑色斑点和条纹，所以叫做黑斑蛙。因为它们常常生活在水田里，所以又叫田鸡。

由于它的皮肤裸露，不能防止身体里面的水分蒸发，所以它特别怕干旱和寒冷，一辈子也离不开水和潮湿的环境，主要生活在热带和温带多雨的地方。

因为它害怕寒冷，所以天气冷了，就要钻进泥土里冬眠，春天才出来活动，在水里产卵繁殖。卵孵化后变成活泼可爱的小蝌蚪，拖着尾巴在水里游来游去。蝌蚪一天天长大了，最后生出四条腿儿，尾巴掉了，就变成一只青蛙。

青蛙的舌头很长，舌尖是分叉的，可以飞快地伸出来，百发百中地粘住飞过面前的小虫子，一下子就卷进嘴巴里，是消灭害虫的能手。

青蛙的种类很多，雨蛙在下雨天叫得特别欢，浮蛙常常浮在池塘水面上，湍蛙生活在湍急的水流里，金线蛙肚皮是黄色的，背上有金黄色的条纹，虎纹蛙的背上有老虎皮一样的花纹。还有会爬树的树蛙，个儿特别大。哞哞的叫声像牛叫的是牛蛙。海南岛还有一种特别小的姬蛙，身子只有 2.5 厘米长。

为什么青蛙叫声特别大，是不是它们的嗓门大？

不是的。原来在雄性青蛙的嘴角两边，有一对充气的鸣囊。大声"呱、呱、呱"叫的时候，咽喉下面就鼓出一个大气泡。由于这两个特殊的鸣囊的作用，所以叫声才格外响亮。

请听一个青蛙叫的真实故事。

1970 年 11 月 7 日，马来西亚首都吉隆坡以北大约 260 千米的森吉西普地方，热带丛林中忽然传出一阵阵震耳欲聋的青蛙怒叫，简直像打雷一样。原来这是一场惨烈无比的蛙战。在一个大泥潭里，成千上万只青蛙无比凶猛地打斗在一起，一面"呱、呱、呱"叫着，一面互相撕咬，战斗十分激烈。

这一场青蛙大战整整打了 7 天 7 夜，真是一场从来也没有见过的奇观，引起周围居民注意，纷纷前来观战。等到马来亚大学动物系的专家赶来，战斗早就结束了。只见遍地都是青蛙尸体，泥潭里只留下许多蝌蚪和无数"透明葡萄"似的青蛙卵，再也听不见如雷的蛙鸣了。

这是怎么一回事？难道真的是一场你死我活的战争？

不是的，动物学家宣布说："这是青蛙一次特殊的求偶活动。"

原来这时候正是青蛙的交配繁殖期。由于很久没有下雨，气候特别干燥，许多积水的池塘都干了，使青蛙不能正常交配繁殖。事情发生的时候，突然下了一场大雨，这个泥潭里的水积满了，引来许多雄蛙和雌蛙，相互"谈情说爱"。

啊，原来人们听见的嘈杂的青蛙叫声，就是雄蛙们为了表达爱情的大声鸣叫，上演了一场特殊的"青蛙交响乐"。发情的雄蛙追赶着雌蛙，一只只青蛙上蹦下跳。不用说，在这场大型求爱活动中，每只雌蛙都是雄蛙追求的对象。有时候好几只雄蛙抢着拥抱一只雌蛙，就出现激烈的战斗场面了。

在这场集体婚礼中，为什么死了那样多的青蛙呢？有人认为是一些癞蛤蟆混了进来，它们身上分泌的毒素，造成了一些青蛙不正常死亡。青蛙大声鸣叫，还招来了它们的天敌，专门吃青蛙的大蝙蝠、负鼠等的攻击。还有的因为经过漫长的越冬期后，体质比较差，经不住这样拥挤和激烈争夺配偶的场面，有的被活活累死了。是不是这样，还需要仔细研究。

啊，这样如雷轰鸣的青蛙叫声，就不像"青草池塘处处蛙"那样富有诗意了。

青蛙

霜叶红于二月花

《山行》

（唐）杜牧

远上寒山石径斜，
白云生处有人家。
停车坐爱枫林晚，
霜叶红于二月花。

　　这是一首有名的红叶诗，描绘诗人坐在山上独自欣赏满山的红叶的情景，多么潇洒啊。可是在不同的情况下，美丽的红叶带给人们的不一定都是欢乐。唐宣宗时期，有一个韩姓宫女幽闭在宫中，心中十分烦闷，在一张红叶上题写了一首诗说："流水何太急，深宫尽日闲。殷勤谢红叶，好去到人间。"寄托了无奈的心情和深深的惆怅。人们常说："红花还得绿叶衬"可见树叶只是衬托，花比树叶美丽得多。可是诗人却在这里说，"霜叶红于二月花"。难道真有比花更红、更好看的树叶吗？

　　有的，古人说："江枫如火"，形容红枫叶像火一样红，岂不是比花更红么？

　　是啊，秋天的红叶真的非常好看呢。北京香山的红叶就非常好看，是有名的秋景。四川省九寨沟深秋的红叶也非常迷人。加拿大的秋天，满山遍野都是红艳艳的枫叶，构成一派迷人的风景。人们非常喜爱它，干脆把一片红枫叶缀在国旗上，作为这个国家的标志。

　　树叶都是绿的，为什么有的树叶到了秋天会变成红色，有的变成黄色？

　　原来，树叶的颜色和它含有的色素有关系。一般来说，树叶里含有叶绿素、叶黄素、类胡萝卜素、花青素等，其中以叶绿素最多。叶绿素比别的色素"娇气"，到了秋天就经受不住低温的影响，常常就被破坏消失了。这时候，树叶里留下了比较稳定的其他色素，渐渐变成了别的颜色。如果类胡萝卜素多，就变成了黄色。如果树叶里有大量红色花青素，就变成美丽的红叶了。

不仅树叶有红的，其他一些植物也有红的。苋菜就是一个例子。因为它的叶片里含有的花青素特别丰富，所以一年四季都是红的。

在树木里，只有枫树才有红叶吗？

不，槭树、乌桕、黄栌、漆树和别的一些树木，在气温下降到一定程度的时候，叶片里能够聚集更多的花青素，也会生成美丽的红叶。不同的树种生长在一起，形成红红黄黄深浅不一的红叶和黄叶，把秋天的风景装扮得像是一幅五彩缤纷的油画，显得更加好看。

红叶

咬定青山不放松

《石竹图》

（清）郑燮

咬定青山不放松，

立根原在破岩中。

千磨万击还坚韧，

任尔东西南北风。

看呀，一根竹子迎着强劲的风，挺立在高高的崖壁上。不管风有多大，也没法吹倒它。

它有坚固的根基吗？

不，一点也没有。在它的下面几乎没有一丁点儿土壤，只是一块破裂的岩石。它能够在岩石的裂缝里生长，多么不容易啊！

写这首诗的郑燮，就是有名的扬州八怪之一的郑板桥。这是他在一幅国画上题写的一首诗。这幅画和这首诗里蕴含的意思，不仅是说一根山崖上的竹子，还是他坚持做人的标准。这样的竹子能够生存下去很不容易，这样的人能够在险恶的社会环境里，坚持做人的标准，顽强生存下去，更加不容易，值得人们深深敬佩。

读了这首诗，问题一个接一个来了。

第一个问题：我们瞧见的竹子，全都生长在土壤里，怎么能够长在岩石上呢？

第二个问题：这根竹子怎么会那样巧，恰好长在岩石裂缝里呢？

要说清楚第一个问题，必须先说第二个问题。

首先要说明的是，岩石并不是铁板一块，经过日晒雨淋、热胀冷缩，很容易沿着岩石内部的层面，或者别的原生破裂面，产生一条条裂缝。这就是地质学家所说的物理风化作用。物理风化作用的特点是由于温度、压力等物理因素的变化，使物体发生形态上的变化，不会影响物体的化学性质。随着这种风化作用继续进行，岩石裂缝越来越大，就有可能生长树木和竹子了。

还需要说的是，植物的根穿插得很深很深，也能够把岩石裂缝慢慢撑开，使裂缝变得越来越大。因为这是植物根所起的作用，包含了生物作用力，叫做生物风化作用。

现在我们回过头来说第一个问题，也和生物风化作用有关系。生物风化作用不仅可以像物理风化一样，使岩石裂缝进一步扩宽加深，还能够分泌植物酸，使岩石"腐烂"，生成一些土壤。有了土壤，还会有什么植物不能够生长呢？

这样说，你不信吗？请你仔细看一下黄山迎客松吧。又高又险的黄山崖壁上，在坚硬的花岗岩的裂缝里，生长着一棵棵挺拔的松树。光秃秃的岩石上几乎没有土壤，它们也能生存下去，不管多大的山风，它们也不会被吹倒，岂不是最好的证明吗？

竹林

横看成岭侧成峰

《题西林壁》

（宋）苏轼

横看成岭侧成峰，
远近高低各不同。
不识庐山真面目，
只缘身在此山中。

　　这是山区里常见的一个现象。人们从不同的角度看一座山，常常不是一个样子，也看不清整座山的全貌。为什么会有这样的结果？通过这首诗来看，就包含有两个问题。

　　第一个问题，为什么在野外看山，常常"横看成岭侧成峰"？

　　第二个问题，为什么身在山中，就会"不识庐山真面目"？

　　第二个问题很容易解释。因为自己处在山里，当然就不能看见整座山的全貌。就好比我们坐在房间里，看不见整个房子是什么样子一样。

　　第一个问题，包含有观察的角度问题，也包含有许多山本身的问题。

　　从观察的角度来讲，由于世间物体很少有面面相同的，往往从一个角度看是这个样子，换了一个角度看，就是另外一个样子了。

　　从山的本身来讲，世界上除了火山锥和其他孤立山丘，别的山冈常常都是成列成排的。大者是山脉，小者是山岭，总是连绵不断。从一个角度看像是孤立的山峰，换了一个角度看，就是连亘成排的山岭了。苏东坡看庐山，"横看成岭侧成峰"，就遇着了同样的问题。李白在《梦游天姥吟留别》中描述："天姥连天向天横"，也是同样的例子。

　　最容易生成这种情况的是褶皱山。

　　褶皱山是褶皱构造形成的。在地质历史过程中，如果岩层经过两侧水平挤压，就会像一张纸似的，被挤压成褶皱构造。拱起的部分叫做背斜，凹下的部分叫做向斜。在一般情况下，背斜和向斜总是平行排列，背斜成山，向斜成谷。横着看这种褶皱山地，好像是一排山墙。从侧面看，是一座座山峰，这就是"横看成岭侧成峰"了。

褶皱山地经过进一步侵蚀破坏，有时候背斜会逐渐发展成为谷地，向斜反倒成为山地，这种现象称为地形倒转现象。在这种情况下，依旧是"横看成岭侧成峰"。

除了背斜山、向斜谷，如果岩层发生倾斜，还能形成单斜山地，也能够生成同样的现象。

苏东坡老夫子在这首诗里说的，仅仅是野外看山吗？

不，人们观察任何事物，也有同样的问题。从一个侧面和另一个侧面看，情况往往不一样。自身处在事物的中间，常常不能看清楚问题的本质。苏东坡老夫子提出的，岂不也是认识事物方法的一个重要提示吗？

庐山

石头城，不是石头的城

《西塞山怀古》

（唐）刘禹锡

王濬楼船下益州，金陵王气黯然收。

千寻铁锁沉江底，一片降幡出石头。

人世几回伤往事，山形依旧枕寒流。

从今四海为家日，故垒萧萧芦荻秋。

南京又叫石头城，古往今来许多诗人都曾经以石头城为题，描写南京的古城墙。元代萨都刺在《百字令·登石头城》中也有"石头城上，望天低吴楚，眼空无物。指点六朝形胜地，唯有青山如壁"的句子。

石头城这个名字说多了，人们就会错误以为南京城墙统统都是石头砌的了。南京城墙有多长？现存的南京城墙是明代初年修造的，全长35.267千米。

哇，如果南京是真正的石头城。这样长、这样厚、这样高大的一圈城墙，得要多少石头呀？

南京城墙真的全是石头砌的吗？

不，不是这样的。南京城墙的结构，除了墙基是真正的石头外，上部城墙统统是砖砌的。只不过这些砖块比一般的砖大得多，形状十分规则，也砌得十分整齐而已。当时为了保证质量，朝廷还下令制砖地方的负责官员和工匠、民夫，都必须在城砖上刻上各府、州、县和自己的姓名。谁不相信，请你自己去看看吧，看一看城墙和城门的结构，以及这些砖上的刻名，就知道是怎么一回事了。有人不认真考察，根据南京上游的安徽境内有一个采石矶，又根据黄山下面的花山石窟采掘的石头数量很大，不知道用在什么地方，就想当然地说，这些石头统统都运到南京，修建石头城了。

唉，如此灵机一动地说法，可没有半点根据，不能代替严肃的科学事实。

姑且不说花山石窟是遥远的三国、南北朝时代就开始开采的，南京城墙是明代修造的。也不用讨论古时候交通不便，花山石窟的石头怎么运到南京来。只以南京城墙墙根的石头具体性质来讲，就可以澄清这个问题了。南京当地有关地质部门作出了明确鉴定，城墙墙基石料主要是当地下第三系浦口组赭红色砂、砾岩，来自南京本地清凉山和附近地方。并不是花山石窟的侏罗系（根据地质科学规定，地质时代在这里用"纪"，就是大家熟悉的侏罗纪。岩层就要用"系"。）洪琴组和炳丘组的岩屑砂岩、含砾砂岩。南京附近遍地山丘，当地既有大量石材，何必从交通不便的黄山地区运来？那样做，岂不是太笨了。

既然南京城墙不全是石头砌的，为什么叫做石头城呢？

原来这是三国东吴时期孙权在赤壁之战后，于东汉建安十五年（公元211年），将首府由京口（今天的镇江）迁到秣陵（今天的南京），在楚威王金陵邑的旧址清凉山上，利用天然石壁修筑的一座军事要塞。清凉山又叫石头山，加上大面积的石壁，所以俗称石头城。通过这一段故事和这一场争论，学会在研究科学问题的时候，应该认真实地考察，坚持实事求是的作风，千万不能凭着脑瓜一热就下结论，只顾追求语不惊人誓不休的目的。

南京城墙

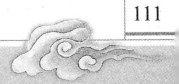

潮打空城寂寞回

《次北固山下》

(唐) 王湾

客路青山外，行舟绿水前。

潮平两岸阔，风正一帆悬。

海日生残夜，江春入旧年。

乡书何处达，归雁洛阳边。

这是诗人乘船来到北固山下，写的一首风景诗。

北固山在什么地方？位于镇江城外的长江边。这里距离大海还有很长一段距离，为什么诗中提到"潮平"两个字？"潮"就是潮水，是受潮汐影响而定期涨落的水。北固山下怎么会有海边涌流来的潮水呢？

别以为镇江的北固山下有潮水不可理解。在它的上游南京，还有更加汹涌的潮水呢。

你不信么？请看唐朝刘禹锡写的《石头城》吧。诗中吟咏道："山围故国周遭在，潮打空城寂寞回。淮水东边旧时月，夜深还过女墙来。"

请看，其中还有"潮打空城"，又静悄悄"回"的情况。一个"打"，加上一个"回"字，岂不把潮水涨起又退落的情况描述得一清二楚？从诗句里仿佛还能听见潮水波涛一下又一下拍打岸边的砰砰声响。

话说到这里，人们不由会提出疑问了。镇江和南京都在内地，海边的潮水怎么会涌流到这里，是不是诗人写错了？

不是的，古时候长江下游河谷里的确有潮汐现象，潮水可以一直涌流到扬州附近。古代扬州叫广陵，所以叫做广陵潮，和山东青州潮、浙江钱塘潮一起，称为天下三大潮。西汉枚乘在《七发》中就曾经描写过广陵潮水的盛况，涨潮之时"状如奔马"、"声如雷鼓"，"遇者死，当者坏"，一点也不比钱塘潮差。曹操的儿子曹丕看到广陵潮，曾经发出惊叹。南朝乐府民歌《长干曲》说："逆浪故相邀，菱舟不怕摇。妾家扬子住，便弄广陵潮。"也可以作为证明。

据《南齐书》记载，当时"每以秋月多出海陵观涛，与京口对岸，江之壮阔处也。"海陵在今天的泰州附近，京口就是镇江，盛况和今天的钱塘江观潮完全一样。

为什么古时候扬州一带也有汹涌的潮水？因为当时的地形条件和今天大不一样。那时候长江口就在扬州和镇江一带，和钱塘江一样，也是一个面向大海的喇叭状河口，潮水可以直接涌流进来。后来随着泥沙淤积越来越多，长江口逐渐向今天的位置移动。扬州、镇江等地逐渐远离大海，潮汐现象也就慢慢消失了。

北固山

蜀道难于上青天

古诗文中的科学

蜀道难

(唐) 李白

噫吁嚱，危乎高哉！蜀道之难，难于上青天。
蚕丛及鱼凫，开国何茫然！
尔来四万八千岁，不与秦塞通人烟。
西当太白有鸟道，可以横绝峨眉巅。
地崩山摧壮士死，然后天梯石栈相钩连。
上有六龙回日之高标，下有冲波逆折之回川。
黄鹤之飞尚不得，猿猱欲度愁攀援。
青泥何盘盘，百步九折萦岩峦。
扪参历井仰胁息，以手抚膺坐长叹。
问君西游几时还？畏途巉崖不可攀。
但见悲鸟号古木，雄飞雌从绕林间。
又闻子规啼，夜月愁空山。
蜀道之难，难于上青天！使人听此凋朱颜。
连峰去天不盈尺，枯松倒挂倚绝壁。
飞湍瀑流争喧，崖转石万壑雷。
其险也若此，嗟尔远道之人，胡为乎来哉？
剑阁峥嵘而崔嵬，一夫当关，万夫莫开。
所守或非亲，化为狼与豺。
朝避猛虎，夕避长蛇，磨牙吮血，杀人如麻。
锦城虽云乐，不如早还家。
蜀道之难，难于上青天！侧身西望长咨嗟。

读了这首诗，人们不禁会问：这是真的吗，为什么蜀道这样难走？

要明白这个问题，首先要弄清楚四川的地形特点。提起四川的地形，谁不知道这是全国四大盆地之一的四川盆地呢？

盆地地形有什么特点？看一下家里大大小小的盆子就知道了。全都是四周被包围得紧紧的，没有一丁点儿缝隙。古时候的蜀国和巴国，就藏在盆子一样的四川盆地里。北面横亘着秦岭、大巴山两道密不透风的山墙，西面耸立着"世界屋脊"青藏高原，南面是云贵高原，东面是巫山。四面八方包围得紧紧的，当然就进出非常困难啰。

特别是北边，要想从北面的中原地区进入四川盆地，或者从闭塞的四川盆地走出去，都很不容易。从前秦国想攻打四川盆地里的蜀国，没法翻过高高的秦岭、大巴山，就玩弄了一条诡计，做了五个又大又重的石牛，每天在牛屁股下面放一堆金子，对蜀国国王说："这是会拉金屎的牛，送给你吧。"傻乎乎的蜀国国王非常高兴，就派五丁力士，花费了很大的气力，才架起栈道，修通了一条险峻的山路。想不到路修通了，秦国的大军也顺着这条路打进来了，灭亡了小小的蜀国。李白描写的蜀道，就是当初蜀国国王派五丁力士开通的栈道，当然很难走啊。

话说到这里，也许你还会问：盆地是怎么生成的呢？

就用四川盆地来说吧，中间是一个坚硬的地块，在漫长的地质岁月中，四周向中央挤压，挤不动中间的坚硬地块，就在边缘挤压生成一排排高耸的山脉，形成一个巨大的盆地了。

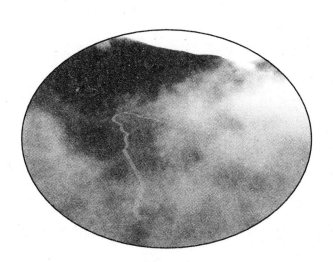

四川山路

一夫当关，万夫莫开

《剑门》

（唐）杜甫

唯天有设险，剑门天下壮。
连山抱西南，石角皆北向。
两崖崇墉倚，刻画城郭样。
一夫怒临关，百万未可傍。

读过《三国演义》的人，谁不知道大名鼎鼎的剑门关。

诸葛亮死后，摇摇欲坠的蜀汉王朝越来越衰弱，无法抵抗强大的敌人。魏军终于突破了重重山岭，攻进了四川盆地。领军大将钟会心高气傲，自以为不费吹灰之力就能扫荡残余的蜀军，攻破成都，建立不朽的功业。

他做梦也想不到，大军开到距离成都不远的剑门关前，不管怎么拼命攻打，也不能再前进半步了。

守关的蜀将是姜维。他手里的兵多么？

不，蜀汉的残兵败将已经没有多少了，远远不能和魏军相比。

姜维能阻挡魏军，依靠的是剑门关天险。

剑门关位于一道刀削似的绝壁中间。起伏的峰峦像是天生的石头城墙，连绵上百千米，横亘在来犯者面前。除了一个狭窄的隘口，休想找到一条石头缝钻过去。

长期生活在四川的李白形容这里说："剑阁峥嵘而崔嵬，一夫当关，万夫莫开。"

为了躲避安史之乱，杜甫从长安流亡到四川，经过漫长的蜀道，也来到了险要的剑门关面前，忍不住惊叹这里是"天下壮"。还说这里"两崖崇墉倚，刻画城郭样。一夫怒临关，百万未可傍。"

为什么剑门关这样险要？是因为这座山非常奇怪。诗人的慧眼注意到，关前关后两边的山形不一样。北面关前是悬崖绝壁，南边关后地势缓和。所以杜甫描写说"连山抱西南，石角皆北向"。天生的这种不对称地形，挡住了北边来的强大敌人。

看了剑门关，人们不禁会问，为什么它是这个样子？

杜甫的诗中透露了秘密，原来这儿整座山的岩层都是向西南方向倾斜的。地质学家说，这是倾斜岩层形成的单面山呀！防守的军队很容易顺着倾斜的山坡自由来往。从另一个方向进攻的敌人，可就没有这样便宜了。他们面对的是高耸的城墙一样的悬崖绝壁，要想攀登上去，比上天还难。关口修造在一条又窄又深的石缝里，只要关紧城门，敌人插上翅膀也别想飞进来。

一夫当关，万夫莫开

剑门关

瞿塘天下险

《夜上瞿塘》

(唐) 白居易

瞿塘天下险，夜上谁信哉？
崖似双屏合，天如匹练开。
逆风惊浪起，拔念暗船来。
欲识愁多少，高于滟滪堆。

瞿塘峡是长江三峡中最险峻的一道峡谷。两边崖壁陡立，好像门扇似的，紧紧束缚住江流。白居易在这首诗中描写说"崖似双屏合，天如匹练开"，真是形象极了。杜甫在《瞿塘两崖》诗中说："三峡传何处？双崖壮此门。入天犹石色，穿水忽云根"，也把这个峡谷形容为一道石门。

有峡谷，就有宽谷。

人们不禁会问：峡谷和宽谷是怎么生成的？

一般来说，自然界里形成峡谷和宽谷有几种原因。

一、岩石性质。河流穿过坚硬岩石分布地段形成峡谷，经过软弱岩石地段形成宽谷。

山西省大同境内的桑干河峡谷，就是在河流切过坚硬的玄武岩的地方形成的。四川盆地里的嘉陵江、涪江、沱江等河流，流淌在岩性比较松软的侏罗纪、白垩纪红色砂岩和泥岩分布的广大地域，河流能够左右摆动侵蚀两岸，所以河谷都非常宽展。

二、地质构造。河流切过背斜、地垒等隆起的地质构造形成峡谷，经过向斜、地堑等下凹的地质构造形成宽谷。

长江三峡、嘉陵江小三峡都是这个情况，全都是穿过几个隆起的背斜而生成的。前者大家都熟悉了，后者在经过川东平行褶皱带的地方，由北向南依次切过三个背斜，生成了沥鼻峡、温塘峡、观音峡三个峡谷。

西欧的莱茵河流过德国西部的一个断块构造的时候，从拱起的地垒中间穿过去，形成了有名的莱茵峡谷。

三、新构造运动。河流穿过新构造运动抬升的地方形成峡谷，经过最新的地壳运动下沉的地方形成宽谷。

什么是新构造运动？就是在包括现代在内的最新地质时期里的地壳运动。新构造运动有沉降，也有上升。

最好的例子就是喜马拉雅山中的河流。由于整个山脉不断上升，从这里流出去的河流不仅有岩石性质和地质构造的影响，还受到新构造运动大面积抬升的影响，所以峡谷地形非常普遍。

在华北大平原和长江中游的江汉平原，又是另外一种情况了。这里是新构造运动沉降的地方，堆积了厚厚的泥沙，这里河流两岸物质松散容易侵蚀，河床可以自由摆动，所以河流都比较宽阔。

自然界里的情况十分复杂，峡谷和宽谷生成的原因很多，你清楚了吗？

瞿塘峡

瞿塘险礁滟滪堆

《滟滪堆》

长江三峡民谣

滟滪大如象，瞿塘不可上。
滟滪大如牛，瞿塘不可留。
滟滪大如马，瞿塘不可下。
滟滪大如鳖，瞿塘行舟绝。

　　请听，这是古代长江三峡里的一首民谣，描述的是瞿塘峡口、白帝城下的滟滪堆。这是一块横卧江心的巨大礁石。长约40米，宽约50米。枯水季节，露出江水面高达20余米。夏季水涨，潜伏在水里。紧紧锁住长江航道，是三峡第一险滩。洪水暴发的时候，一排排大浪直冲这块礁石，发出雷鸣一样的声响，震动了整个峡谷。来往船只必须看准礁石，及时转舵绕过它，稍微有一丁点儿疏忽，就会造成船毁人亡、葬身鱼腹的悲剧。

　　可怕的是，这里还有一股急流，能把船直冲入峡。稍不留意，就可能和前面的船相撞而沉没。古时候在峡口处有一队值勤的士兵，各拿一面大旗，从山上一直排到山下。当前面的船平安通过，并驶出几里路外时，才摇旗招呼后面的船通过滟滪堆前进。由此可见，滟滪堆是一个多么危险的礁滩。

　　为什么它叫这个名字？据东汉李膺在《益州记》中的解说，因为船民经过这里，不知该顺着哪股水漂过去，总是心中犹豫不决，所以才取了这个名字。没准儿它本来叫做犹豫堆，后来不知道怎么一回事，才改成了滟滪堆吧？

　　这块礁石是怎么生成的？传说它本来是一只独角龙，性情非常凶猛。大禹治水的时候降服了它，命令它疏通了三峡天险，被封为夔龙。

　　谁知它野性未泯，再次兴风作浪为害。大禹十分震怒，再次抛起锁龙圈把它锁住，又请女娲娘娘在八卦炉中，用石象、石马、石鳖、石龟炼了七七四十九天，炼成一块三角神石，插入江心，立即变成了巨大的石柱，巍然矗立于瞿塘口，把凶恶的夔龙锁在巨石下面。这就是为什么远看它，有时候像马、像牛，有时候像大象，有时候又像龟鳖的原因。

滟滪堆当然不是八卦炉里炼出来的锁龙石。有人说它是上游冲来的大滚石，有人说是山崩造成的，都没有依据。其实这是长江急剧下切，在河床中残留"生根"的一块三叠系石灰岩形成的暗礁。

解放后，为了彻底根除这三峡第一险滩，1958年冬天枯水季节，川江航道工人用炸药把它炸得粉碎，从此航道畅通无阻，往日的险途成了历史的陈迹。三峡大坝建成后，附近的白帝城也被江水围绕，成为一座孤岛。瞿塘峡口的滟滪堆遗迹，永远沉没在水下，更加不会露出了。

滟滪堆

瞿塘险礁滟滪堆

江上有沱

《诗经·召南·江有沱》

江有汜，之子归，不我以。不我以，其后也悔。
江有渚，之子归，不我与。不我与，其后也处。
江有沱，之子归，不我过。不我过，其啸也歌。

这首诗说的是什么？诉说一个人站在河边，想起他的妻子抛弃了他，不再和他过日子，最后总会后悔的。

我们管不了这场两千多年前的家庭恩怨，只看河边的景色吧。

"汜"是什么意思？研究《诗经》的古人解释说，这是从主流分出去，又汇入主流的河水。还有一个解释说，"汜"就是支流，或者是不流通的水沟。

"渚"是什么意思？研究《诗经》的古人解释说，这是水中央的沙洲呀！

"沱"是什么意思？研究《诗经》的古人解释说，这是和江水分道的支流。

弄清楚了这些意思，我们就能够想像出一幅完整的风景画了。

你看，这儿一条河上，有汊流，有沙洲，河床一定很宽阔，水量必定不少。人们生活在这儿，日子一定很好吧？

这就完了吗？

不，仔细琢磨其中一个"沱"字，又找出了另外一个意思。

请你顺着四川盆地内外的长江，注意看沿江的地名，就会发现江边许多地方都叫"沱"。就以重庆附近来说吧，从长江和嘉陵江汇合的朝天门开始，往下走不远，就有一个唐家沱和一个郭家沱。长江三峡大坝附近，还有一个莲沱。一个又一个"沱"，成为沿江一道特殊的风景线。

这儿的"沱"是什么意思？

仔细观察它们的地形特点，原来是一个个小小的河湾。当地人把江水旋转的地方，就叫做"沱"。人们常常说回水沱，就是这么一回事。

沿江一个个沱是怎么生成的？主要与江面收缩和放宽有关系。以郭家沱来说吧，正好位于重庆以下第一个峡谷，铜锣峡出口的地方。江水穿过坚硬的石灰岩构成的峡谷，进入松软的砂岩、泥岩地段，水流一下子放宽，在两边生成水平涡流，冲刷着松软岩石，就形成了小河湾，这就是沱了。

江水流进峡谷的地方，由于河床断面突然变窄，水流不能全部涌进去，也会在两边生成涡流，形成同样的小河湾。瞿唐峡口的白帝城下，就是最好的例子。

在这些小河湾里，水流变得迂回平缓，和江心的急流大不一样，是停泊避浪的好地方。在峡谷进口和出口的这些一个个沱，慢慢兴旺起来，逐渐成为一个个小河港，带动沿江经济发展，可别小看了它们。

郭家沱

三峡猿啼

《早发白帝城》

(唐) 李白

朝辞白帝彩云间，
千里江陵一日还。
两岸猿声啼不住，
轻舟已过万重山。

　　长江三峡是水上交通大动脉，也是一条旅游热线。来来往往的船只川流不息，不知有多少人曾经到过这儿。可是问起来过三峡的人，几乎没有一个人看见过两边崖壁上有猿猴出现，更加没有谁听到过猿啼了。

　　这是怎么一回事，难道李白看花了眼睛吗？

　　不，古时候三峡内的确有许多猿猴出没，许多诗篇都描写过悲伤的猿啼。请再看两首记述猿啼的诗篇吧。

　　和李白同时代的李绅，写过一首有名的《闻猿》：

　　见说三声巴峡深，此时行者尽沾襟。

　　端州江口闻猿处，始信哀猿伤客心。

　　另一个同时代，在三峡居住过很久的诗人刘禹锡写道：

　　巴人泪尽猿声落，蜀客船从鸟道回。

　　明清时期，也有许多记述三峡猿啼的诗篇。例如："风雨猿声欲断肠"，"清秋满峡啼猿声"，"云烟翳树猿猴下"，"听尽猿声是峡州"等，全都是当时实地抒写的，不可能不真实。

　　由此可见，古时候三峡里的确有许多猿群分布。进入近代以后，三峡猿群才逐渐消失了。

　　1985年，在巫山县龙骨坡发现了距今204万年的"巫山人"化石，原来认为是最早的人类之一。现在经过进一步研究，认为这是"猿"，而不是真正的"人"，是三峡地区最古老的猿类。可以十分明确地说，打从那个时候开始，三峡就有猿类活动了。

人们常常说的三峡里的猿，主要是什么猿？

科学家说，应该是长臂猿。不久前在一个山洞里，发现了长臂猿左侧下颌骨化石，证明了它的存在。

长臂猿的特点是前肢特别长，虽然身子还不到 1 米高，但两臂伸开就有 1.5 米左右。当它直立的时候，前肢下垂可以挨着地皮。它的体形非常轻巧，加上这样长的前肢，能够钩住树枝，双臂向前交替运动，来回摇摆着，好像荡秋千似的。在树上运动十分灵活，一次腾空移动就有 3 米远，几下子就在林中消失了踪迹，看得人眼花缭乱，活像是本领高超的高空"杂技演员"。下地走路反倒笨手笨脚的，远远比不上在树上运动轻快。所以它几乎所有的生活都在树上，很少下地活动。

长臂猿还有一个特点，很喜欢高声啼叫。特别是在求偶期间，啼叫更加响亮频繁。它的喉咙里有发达的喉囊，喊叫的时候，喉囊胀得很大，使喊声变得非常嘹亮。有时候发出"呜喂、呜喂，呜哈哈"的喊叫。人们听见了，就以为是它在唱歌了。猿啼叫的声音有些悲惨，人们又以为它在哭泣呢。

为什么三峡猿啼的景象不再有了？不消说这和近代水上交通发达，无数轮船来往，船笛造成影响，加上森林破坏有关系。

三峡地区还能够见到猿猴的身影吗？

可以呀！在长江的支流——大宁河小三峡，以及大宁河的支流——马渡河小小三峡里，环境保护较好的地方，还能够看见成群结队的猴子，在崖壁和树林里跳跃。运气好的话，没准儿还能够听见早已消逝的三峡猿啼呢。

猿

云间烟火是人家

《竹枝词》

（唐）白居易

山上层层桃李花，
云间烟火是人家。
银钏金钗来负水，
长刀短笠去烧畲。

　　人们乘着轮船驶进长江三峡，站在甲板上抬头一看，只见两边都是悬崖陡壁，耸立着高可摩天的山峰。除了很少一些支流沟口有破碎的台地，整个山坡上几乎没有一点儿巴掌大的平地。人们心里会想，这样陡峭的山顶上，必定一片荒凉，不会再有人烟了。

　　不，白居易就否定了这个说法。根据他长期在三峡地区的生活所见，在高高的山顶上还有许多人户。那里不仅有田地，也还有清清的水源呢。

　　只是他一个人这样说吗？

　　不，和白居易同时代的刘禹锡，也在三峡居留过很久，同样写道："何处好畲田？团团缦山腹。"

　　明代杨慎也在一首竹枝词里，吟唱三峡山顶风光说："最高峰顶有人家，冬种蔓菁春采茶。"

　　由此可见，这并不是白居易一家之言。自古以来有许多诗人都提起过这个现象。从这些诗篇可见，他们并不是仅仅在山脚抬头望一眼的普通游客，而且曾经脚踏实地攀登上一座座山峰，亲眼目睹过这个现象，没准儿还曾经在山顶人家里生活过一段日子呢。要不，怎么能把山上农家的生活和生产情况，描写得这样细致？

　　古代三峡山顶是这样，现在也是一样的。你不信么？建议你不要老是坐在

126

船上指指划划，听导游小姐讲一个神女峰的故事，随便拍几张照片，就心满意足回家，自以为这就认识了三峡。要想彻底认识三峡，还得耗费一点力气，像白居易、刘禹锡一样，下了船慢慢爬上山顶去好好看一看，你就会十分惊奇发现，诗人说的一点也不错。今天的山顶上和当年白居易所见完全一样，果真有田地和人家。即使在神女峰的背后也有农户，过着世外桃源一样的生活。

为什么在三峡地区那样陡峭的山顶上，还有人居住，还有田地可以耕种？这和当地的山地特点分不开。

仔细观察这些峡谷地貌，可以发现全都是由于两边挤压褶皱形成的。在褶皱轴部所在的山顶，由于褶皱破裂，再加上后来的溶蚀和风化剥蚀作用，常常形成一条宽阔的槽谷。槽谷里有地下水出现，可以种田居住。人们居住在那儿，过着神仙一样的世外桃源的日子。请他们下山，还不愿意呢。

三峡山景

云间烟火是人家

香喷喷的香溪水

《咏怀古迹》之一

(唐) 杜甫

群山万壑赴荆门，

生长明妃尚有村。

一去紫台连朔漠，

独留青冢向黄昏。

画图省识春风面，

环佩空归月夜魂。

千载琵琶作胡语，

分明怨恨曲中论。

美丽的香溪，是王昭君故乡。

杜甫住在三峡的时候，曾经写过《咏怀古迹》五首诗，其中之一就是写昭君故里的。

香溪，这个名字真美啊！为什么叫这个名字？

有人说，昭君常常在小溪里洗手，所以使溪水沾上了香味。

有人说，她曾经在溪边浣纱，溪水被染成青绿色，带有纱巾的香气。

有人说，从前她的家里穷得没有镜子，只有在小河边，照着水里的影子梳妆，有一些胭脂和香粉落进山溪水，化成了小小的桃花水母。每年春天，桃花盛开季节的时候，成群结队的桃花水母顺流而下，带来了昭君的阵阵脂粉香。

还有人说，她在出塞前回家探亲，重新瞧见故乡的青山绿水，忍不住流下眼泪。泪水流进小河，从此这条溪水就永远散发出一股淡淡的清香。

说来说去都和美丽的王昭君有关系。清代诗人凌如焕怀着敬慕的心情，到香溪游览的时候，曾经写过一首诗《香溪》：

溪女浣春妆，溪流溅粉香。

分明一奁镜，不照汉宫王。

诗中的"浣春妆"、"溅粉香"，说的就是上面这些传说。

真是这样吗？当然不是的。

原来香溪发源于原始森林密布的大神农架，整年都是碧绿清亮的水流。古人描述香溪水说，"水色如黛，澄清可掬"，可见这股水流多么逗人喜爱。

香溪水穿过一座座青山、一片片森林，紧紧挨靠着兵书宝剑峡，笔直向南流进了长江。一股清流汇入长江的浊流，清浊非常分明。似乎象征着昭君纯洁的灵魂和高尚的品格，使人深深怀念。在香溪和长江交汇的地方，便是人烟稠密的香溪镇了。

香溪水为什么如此清澈？除了上游森林密布，生态环境良好，还因为它沿着一条近似南北向的断层流动，一些水来自断层东盘石灰岩内部丰富的地下水，沿着断层缝隙过滤后渗流出来，所以泥沙特别少。为什么香溪水这样清亮、还有一些儿香？或许就是它带着一些纯朴的山林气息，加上美丽的王昭君，以及桃花水母等各种各样的传说，产生的一种难以述说清楚的心灵反映吧！

香溪

崖壁上的黄牛

《黄牛谣》

长江三峡民谣

朝发黄牛，暮宿黄牛；三朝三暮，黄牛如故。

这是自古以来三峡船民口中流传的一首歌谣。特别是拉纤过滩的纤夫们，光着膀子，低低弯着腰，汗流浃背地拉着纤索，走了一天又一天，也走不完"黄牛"下面的河滩。好像是中国古代的《伏尔加船夫曲》，记录了多少劳苦纤夫和船民的辛酸。古往今来来往三峡的旅客，几乎无人不晓。

这首歌谣说的是黄牛崖。

黄牛崖在哪里？在黄牛峡里。

黄牛峡在哪里？就紧紧挨靠着长江三峡大坝。

在大坝以下不远，从三斗坪至莲沱河段的西陵峡中有一个小峡谷，峡谷右岸高高耸起一道陡壁。灰白色的石壁上，有一幅黑色天然图画。图画黑白非常分明，轮廓十分清楚，远远望去，好像是一个人牵着一头大黄牛，这就是著名的黄牛崖。

传说大禹在三峡治水十分辛劳，玉帝见工程浩大，便派一头深通水性的神牛下凡，协助他开峡引水。神牛在这里低下脑袋，用双角奋力凿通了一座又一座高山，造成了一道又一道峡谷。有一天早晨，一个农妇给参加治洪的丈夫送饭，在迷濛的雾气里看见了正在以角触山的神牛，吓得大叫一声，神牛就隐进了石壁，再也不肯出来了。

又有人说，这个妇女瞧见自己的丈夫变得身材异常高大，正牵着神牛在开山。当她惊叫以后，丈夫和神牛都不见了。所以，至今在崖上还可以看见一个黑色的人影牵着一头黄色的神牛。仔细观察，还能瞧见那个人扛着一把开山的大刀呢！

望着这幅神奇的壁画，人们不禁会问，难道真有这个故事？这是画在岩壁上的？

　　这不是人间画师的手笔，是大自然这位无所不能的魔术师的杰作。原来黄牛崖壁是震旦系石灰岩，经过水流溶蚀形成暗色的石灰华，看起来就象一头黄牛一样。

　　由于黄牛崖高达千米，其下的地形异常开阔，很远都能望见它。加上水恶滩险，古代的木帆船逆水而行，全靠人力拉纤过滩，行进非常缓慢，往往走了好几天，回头还能望见黄牛崖。所以李白在《上三峡》诗中说："巫山夹青天，巴水流若兹。巴水忽可尽，青天无到时。三朝上黄牛，三暮行太迟。三朝又三暮，不觉鬓成丝。"

　　黄牛崖下面有一座著名的黄陵庙，是祭祀大禹和崖上神牛的。据说大禹治水的时候，黄牛神曾经帮助他疏通水道，所以修建了这座庙宇。北宋范成大《吴船录》中记述："黄牛峡上有沼川庙，黄牛之神也，亦云助禹疏川者"，就是说的这回事。庙宇附近就是号称"鬼门关"的峥岭滩，不知吞噬了多少船只。古时候过峡的客商多在此停舟进庙，祈祷禹王和神牛保佑船行平安，所以香火很盛。

　　这首歌谣，只有简简单单四句，却唱出了千百年来船工们拉纤过崖的无限艰辛。今天我们乘坐现代化的轮船鼓浪而过，哪会有"三朝三暮"的感觉？已经无法体验当时旅途的寂寞艰苦了。

黄牛峡

崖壁上的黄牛

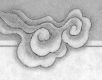

床前明月光

《静夜思》

（唐）李白

床前明月光，
疑是地上霜。
举头望明月，
低头思故乡。

明亮的月光，照耀着四方，这是多么熟悉的景象。

月光到底有多么明亮？李白把明亮的月光描写为白花花的霜，真是再恰当也没有了。

无独有偶的是唐代另外一位诗人李益，对塞外沙漠月夜，也用同样的词句抒写道："回乐峰前沙似雪，受降城外月如霜。"

好一个"霜"字，表现出月光一派冷冰冰、明亮亮的样子。

面对着明亮的月光，人们不禁会提出问题。请问，月亮为什么会发光？

针对这些问题，古人也有一些解释。

宋代的苏东坡和辛弃疾都把月亮譬喻为闪光的镜子。苏东坡说："暮云收尽溢清寒，银汉无声转玉盘"。辛弃疾说："一轮秋影转金波，飞镜又重磨。"有趣的是，他认为天空中这个月亮镜子里有传说的桂花树遮挡，还不够太亮，提出"斫去桂婆娑。人道是清光更多"，想象力真丰富。

请问，月亮有多亮？

自古以来，人们都把它和太阳相提并论。几乎在世界上所有民族的神话传说里，太阳和月亮都是一个主宰着白昼，一个主宰着夜晚，有日月同辉的说法。

是啊，在人们的眼中，除了天空中的太阳和月亮，还有什么比它们更加明亮呢？

132

请问，这个说法对吗？

不，瑰丽的幻想不能代替科学事实。要得到真实的答案，还得听天文学家的。

根据星星明亮的程度，古代天文学家排出了星星的亮度。越亮的星星，亮度数值越小。一等以上的亮星只有 20 颗，最亮的恒星是天狼星，是负一等星。最亮的行星是金星，可以达到负 4 等多。月亮是负 15 等，太阳是负 26 等。太阳和月亮当然就是最亮的星星了。

什么是星星的亮度？就是在地球上接受遥远的星星亮光的程度。说白了，就是我们瞧见的星星明亮程度。这和距离远近有很大的关系。

天文学里还有一个名词叫做光度，是星星实际发光的程度，和距离远近没有关系。

请问，月亮真的会发光吗？它的光度是多少？

不，月球是一个光秃秃的大石头圆球，根本就不能发光。我们看见的月光，只不过是太阳的反光罢了。尽管它的亮度很大，光度却等于零。李白描写月光像白花花的霜一样，只不过是它反射出来的日光而已。镜子是不会发光的，从这个角度来说，辛弃疾的想法倒也有一些道理。

明月

床前明月光

春风又绿江南岸

《泊船瓜洲》

（宋）王安石

京口瓜洲一水间，

钟山只隔数重山。

春风又绿江南岸，

明月何时照我还？

春来了，大地一天天暖和了。万物回春，欣欣向荣，草木都返青了。

瞧呀，春风轻轻吹，吹过又低又平的"江南岸"，显现出一派碧绿的颜色。

请问，这是什么原因？难道藏在春风里的春姑娘是魔术家，用看不见的画笔蘸了水彩，偷偷把江南岸全都染成了绿色？

噢，不，这和春天的性质有关系。

春天是什么时候开始的？

我国古代把立春这一天，当作是春天的开始。立春大约在每年2月4日或5日，太阳到达黄经315度的时候。这时候地面接受的热量开始多于支出，温度有了回升的现象，却还不是太暖和。农业生产仅仅是作好春耕的准备和越冬作物的田间管理，还没有开始真正的大规模春耕。说白了，只不过是春天的"预备期"而已。

春天真正到来，是从春分这一天才开始的。

每年大约3月20日或21日，太阳到达黄经0度，也就是春分点的时候，就是这个节气了。

有一本古书《春秋繁露》说："春分者，阴阳相半也。故昼夜均而寒暑平。"

这一天，太阳直射赤道，地球上所有的地方几乎都昼夜相等。以后在北半球，白天逐渐一天天长了，晚上一天天短了，地面接受的热量也一天天增加了。所以天文学规定春分是北半球春季的开始。不消说，春分以后，农业活动也一天天繁忙起来了。华中地区农谚说："春分麦起身，一刻值千金。"

进入春天，不仅热量增加，从海上来的湿润气团也渐渐活动开了，降水也一天天增多了。

有了适宜的温度和水分，沉睡的大地也苏醒了，草儿开始生长，当然就"春风又绿江南岸"了。

春分过去了，紧接着到了清明时节。天气晴朗，万物滋生，更是人们喜爱踏青的时候。

啊，明白啦，不是春姑娘用画笔把江南大地涂抹成一片亮丽的绿色，是温暖的春风吹醒了大地，生长出一片望不见边的青青草地，把江南岸变成一片碧绿，多么美丽、多么迷人呀！

春天风景

野火烧不尽,春风吹又生

《赋得古原草送别》

(唐) 白居易

离离原上草,一岁一枯荣。
野火烧不尽,春风吹又生。
远芳侵古道,晴翠接荒城。
又送王孙去,萋萋满别情。

啊,草原上起火了。野火顺着风越烧越猛,一会儿就把地上的野草烧得干干净净。奇怪的是,到了第二年的春天,这儿干净净好像没事似的,野草又一片片茁壮生长起来了,草原上重新变得绿油油的。

请问,这是怎么一回事?人们眼睁睁瞧见所有的野草都烧得干干净净了,怎么会一下子又冒了出来,是不是魔法师施展的魔术?

不是的,这是正常的现象。

其实,那场野火只烧了野草露在地面的茎和叶,根本就没有烧着地下的草根。草原上的野草大多数都是一年生的草本植物,特别是禾本科的野草最多。不管烧没烧,头一年枯死了,第二年也要自然生长出来的。野火烧了草原,烧死了害虫和细菌,还留下了许多草灰,正好给根施肥,帮助它加速生长呢。

第一种情况是偶然发生的,第二种情况是自然规律。即使偶然发生,照样也是一年生长一次。人们种庄稼,有时候也要施放草木灰呢。一场自然大火,积累了大量的草灰,岂不是会生长得更好吗?

你看吧,诗人说了"野火烧不尽,春风吹又生",这种野火焚烧草原的景象,还说"离离原上草,一岁一枯荣",就是这个道理。

蒙古草原上的野草种类很多。主要有羊草、披碱草、雀麦草,狐茅、针茅、隐子草、冰草、早熟禾、野苜蓿、草木栖、冷蒿、野葱、锦鸡儿等。这些鲜嫩的牧草不仅营养丰富，而且有的汁水很多，牛、羊、马和骆驼都喜欢吃。

让我们用羊草作为例子来说明吧。羊草又名碱草，别瞧它露出在地面只是一根孤零零的草，地下却有非常发达的根茎，横着在泥土里生长，占据好大一片面积。它有好几十厘米高，有的一根根生长，有的一丛丛生长，盖满一大片地方。秋天慢慢枯萎了，或者被野火烧了，可是藏在地下的根系却还好好保存着。第二年温暖的春风一吹，又会重新生长出来，这就是"野火烧不尽，春风吹又生"的秘密。

草原

早知潮有信

《江南曲》

（唐）李益

嫁得瞿唐贾，
朝朝误妾期。
早知潮有信，
嫁与弄潮儿。

潮水真的有信用吗？

有的！

所谓潮汐，就是在海边观察到的海水的周期性涨落现象。一般来说，每天有两次涨潮、两次落潮。两次涨潮之间相隔 12 小时 26 分，高低潮之间相隔 6 小时 13 分，非常有规律。在人们看来，潮水当然就很守信用啰。

为什么潮水涨落这样有规律？

原来，潮汐的生成和月球、太阳的引力有关。其中，由于月球距离近，引力作用特别明显。我国古代早就发现这个现象了。东汉科学家王充在《论衡》里说："潮之兴也，与月盛衰。"宋代科学家沈括也说："余尝考其节，每至月正临子午，则潮生。"他们都明白指出潮汐和月球的关系。

月球围绕地球旋转，有一定的规律性。当它面对着什么地方，那儿的海面被吸引升起，就产生了涨潮现象。与此成直角的地方海面下落，生成了落潮。地球一天自转一周，所以在一天里就有两次高潮、两次低潮，叫做半日潮，表现得很有规律。

是不是所有的地方都是这个样子呢？

也不是的，个别地方也有特殊的现象。

例如在秦皇岛、汕头、北部湾的一些地方，每天只有一次高潮、一次低潮，叫做日潮。在海南岛的榆林港，每隔几天出现半日潮、过几天又出现日潮，叫做混合潮。

　　唐代天文学者窦叔蒙在《海涛志》中，使用中国古代天文历算方法进行潮时的推算，算出 28992644 日中，潮汐发生 56021944 次。由此可见潮汐周期为12 小时 25 分 12 秒多，和现在通用的半日潮周期数值几乎一模一样。他还编制出《涛时推算图》，可以非常方便查出当天的高潮时间，比欧洲最早的"伦敦桥涨潮时间表"还早 400 多年。他又计算出正规半日潮区的潮汐年、月、日周期；指出"一晦一明，再潮再汐"，一天之内有两个潮汐周期；提出"一朔一望，载盈载虚"，一个朔望月里有两次大、小潮；以及"一春一秋，再涨再缩"，一年内也有两次大潮和小潮；根据日、月在天球视运动的差异，推算出春季大潮和秋季大潮发生的时间，阐明了分点潮。他提出这样丰富的潮汐科学原理，是世界上最早的潮汐学家。

　　是不是潮水都守信用？那也不见得。

　　南宋末年和明朝末年，元军和清军都曾经先后兵临杭州城下。这些北方的骑马民族不知道潮汐的厉害，竟看上了江边的沙滩开阔可以放马，在那里扎营休息。杭州老百姓暗暗高兴，只盼赶快涨潮，把敌人一下子冲卷得干干净净。谁知潮水竟没有来，敌人十分轻松就占领了杭州。人们叹息说，这是天意呀！

　　为什么在这个关键时刻竟不守信用，真的是天意吗？当然不是的，是和河床地形，以及泥沙变化有关系。

　　原来唐宋时期钱塘江河道很直，潮水可以一直冲到杭州，所以杭州一带的潮水势头非常强大。后来杭州湾北岸逐渐后退，南岸逐渐向前推进，河道变得弯弯的，长度也增加了，所以潮头到达的终点也后退了，很难到达杭州城下。涨潮的时候，潮水带来大量泥沙堆积在江口，全靠钱塘江发洪水把泥沙冲走。遇着干旱的年份，上游来的河水很少，没法冲动河口的泥沙。这些泥沙挡住了潮水，杭州湾里的潮水也就小了，甚至几乎没有，造成了这种潮水失信的现象。在江水大的时候，冲掉阻拦潮水的泥沙，潮水又会大起来。

潮水

白发三千丈

《秋浦歌》

（唐）李白

白发三千丈，

缘愁似个长。

不知明镜里，

何处得秋霜？

世界上有许多人种，头发颜色不一样，有乌黑的、金黄的、棕色的和红褐色的。可是不管什么人种，人老了，头发都会变白。白发老人，是所有人种共同的现象。杜甫在《春望》中叹息说："白发搔更短，浑欲不胜簪"，岳飞在《满江红》里讲："莫等闲白了少年头，空悲切"，说的都是这个现象。

为什么不同的人种，生长着不同颜色的头发？为什么人老了，头发都会变白呢？这和头发里含有的色素有关系。

头发里含有黑色素。这种色素含量越高，头发颜色就越深。如果再含有别的金属元素，就形成各种各样的颜色了。

有人说，不同颜色的头发和不同的金属含量有关系。黑发含有等量的铜和铁，金发含有钛，红褐色头发含有钼，红棕色头发含有铜、铁、钴。不管什么颜色的头发，年纪老了，镍的含量增加，就会统统变成白色了。

有趣的是，不管头发原来是什么颜色，只要随着年龄不断增长，头发里的色素都会一天天自然减少，最后统统都会渐渐变成共同的白色。

诗人李白在一首《将进酒》里说："君不见高堂明镜悲白发，朝如青丝暮成雪。"说的就是年纪老了，头发就会变白。

可是他在这首诗里又说："白发三千丈，缘愁似个长。"指出了不仅由于年龄增加，头发会变白，还和忧愁有关系，这是什么意思呢？

啊，看来李白对这个问题还很有研究呢。要不，怎么会提出这个现象？

原来，在特殊的情况下，由于强烈精神刺激、愁闷和紧张，也有可能催生出白头发。传说春秋时期楚国的伍子胥被悬赏捉拿，为了逃出边境关口，急得一夜头发全变白了。守关的警卫没有认出他，他侥幸混过了关，就是一个有名的例子。

除了生理上的原因和精神上的原因，还有别的一些原因。由于营养不良，内分泌失调，家族遗传，或者某种特殊的疾病，也能够催生白发，所以有的青少年也会生长白头发。再加上有的天生的"羊白头"，又另当别论了。白发的原因很多，不能一概而论。

李白

吴山点点愁

《长相思》

（唐）白居易

汴水流，泗水流，流到瓜洲古渡头。
吴山点点愁。

思悠悠，恨悠悠，恨到归时方始休。
月明人倚楼。

请看，诗人在这儿描写"吴山"是"点点"的样子。

"吴山"，就是江南的山。

山，就是山，为什么写成"点点"？

五代南唐的冯延巳，描写同样的"吴山"，也写道："春艳艳，江上晚山三四点。"

由此可见，不同的诗人描写同样的"吴山"，不约而同都选用"点点"这两个字，就是"吴山"共同的特点了。

文学家描写山，不是称赞它高大雄伟，就是形容它连绵不绝。前者是高峰，后者是山脉，都是常见的山的样子，却没有谁把山形容成"点点"的。在人们心里，所谓"点点"，就是那么一点点，实在太渺小了，怎么能够和山的高大形象相提并论。

话虽然这样说，一个又一个诗人却偏偏要把吴山描绘成"点点"。

请问，为什么诗人这样写呢？总有他们的原因。

说来原因很简单，当时他们看见的"吴山"，就是这个样子的。

白居易在什么地方看见"吴山"？

是在瓜洲古渡头。

这里位于镇江附近对岸的长江边。隔着宽阔的江面望去，瞧见江南的山头非常低矮，谈不上什么高峰，甚至在走遍天下，经历丰富的人们眼里，简直不配叫做"山"。江南的山几乎都是一个个互不连接的小山包，也算不上是山脉。从前那些形容山的形态的字句，在这里统统用不上。倒是"点点"两个字，能非常传神地描写出这些小山包的神态特点。

为什么江南散布着这些孤立低矮的小山包？

地质学家说："这是侵蚀残丘呀！"

侵蚀残丘是经过长期风化剥蚀后，残留的小山包。大多数是孤立的，虽然也有些互相连接着，却谈不上是山脉。既然东一个、西一个，各自峙立在平原上，相互隔开得很远，当然就是"点点"啊！

你想看侵蚀残丘到底是什么样子吗？请看苏州的虎丘，无锡的惠山，上海附近的昆山吧。仔细品味一下，就觉得白居易用"点点"两个字，描写这些不高也不连接的侵蚀残丘，完全符合地貌学的含义，真是妙极了。

江南风景

日出江花红胜火

《忆江南》

(唐) 白居易

江南好，风景旧曾谙。
日出江花红胜火，春来江水绿如蓝。
能不忆江南？

春天来了，江南大地和长江水都苏醒了。在这个诗一样美好的季节里，能不感染热爱春天和江南的人们？

白居易就是这样的。

瞧呀，在他的笔下描绘出了一幅多么美丽的图画，这就是令人难忘的江南好风景呀。

在清晨阳光的映照下，江边的花朵红艳艳的，好像是点燃的火焰。向东涌流的江水，绿得微微发蓝。诗人的身心完全融化进这幅风景画里，能不永远记忆住这个时候的江南？

这是怎么一回事？为什么会造成"日出江花红胜火"的现象呢？

物理学家说，原来这和太阳光线有关系。

谁都知道，太阳光是由红、橙、黄、绿、青、蓝、紫七色组成的，不同的光波长不一样。

其中，红光的波长最长，可以穿透水滴和尘埃，在大气里穿行得最远。早晨太阳刚刚冒出地平线，光线斜射进大气层，穿过的距离最长。别的波长较短的光线都被大气吸收了，只有红光能够在这个时刻穿过大气，一直射到地面。

这时候，人们看见太阳最红、最鲜艳。这个现象不仅在江边是这样，站在高山顶上和海边看日出，也首先看见一轮红彤彤的太阳，从地平线上升起来。

红彤彤的太阳光映照在江边的花朵上，也就像是一团红彤彤的火焰了。

"日出江花红胜火"说清楚了，为什么"春来江水绿如蓝"呢？

这也和光线的波长有关系呀！

因为红光、橙光和黄光全都穿透进水波了，只有绿、青、蓝、紫色的光波不容易穿透，反射到人们眼睛里，所以看起来江水就"绿如蓝"了。

接着还有一个问题，为什么"春来江水绿如蓝"，而不是"夏来江水绿如蓝"？

这因为春天的江水透明度比较高，所以绿色和蓝色的光波容易发生反射。夏天洪水季节，不仅江水里的泥沙含量增加，微生物也大量繁殖，水的透明度大大降低，就不像春天一样"绿如蓝"了。

噢，明白了。原来江边的花朵还是原来的花朵，江水也是原来的江水，只不过是太阳光玩弄的一个小小的光学魔术罢了。

江南美景

桃花流水鳜鱼肥

《渔父》

（唐）张志和

西塞山前白鹭飞，
桃花流水鳜鱼肥。
青箬笠，绿蓑衣，
斜风细雨不须归。

西塞山在哪里？

在太湖旁边的浙江省湖州境内。

西塞山前的风光怎么样？

这里一边是山、一边是湖，中间一片肥美的平原，有一条条小河穿过，一个个水塘散布，到处铺满芳草、到处长着果树，加上一汪汪水稻田，一派迷人的江南水乡景象。诗人描绘的就是这个地方。

请看，春天的西塞山前平原上，密密一片水网，掩映着桃花，风光多么美丽！静静流淌的水里，藏着生动活泼的鳜鱼。一只只低飞的白鹭，掠过密密的树林，水汪汪的小河小湖。风细细、雨飘飘，一个老渔翁戴着斗笠、披着蓑衣，站在岸边动也不动一下，完全溶进这幅天然图画里了。读着这首诗，人们不禁会产生遐想，这个老渔翁打算干什么？是打鱼、抓鸟，还是什么也不做，完全被眼前的景色迷住了？千年后的我们，也想走进这首诗、这幅画里，欣赏这幅天然图画，参透这个谜。

这不仅是一幅生动的春天的图画，也是一条生物食物链的最形象化的解释。

这首诗里写出了"白鹭"、"桃花"和"鳜鱼"，它们之间有什么联系？

其中值得注意的是鳜鱼。

鳜鱼，就是人们平时说的桂鱼，俗称鳌花，民间也称桂花鱼、花鲫鱼。它和黄河鲤鱼、松花江四鳃鲈鱼、兴凯湖大白鱼齐名，是我国"四大淡水名鱼"之一。还被列为鳌花、鳊花、鲫花和法罗、铜罗、哲罗、雅罗、胡罗等"三花五罗"之首。其中，以松花江出产的鳌花鱼最有名气。

在大自然里，这种鱼虽然不多，却分布很广。除了高寒的青藏高原，几乎在我国所有的河流、湖泊里都有它的踪迹，是生活在淡水河流、湖泊里的一种常见的鱼类。它冬天藏在深深的水底过冬，春天浮起来到处活动。它有一种非常特殊的侧卧在水底的习惯，渔民就利用它的这种习惯，用"踩鳜鱼"和"鳜鱼夹"的办法捕捉它。

鳜鱼有锋利的牙齿，嘴巴很大，一张口就能吞掉几条小鱼，是一种非常凶狠的肉食鱼类。小鱼小虾遇见它，就要倒霉了。说它是水里的小老虎，一点也不过分。

为什么"桃花流水鳜鱼肥"呢？

让我们来设想一下，是不是在这个温暖的季节，水里的水草丰富，营养物质特别多，别的鱼虾大量繁殖，这样一来，就给食肉的鳜鱼提供了食料，它也就"肥"了？

为什么这儿有许多"白鹭飞"呢？

让我们再设想一下，白鹭不会无缘无故在这里飞来飞去。它们是抓鱼吃的水禽。准是瞅准了水里有许多包括鳜鱼在内的鱼，才飞来飞去找鱼吃的。

诗人没有明白说透生物食物链的现象和原理。可是他的细致观察描写，却十分自然地泄露了食物链的秘密。我们仔细开动脑筋想一想，就明白这个道理了。

鳜鱼

桃花流水鳜鱼肥

春蚕到死丝方尽

《无题》

（唐）李商隐

相见时难别亦难，东风无力百花残。

春蚕到死丝方尽，蜡炬成灰泪始干。

晓镜但愁云鬓改，夜吟应觉月光寒。

蓬山此去无多路，青鸟殷勤为探看。

李商隐是晚唐时期的唯美主义诗人，这首诗写得多美啊！特别是其中的"春蚕到死丝方尽，蜡炬成灰泪始干"两句，描绘了忠贞的友谊和爱情，多么真诚动人呀！

可是读了这两句诗，却有些不明白。后面一句说蜡烛点完了，蜡珠儿才会停止往下流淌，这是明摆着的事情。但是前面一句就有疑问了。春蚕吐完了丝，是不是真的结束了生命？这值得好好讨论一下。

是的，蚕吐完了丝，结了茧，就结束了它的幼虫期。这时候它藏在茧里，不吃也不动，看起来好像是死了。可是当它在茧里孵化为蛾以后，还会咬破茧钻出来，又开始了一段新的生命。

蚕在什么时候才会真正死亡？

那是蛾产卵以后的事情。那时候它的身体里积蓄的营养物质彻底消耗完了，体内一些组织和器官也开始老化，才会真正结束最后的生命。

所有的蚕茧是不是都是这样，按照正常的生命程序发展呢？

也不是。如果人们为了得到宝贵的丝，用来织丝绸，就不允许它自己咬破茧，弄断了丝，人们会毫不客气地用蚕茧抽丝，提前中断它的生命。这样一来，春蚕就真的应了诗人的那句话，"春蚕到死丝方尽"。它用自己的生命的结晶，奉献给人们一匹匹美丽的丝绸。

啊，朋友们，当我们穿着华丽的丝绸衣服，是不是想过，这是蚕用它们的生命换来的呢？

我国是世界上最早养蚕、纺织丝绸的文明古国。传说黄帝的妻子嫘祖教会人们养蚕。四五千年前，生活在岷江上游的古代蜀族，就在首领蚕丛带领下开始养蚕了。他的名字就是这样来的。在 3000 多年前的三星堆遗址里，发现的来自印度洋的贝壳和别的文物可以证明，神秘的"南方丝路"就是从那个时候开始的。从这里一直延伸到印度半岛，再延伸到广大的西亚和地中海地区。据笔者考证，"CHINA"这个称呼，就是"丝国"的意思。

两千多年前的《诗经·国风·魏风》里，有这样的诗句："十亩之间兮，桑者闲闲兮，行与子还兮。十亩之外兮，桑者泄泄兮，行与子逝兮。"所有的一切都证明，中国养蚕纺丝的历史悠久，是名副其实的"丝国"。

桑蚕

"春天的歌手"黄莺儿

《春怨》

（唐）金昌绪

打起黄莺儿，
莫教枝上啼。
啼时惊妾梦，
不得到辽西。

这首诗是有声音的。

你听，一只小小的黄莺在枝头上放声歌唱。透过诗句似乎可以听见它的歌声，这是一首多么动听的乐曲。

想不到的是，它的歌声惊破了一个姑娘的梦，不能在梦中飞到遥远的辽西前线，和心爱的人儿见面，多么讨厌它呀。

唉，姑娘，别怨无知的小黄莺。它天生就喜欢唱歌，有"春天的歌手"的称号。

啊，不，它不是平凡的歌手，应该说它是花腔女高音才对。因为它的歌声非常婉转，一般的歌手怎么能唱出这样美妙动听的腔调。

其实许多古代诗人早就体会出它的歌声特点了。古老的《诗经》就有"黄鸟于飞，集于灌木，其鸣喈喈"的句子。北宋黄庭坚在一首词里，就这样写道："春无踪迹谁知？除非问取黄鹂。百啭无人能解，因风吹过蔷薇。"唐代诗人王维也描写说："阴阴夏木啭黄鹂"。这些全都描述它的歌声非常婉转。不是花腔女高音，还会是什么？

黄莺的身子小巧玲珑，哪怕一根又细又软的柳树枝，也能紧紧抓住立稳身子。披着长长的绿发的柳树，迎着细细的春风微微摇摆。黄莺好像荡秋千似的，边随着柳树枝摇晃，边唱着赞颂春天的歌曲，多么迷人啊。杜甫说："两个黄鹂鸣翠柳"，就是这个意思。杭州西湖十景里的"柳浪闻莺"，也是一个最好的例子。

它不仅仅能够在软软的柳树枝上站立，连自己的窝也用树皮、麻类纤维、草茎等材料，在接近树梢的小枝杈上，编织成非常灵巧的吊篮状，悬挂在树枝上一摇一晃，真够浪漫啊！

黄莺还有两个名字，一个叫黄鹂，一个叫黄鸟。

为什么叫这些名字，它是不是周身都是黄色的？

这话说得对，但有些不准确。黄莺的身上的确披满了金黄色的羽毛，好像是用一条条金光灿亮的丝线编织的，外表非常好看。可是仔细一看，就不完全是这个样子了。雄鸟的嘴壳微微有些发红，背上有一些儿发绿，从嘴角到眼角和后脑，有一条很宽的黑色纹路。翅膀和尾巴也是黑的，只有翅膀尖儿上才有一些儿黄色。雌鸟身上的颜色淡些，背上是浅黄绿色。肚皮上有黑色的线条，嘴壳也是黑的。从这些特征，很容易把雌雄分出来。

黄莺飞起来也很好看。小小的身子在空中一上一下，好像波浪似的起伏前进，像是在跳空中芭蕾一样。

啊，小小的黄莺不仅是花腔女高音，还是能歌善舞的明星呀。

黄莺

一山分四季，十里不同天

《大林寺桃花》

（唐）白居易

人间四月芳菲尽，

山寺桃花始盛开。

长恨春归无觅处，

不知转入此中来。

这是诗人在庐山大林寺写的。观察仔细的诗人发现了一个有趣的现象，透露了一个非常重要的气候信息。

你看，在四月里这儿山下的花已经谢了，想不到山上的桃花才刚刚开。请问，这是怎么一回事？

诗人解释说："谁说春天消逝，再也没法找到它。想不到它竟跑到这儿来了。"

这话对，也不对。

说它对，因为按照桃花开花的季节，的确像是春天悄悄"爬上山"了。

说它不对，因为一个地方的季节是统一的。怎么会在同一个地方，山下不是春天，山上却是春天呢？

气候学家说："这是山地气候垂直地带性的表现。"

说到这里，必须首先弄明白一个问题，地面的热量是怎么来的？

谁都知道，天空中的太阳，是赐给地面万物温暖的源泉。

是不是距离太阳越近的高山，得到的热量越多呢？

不是的，我们感受到的热量是太阳照射到地面后，再辐射出来的。所以距离地面越远的高山上，温度比地面越低。大约每上升100米，温度平均下降0.6℃，这是温度垂直递减率。

明白了这个道理，就会懂得为什么山上的桃花花期和山下相比，会落后一些日子了。

由于温度垂直递减率的影响，一些高山上常常生成不同的自然带。山下非常温暖，山顶却积满了冰雪。所谓："一山分四季，十里不同天"，就是这样产生的。

空口说道理不容易理解，让我们再举两个例子吧。

在云南省西部的横断山脉中，就有这种"一山分四季，十里不同天"的立体气候特点。从山下到山上，依次有热带、亚热带、温带、亚寒带等好几个气候带，分别生长着不同的植被，栖息着不同的野生动物。

世界第一高峰珠穆朗玛峰也是一样的。虽然山顶盖满常年不化的冰雪，可是在它的雪线以下的山坡上，也同样分布着不同的立体气候带。特别是喜马拉雅山脉南麓的察隅地区，雨量特别丰富，气候特别温暖，是我国少有的热带地方，号称"西藏的江南"。

桃花

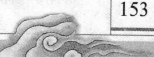

一山分四季，十里不同天

153

黄鹤一去不复返

《黄鹤楼》

（唐）崔颢

昔人已乘黄鹤去，此地空余黄鹤楼。

黄鹤一去不复返，白云千载空悠悠。

晴川历历汉阳树，芳草萋萋鹦鹉洲。

日暮乡关何处是？烟波江上使人愁。

黄鹤楼座落在武昌的蛇山之上，相传最早在是三国时期修建的。以后经过了许多次毁坏和重建，是武汉有名的古迹，江南四大名楼之一。传说从前有一个道士用橘皮在墙上画了一只黄鹤，伸手一招就能飞下来。后来他骑着黄鹤飞走了，留下一个神奇的故事。

为什么这只黄鹤这样听话？在这个故事里，似乎暗含了它和人们的一段亲近历史。自古以来，人们都喜爱鹤，它还曾经是最早的宠物之一呢。据《左传》记载，春秋时期的卫懿公特别爱鹤，甚至还给它们封爵位，让它们乘坐马车。发生战争的时候，人们气愤地说："让鹤去打仗吧。它们有官位呀，我们怎么能够比得上它们。"到了西晋时期，养鹤成为了风气，镇守荆州的大将军羊祜还教会了鹤舞蹈，表演给客人看。杭州西湖孤山隐士林逋一生不娶亲，以梅为妻，以鹤为子的故事，就更加有名了。

在成都西郊，两千多年前的金沙遗址里，发掘出一个活像剪纸似的四鸟绕日的金箔图形，被确定为国家文物保护的标志。可以清楚辨认出四只飞鸟的外形，就是中国人心目中奉为祥瑞的仙鹤，这该是最早的有关鹤的图案之一了，可见它在人们心目中的地位有多高。

鹤的种类很多，有白色的丹顶鹤、灰色的灰鹤、灰黑色的蓑衣鹤等。黄颜色的鹤没有听说过，没准儿是神话里的吧？其中，最有名气的是丹顶鹤。丹顶鹤的寿命很长，一般有 50-60 年，是鸟儿的"老寿星"。所以从前人们把它和龟并列，作为长寿的象征。在黑龙江省齐齐哈尔附近，水草丰富的扎龙地区，就建立了一个鹤类保护区。这里不仅有丹顶鹤，还有灰鹤、白枕鹤等许多种类，是名副其实的"鹤乡"。

说起鹤，人们就不由得首先联想起了最有名的丹顶鹤。

瞧呀，它那副与众不同的样子，真的特别显眼呢。又细又长的脖子，又细又长的嘴壳，又细又长的脚，雪白的羽毛，配上一些儿乌黑的尾羽和翅膀尖儿。头顶上露出一块光秃秃的红褐色的头皮，所以叫做这个名字。

更加值得一提的是，它那高傲的神态，飘飘欲仙的样子，活像是一位远离红尘的隐士。难怪人们常常把它当作是仙人的化身，产生了许多和神仙有关联的神话。黄鹤驮着那位道士飞走的故事，就是其中之一。

这儿产生这个故事，也和周围的环境有关。

你看呀，黄鹤楼下有一片芳草萋萋的鹦鹉洲。这是一个江心沙洲，和岸边隔开，很少有人干扰。鹤是涉禽的一种，总是慢吞吞踩着浅水走来走去，寻找鱼虾吃。沙洲旁边的水很浅，正是鹤类觅食的好地方。上面长满了一片芳草，也是鹤类隐蔽栖息的理想处所。神话故事不是毫无根据的，古时候这里必定有鹤类活动，人们才会产生黄鹤故事的联想。

顺便说一下，鹤也是一种候鸟，按照不同的季节南来北往。所以当它飞走时，诗人才有黄鹤一去不复返的怅惘。

丹顶鹤

片云头上黑，应是雨催诗

古诗文中的科学

《纳凉晚际遇雨》

（唐）杜甫

落日放船好，轻风生浪迟。
竹深留客处，荷净纳凉时。
公子调冰水，佳人雪藕丝。
片云头上黑，应是雨催诗。

　　杜甫在船上游玩，忽然瞧见头顶出现一片乌云，认为这是下雨的预兆。

　　他说对了。俗话说："有雨天边亮，无雨顶上光。"头顶的乌云就是快要下雨的象征。

　　为什么这样？因为那是一片雨云。正在雨云下面，当然就会下雨啰。另一位唐代诗人李贺在《雁门太守行》中说："黑云压城城欲摧"。许浑在《咸阳城东楼》诗中说："溪云初起日沉阁，山雨欲来风满楼。"也都是快要下雨的预兆。

　　除了这个现象，还有别的下雨的预兆吗？

　　有的，不仅是天上的云，包括地上的许多现象，也都是下雨的先兆。现在我们就来看一些吧。

　　民间有许多谚语，都和这有关系。例如："天上钩钩云，地上雨淋淋"，"无雨云缠腰，有雨山戴帽"，"东虹晴，西虹雨"，"夜晴无好天，明朝还要雨连绵"，"雨前蒙蒙终不雨，雨后蒙蒙终不晴"，"淋了伏头，下到伏尾"等，都含有一定的科学道理。

　　以"燕子低，披蓑衣"来说吧。因为燕子以空中的小虫子为主要食料，当天气情况转坏，快要下雨的时候，空气湿度增大，小虫的翅膀沾了小水滴不能高飞。燕子为了捕食，也就跟着低飞了。

许多动物都是极好的天气预报员，可以预报下雨。例如乌龟壳湿漉漉，蚂蚁搬家，母鸡晒翅膀，狗伸舌头喘气，青蛙呱呱叫个不停，鸡不肯进窝，鸭子进窝早，猫头鹰白天叫，鹁鸪拖着声音叫，都是快要下雨的现象。

　　为什么这样？因为这些动物对周围的气候环境变化感觉很灵敏，稍微有些变化，就能够感触到，作出相应的反应。

　　以狗伸舌头喘气，母鸡晒翅膀来说吧，必定是它们感觉到湿气很大，实在受不了，才这样的。蚂蚁搬家，也是它们感受到快要下雨了，担心自己的窝被淹，才急急忙忙搬家的。

　　还有一些自然现象也可以预报下雨。例如空气里的湿度太大，盐罐就会发潮；天空中的水汽太多，星星就会眨眼睛等，全都是快要下雨的征兆。

片云头上黑，应是雨催诗

乌云密布

157

江流曲似九回肠

《登柳州城楼寄漳汀封连四州刺史》

(唐) 柳宗元

城上高楼接大荒，海天愁思正茫茫。
惊风乱飐芙蓉水，密雨斜侵薜荔墙。
岭树重遮千里目，江流曲似九回肠。
共来百粤越身地，犹自音书滞一乡。

　　柳江弯弯地绕过柳州。站在城楼上看，它好像是一条弯弯的肠子，也像是一条龙环绕着柳州城，所以柳州有一个别名就叫做"龙城"。

　　其实，这儿还不算最弯曲。在长江中游一马平川的江汉平原上，长江弯来弯去，才真正像是真正的"九回肠"。其中从藕池口到城陵矶之间的下荆江，直线距离仅仅 80 千米左右，河道实际长度却有 270 多千米，从来就有"九曲回肠"的称呼。

　　为什么江汉平原上，长江的河身这样弯曲？这和特殊的环境是分不开的。

　　这儿是一片宽展的冲积平原，两边没有坚硬的岩石和山地约束，松散泥沙组成的河岸很容易被冲刷，河流可以自由自在摆来摆去，就生成了一个个连环套似的河湾。

　　这样弯曲的河流，在地质学里有一个专门的名字，叫做自由曲流。因为它弯曲得像是一条游动的水蛇，所以又叫蛇曲。

　　弯弯绕的自由曲流，不慌不忙，自由自在，弯来绕去，慢慢流淌着，造成一个又一个绳套似的河湾。有的河湾两边的距离很近，几乎快要挨着了，好像是细细的脖子，叫做曲流颈。来往的船沿着弯曲的河道行驶慢极了，还不如登上岸，穿过狭窄的曲流颈走过去快些。

　　当河水冲开曲流颈，产生裁弯取直作用，就会形成一条新河道。原来装满水的弯弯的老河床，两头渐渐淤塞了，就会形成一个月牙儿似的弯弯的湖泊，叫做牛轭湖。

牛轭是什么东西？

这是套在牛脖子上面，用来拉车的一根弯弯的木头。地质学家用这个东西来形容这湖泊，真是非常形象呀！

让我们举例说明吧。1972年7月19日，长江在湖北石首县六合垸附近，冲开了北岸一个曲流颈。河道裁弯取直后，江水迅速分流。一个月以后，新河床已经加宽到1000米左右，成为了主航道。原来的弯曲河床水流越来越少，进口和出口地方逐渐淤塞，很快就和长江失去联系，成为一个弯弯的牛轭湖。因为它很像弯弯的月牙儿，当地人给它取了一个非常形象的名字，叫做月亮湖。

牛轭湖能够长期保存下去吗？

不会的，因为它失去了水源，会被淤塞得越来越浅，逐渐演变成沼泽，成为水草丛生的地方。最后沼泽也被淤平了，在大地上完全消失。只留下泥沙掩埋的弯弯的泥炭矿体，作为曾经演出过一幕幕地形变迁的证据。

河水有了笔直的新河道，就不会再弯来绕去了吗？

不，因为这儿的河岸都是松散的泥沙，很容易冲刷，用不了多久，又会慢慢发展成为新的河弯了。

这是什么原因？这就是自由曲流的脾气。

长江

玻璃江的怀念

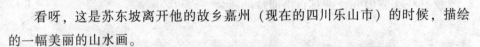

《初发嘉州》

(宋) 苏轼

朝发鼓阗阗，西风猎画旄。

故乡飘已远，往意浩无边。

锦水细不见，蛮江清可怜。

奔腾过佛脚，旷荡造平川。

野市有禅客，钓台寻暮烟。

相期定先到，久立水溅溅。

看呀，这是苏东坡离开他的故乡嘉州（现在的四川乐山市）的时候，描绘的一幅美丽的山水画。

在这幅山水画里，号称蛮江的青衣江清亮亮的，穿过群山汇合进大渡河，奔腾咆哮着从嘉州城对面的大佛脚下流过。现在到这儿一看，青衣江和大渡河水都是一派难看的黄汤，一点儿也不清亮。是不是苏东坡故意这样写，把故乡的这条河描写得更加美丽些？

不是的，不仅当时的青衣江和大渡河水很清亮，包括诗中的锦江水，也就是现在的岷江，当时也是清亮的。他在另外一首怀念老朋友的诗里，把这一段的岷江叫做玻璃江，吟唱道："相望六十里，共饮玻璃江。"

瞧，玻璃江这个名字多么形象，岂不也和透明的玻璃一样清亮亮吗？

玻璃江的名字，也不是苏东坡创造的，古书里都这样说。

有一本名叫《读史方舆纪要》的古代地理书上说："蜀江（就是岷江）在城外，一名玻璃江，水色清澈似之。"《蜀水经》说："玻璃江在眉州城外，状其清澈也。"

看吧，这样多的书里都说，这儿的江水非常清亮。难怪苏东坡会把流到大佛脚下的江水，说成是"清可怜"了。

青衣江啊，青衣江，原本就是说，在这样清亮的江水里洗衣服，也没有一丁点儿泥沙把衣服弄脏呢。

为什么从前像玻璃一样清亮的江水，现在整年都是浑的，一点儿也不清亮了呢？

这是环境破坏的结果。人们在河流上游乱砍森林，雨水冲进江里的泥沙多了，玻璃江就慢慢变成浑黄黄的了。

在 1938 年的抗日战争时期，笔者跟着妈妈逃难到乐山，常常到这条江边玩。冬天的江水很清亮，水里有许多透明的淡水水母。因为它是圆圆的，所以当地给它取名叫做"金钱鱼"。现在水的泥沙多了，水变浑了，稀罕的"金钱鱼"也没有了，真可惜呀！

大渡河

碧云天，黄叶地

《苏幕遮》

（宋）范仲淹

碧云天，黄叶地，秋色连波，波上寒烟翠。
山映斜阳天接水，芳菲无情，更在斜阳外。

黯乡魂，追旅思，夜夜除非，好梦留人睡。
明月楼高休独倚，酒入愁肠，化作相思泪。

秋天来了，一片片黄叶落下来，堆了一地。瞧，这是多么熟悉的画面。

秋天的黄叶，常常是诗人描写的对象。杜甫也曾在诗中，描绘了一幅更加开阔的秋天的图画："无边落木萧萧下，不尽长江滚滚来。"

诗中不仅有落叶的景象，还有一派萧萧瑟瑟的声响呢。

读了这些描写秋天落叶的诗篇，人们不禁会问：树木到了秋天，为什么有的会落叶？

要说这个问题，得要先说树叶里面含有叶绿素、类胡萝卜素等成分。其中，类胡萝卜素里有橙黄色的胡萝卜素和黄色的叶黄素。在正常的生长季节里，叶绿素不断更新，保持着主要位置，把别的色素掩盖住，所以叶片总是绿色。秋天来临的时候，由于气温下降，叶绿素合成赶不上破坏，所以叶绿素越来越少，其他色素逐渐占有主要地位，树叶就慢慢变成红色和黄色了。

从另一个角度说，这也是树木为了应付越来越冷的天气，安全过冬的一项保护性的措施。

你可知道对于植物体来说，树叶有什么作用吗？从正面来讲，它可以进行呼吸和光合作用。从负面效应来说，面积较大的叶片可以蒸发水分，对树木本

162

身不利。如果外界的水分补充不够，自身水分不断蒸发散失，显然对树木的生命非常不利。

进入了秋天，气候一天天越来越干燥，雨水比夏天少得多。雨水少，地下水自然也少了。这时候，树根从土壤里吸收的水分越来越少，供给树木自身的水分就会显得渐渐不够了。在这种情况下，如果树枝上还保留大量树叶，使水分不断蒸发消失，就会造成水分收支不平衡，对树木生长非常不利。

秋天还算好些，再进入寒冷的冬天，这种情况将会发展得更加严重。如果树木不在秋天及时落叶，尽量减少水分损失，就会危害树木本身的生命了。

人们常常说："秋风扫落叶"。秋天到来后，瑟瑟的秋风越吹越紧，枯黄的树叶就会告别枝头，随着秋风悄然飘落了。

秋叶

是别有人间,那边才见

《木兰花慢·中秋送月》

(宋) 辛弃疾

可怜今夕月,向何处,去悠悠?

是别有人间,那边才见,光影东头。

是天外,空汗漫,但长风浩浩送中秋?

飞镜无根谁系,娥不嫁谁留?

谓经海底问无由,恍惚使人愁。

怕万里长鲸,纵横触破,玉殿琼楼。

虾蟆故堪浴水,问云何玉兔解沉浮?

若道都齐无恙,云何渐渐如钩?

我们每天都看见月亮从东边升起,从西边落下,是否想过月亮到哪儿去了?现在的小学生也能回答这个问题。

嘻嘻,这是由于地球自转,才出现这个现象呀。

八百多年前,辛弃疾忽然想起这个问题,模仿屈原的《天问》,写了这首词,提出了疑问和自己的想法。

按照他的意见,认为月亮一定转到大地的另一边去了。那里"别有人间",也能够看见月儿从东边升起来,造成"光影东头"的景象。当然啰,他也有些怀疑,月亮钻进西边的海底是难以想像的。海里的鲸鱼岂不会把月宫里的宫殿撞破了,月亮里的虾蟆是游泳好手,兔子却不会游泳,怎么办?

辛弃疾想像的那边的人间是什么地方?诗人限于当时的认识水平,无法作出回答。不过我们知道,那就是和我们相反的西半球,是北美洲和南美洲的大地。和辛弃疾的时代相应，应该是曾经创造了灿烂文明的印第安人。只是不知道他们是不是也曾像辛弃疾一样发出奇想，猜测月亮沉落后的去处。

八百多年前的古人不知道地球自转，也不知道地球背面的新大陆，能够想出这样的问题，非常不容易。诗人的心里还有些疑问，也是可以理解的。

月球东升西落，是因为地球自转，这就是这首诗里包含的科学内容。辛弃疾不知道地球自转，提出了这个有趣的问题。让我们就用这一句话，给他解释清楚吧。

由于地球以地轴为轴线，自西向东旋转，所以才造成了日月星辰东升西落的运动。

由于地球自转，所以才造成了昼夜交替，有了"一天"的现象。"日"作为历法计算的基本单位，演绎了由年、月、日组成了整个历法的基本结构。

由于地球自转，造成同一时间不同经线所在处有不同的地方时间。

地球自转速度不是均匀的，有几种变化情况。

第一种是月球对地球潮汐引起的长期变化。可别小看了这一点，潮汐摩擦可以改变地球转动的速度，100年可以增加1~2毫秒左右。小小的毫秒虽然微不足道，积累起来就十分惊人了。地质学家发现，珊瑚虫每天分泌碳酸钙不一样，形成了细细的"日纹"，和树木年轮一样，汇成了不同年份的生长带。数一数不同地质时代的珊瑚日纹，就可以判断当时一年有多少天了。由此而得出的结论是5亿年前的古生代初期，一年有410天；4亿年前的泥盆纪，一年有400天；3亿年前的石炭纪，一年有395天；6500万年前的白垩纪晚期，一年有376天；进入最新的两三百万年前的第四纪，一年才有365天。由此可见，地球自转逐渐变慢，一天的长度逐渐加长。

第二种是地球自转的周期变化。根据观察，每年4月9日至7月28日，11月18日至1月23日地球自转加速；1月25日至4月7日，7月30日至11月16日有地球自转减缓，二者交界可以有6天左右的变化。这是由于太阳潮汐半年性变化、月球潮汐一月和半月变化，以及气团季节性移动、洋流和冰雪融化等各种因素引起的结果。

第三种是地球内部物质剧烈运动，例如强烈地震、板块漂移、电磁重力场变化等所造成的突然性不规则变化。

地月关系图

165

看落星如雨

《青玉案·元夕》

（宋）辛弃疾

东风夜放花千树，更吹落，星如雨。

宝马雕车香满路。

凤箫声动，玉壶光转，一夜鱼龙舞。

蛾儿雪柳黄金缕，笑语盈盈暗香去。

众里寻它千百度。

蓦然回首，那人却在，灯火阑珊处。

　　看啊，诗人所描写的节日花灯像繁星一样灿烂，好像流星雨落下来似的。小小的流星，拖着长长的尾巴，划过夜空落下来，这是多么熟悉的景象啊。

　　什么是流星？就是太空里陨落下来的陨石。

　　为什么流星那样灿亮，总是拖着一根长长的发光的尾巴？那是陨石穿过地球大气的时候，和大气磨擦燃烧引起的现象。

　　你不信么？请你仔细观察天上飞落下来的陨石吧。所有的陨石表面都是黑糊糊的，有许多难看的疤痕，这就是燃烧的痕迹，也是鉴定是不是真正的陨石的一个证据。可笑的是在四川某县一个公园里，展出一块所谓的"天落石"，雪白的石面上刻画了许多云彩一样的花纹。据说这是一个老和尚亲眼看见，从天上落下来的"陨石"，一看就是假的，真笑掉了人们的大牙。

　　请看宋朝一段有趣的记录吧。1064 年的一个傍晚，一颗"火星"从空中飞落下来，把江南宜兴一户人家的篱笆烧坏了。过了很久"火星"才熄灭变黑，用手一摸，还是烫的呢。

如果有许多陨石一起落下来，就会造成一场罕见的流星雨了。流星雨的形成，往往和彗星有关系。当彗星接近地球的时候，一些物质飞落进地球的大气圈，就造成流星雨了。由于它们的运行轨道往往具有一定的方向，所以常常从一些星座集中的方向飞出来。狮子座流星雨、宝瓶座流星雨，都非常有名气。

咱们中国古代早就观察过流星雨了。据一本叫《竹书纪年》的古书记载，公元前1809年，"帝癸十年，五星错行，夜中陨星如雨"，这就是世界上最早的流星雨的记录。

1976年3月8日下午15时，吉林市落了一场真正的流星雨。一个巨大的火球从天而降，爆炸分裂成无数小火球，散落在500多平方千米的广阔地面上。其中最大的一块陨石落下来，激起一团蘑菇云状的烟尘。它砸穿了坚硬的冻土层，形成一个6.5米深，直径2米的大坑。这个陨石被命名为一号陨石，有1770千克重，是世界第一大陨石，比原来认为世界最大的美国诺顿陨石还重694千克。

天上坠落的陨石非常复杂，并不是都是石头，也有铁和石铁混合物。世界最大的铁陨石是非洲的戈巴陨铁，重60吨左右。我国新疆的"银骆驼"，重30吨左右，排列第三。

世界最大的石铁陨石是山东莒南的"铁牛"，将近40吨重，居世界第一。

啊，想不到我国还是特大陨石聚集的国度呢。

流星

六出飞花入户时

《雪花》

（唐）高骈

六出飞花入户时，
坐看青竹变琼枝。
如今好上高楼望，
盖尽人间恶路歧。

冬天来了，天上雪花飘飘。孩子们都喜欢雪花，常常欢天喜地追赶迎风飘飞的雪花，伸出手掌想抓住几片雪花，好奇地看它到底是什么样子。

难道你没有注意过它，不想弄清楚随风飞舞的雪花的秘密吗？

古人早就注意到了，雪花，就像花。古时一个叫刘方平的诗人在《春雪》诗中说："飞雪带春风，徘徊乱绕空。君看似花处，偏在洛城东。"虽然明确指出它就是花，可也说它"似花"呀。

雪花到底像是什么样子的花？上面的诗中把它和洛阳牡丹相比拟。牡丹的花瓣很多，重重叠叠的，一下子难以数清楚。雪花的"花瓣"是不是可以数清楚呢？

感谢一千多年前的高骈观察仔细，在这首诗中写出了"六出飞花"的诗句，明明白白告诉我们，雪花是六角形。

你不信么？请你仔细观察吧，所有的雪花全都是六角形。

为什么会是这个样子？这和它的生成原因有关系。

原来雪花是冰晶组成的，冰晶又是冰胚组成的。雪花是什么样子，就得看冰晶和冰胚形成的时候是什么样子了。

冰胚是最基本的。每一个冰胚有五个水分子，一个水分子在中间，四个在边上，组成一个四面体。许多冰胚连接在一起，就形成了冰晶。许多冰晶结合，就

168

形成了雪花。有趣的是，它们互相连接的时候，自然会排列成特殊的六角形。

让我们进一步研究它，原来这是一个六方晶系，有四个结晶轴。其中三个辅轴在一个平面上，互相以六十度角相交。另一主轴和这三个辅轴组成的平面互相垂直。由于六方晶系的最典型形状是六棱柱体，但是，当结晶过程中主轴方向晶体发育很慢，辅轴方向发育比较快，所以晶体就呈现出六边形的片状了。

把雪花放在放大镜下仔细观察，图案非常复杂。可是不管怎么千变万化，却全都是六角形，又是什么原因呢？

这和它在空中飘的时候，具体的温度、湿度条件有关系。雪花形状变化无穷，却万变不离其宗，都是排列整齐、结构对称的六角形。说奇怪，也一点儿不奇怪。

再仔细分析，仅仅这种六角形的结合，还不一定就能组成非常对称的六角形雪花。原来它在空中飘飞的时候，还会发生微微振动。因为这是环绕对称点而进行的，所以就保证了在增长过程中的雪花，始终保持六角形。至于六角形的千姿百态，是空中的温度和湿度条件不同的原因。

雪景图

河流入断山

《登鹳雀楼》

(唐)畅当

迥临飞鸟上，
高出世尘间。
天势围平野，
河流入断山。

读了这首诗，你可明白，"河流入断山"是什么意思？

这说的是一条河穿过了一道断开的山。

好好的山，怎么会断开？

这是山自己断开的，还是河水冲开的？

俗话说："山不转，水转。"说的是水在山里流，冲不动坚硬的山嘴，只好绕着山嘴转来转去。难道柔弱的水，真的会冲开坚硬的山吗？

可以呀！山可以自己断开，河水也能冲开挡路的山墙，闯出一条出路。

先说头一个问题吧。有的山生成在断裂的地块上，拱起的断块形成山，下陷的地方成为谷地，当然就生成天然的"断山"了。河流不费一丁点儿力气，就能穿过这种"断山"。

这种例子很多，在断裂构造发育的地方，几乎到处都有。台湾省著名的太鲁阁大峡谷，全长38千米，就是立雾溪沿着一条断裂带切开的。由于两边是坚硬的大理岩，湍急的水流仅仅切开一条窄缝似的峡谷，从笔陡的悬崖绝壁中间奔腾而下，号称"虎口一线天"。峡谷两边的山，不消说就是"断山"了。

从"断山"中间流过的河流，也不一定都像太鲁阁大峡谷一样狭窄。流动在一些地堑构造里的河谷就非常宽广。以南北纵贯山西全省的汾河和东西横贯陕西省中部的渭河来说吧，就是穿过宽阔的汾河地堑和渭河地堑流动的。

什么是地堑？这是断裂构造的一个类型。由于两边的地块沿着断裂抬升，形成地垒式的山地，中间地方沉降，就形成了地堑式的宽阔谷地，是河流穿过的好地方。汾河地堑和渭河地堑都是活动性断裂带，历史时期曾经发生过破坏性的大地震。从广义的角度看，汾河和渭河穿过的也可以算是另一种"断山"。

不是断裂构造的地方，也能生成"断山"吗？

也可以。有的山是水平挤压，或者往上掀起生成的。在挤压和掀起的时候，岩层会破裂开，生成一条条裂缝。经过长期风化剥蚀和水流冲刷，裂缝越来越大，河流照样可以穿过"断山"。

在有名的四川乐山大佛旁边，有一个宽约 500 米的马鞍形山垭口，叫做麻浩口，隔开了大佛所在的凌云山和乌尤山。后者三面环绕江水，传说是李冰化身为一条龙，下水和一条恶龙搏斗，在斩杀了那条恶龙、平定水势后，开凿的另一个离堆。笔者实地考察，发现垭口中有古代砾石层分布，毫无疑问是古代河流遗留下来的。这个事件发生在上万年前第四纪晚更新世期间。正是由于一条河流从这里直冲过去，才切断了乌尤山和凌云山，使乌尤山成为一座离堆孤山。这样直冲切开的天然离堆，地貌学有一个专门名词，叫做穿断山。

河 流 入 断 山

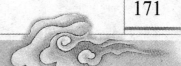

白云苍狗幻奇峰

《云》

（唐）来鹄

千形万象竟还空，
映水藏山片复重。
无限旱苗枯欲尽，
悠悠闲处作奇峰。

天空里的云，是最奇妙的魔术家。

你看着它像什么，就像什么。一会儿变成这个模样，一会儿变成另外一个模样。凭着自己的想像，可以把它想像成各种各样的东西。

云也有各种不同的种类。其中，我们常见的积云，一朵朵堆积在高高的天上，很像一座座高耸的山峰呢。所以诗人在这首诗里说："悠悠闲处作奇峰"。

漂浮在空中的云很容易改变形状，难怪杜甫在诗中吟唱道："天上浮云如白衣，斯须改变如苍狗。"

"白云苍狗"这句话，就这样流传下来了。后来扩展了含意，常常用来譬喻世事变幻无常。

读了这首诗，人们会问天空中的云，为什么老是不停变化，一会儿变成这样，一会儿变成那样，外形变化无穷，从来也不固定不变。

云啊云，好像是天空中神通广大的魔术师，变化万千没法捉摸。舞台上的魔术师是使用别的道具来变化，算不了什么。天空中的云朵却是用自己的身子变来变去，说起来，这样的变化比世界上所有的魔术师都高明呢。谁不服气，请你试一试，是不是也能把自己变成一匹马，又变成一头牛？

为什么云朵的形状这样容易变化？

这太容易解释了。凝聚成云朵的云滴，在空中到处漂浮，结合得不紧密，经不住一阵阵风吹，就会随时随地变形了。"白云苍狗"的变化，就是这么一回事。

读了这首诗，人们还会问，为什么地面这样干旱，天上的云不下雨呢？

噢，你应该明白，天空中有云，不一定都会下雨。

雨滴是怎么产生的？

这是云中的水汽凝结在一粒粒凝结核的周围，越来越大，终于变成上升气流无法托起的一颗颗水珠儿，就变成雨滴落下来了。如果没有达到这个条件，云还是云，就不会下雨了。

云的家族很大，有各种各样的云。国际气象组织就根据云的高度、形状和性质等特点，把天上的云划分为 4 族、10 属、29 种。首先根据云的高度，划分为低云族、中云族、高云族和直展云族。

低云族悬浮在低低的空中，包括层云、层积云、雨层云 3 属。

层云一般不超过 2000 米。它的云层很薄、很均匀地平铺在天上。有时候它很低很低，紧紧贴着地面，就变成雾气了。

层积云稍微高些，平均高度是 2000~3000 米。它的结构不太均匀，常常是一条条、一块块、一片片的。

雨层云很厚，颜色很灰暗，也铺得很宽。如果被风一吹，就破碎成一团团的啦。

中云族一般漂浮在 2000~7000 米的空中，包括高层云、高积云两个属。它们二者的不同，主要在于是平平地铺开，还是成为一团团、一片片的。太阳光和月光透过它们，可以生成特殊的日华和月华现象。

高云族很高很高，大多是冰晶组成的，包括卷云、卷积云、卷层云 3 个属。像头发丝一样纤细、像鱼钩一样的卷云特别好看。卷积云是许多小小的冰晶块组成的，好像鱼鳞一样。卷层云像薄薄的透明的纱巾，透过它可以生成日晕和月晕。

直展云族从低空笔直伸展进高空，好像是一颗通天大树，包括积云、积雨云。它们有的像馒头、山峰，还有的像高高的宝塔和铁砧，常常会发生闪电、雷霆和冰雹，可不是好惹的。

臣心一片磁针石，不指南方不肯休

《扬子江》

（宋）文天祥

几日随风北海游，
回从扬子大江头。
臣心一片磁针石，
不指南方不肯休。

文天祥在这首诗里，把自己对国家的一颗忠心比喻为磁针石，永远指着南方不变，多么忠诚呀。

什么是磁针石？就是人们常常说的指南针。

其实，它不仅指示南方，另一端还指示北方。说它是指南针，也可以说是指北针。地质工作者干脆就把它叫做罗盘。

指南针是我国古代的四大发明之一，后来才传到世界其他地方，应用在航海和其他许多领域，真值得咱们骄傲呀。

瞧着罗盘上的指针，人们会问，为什么它总是指向南方和北方不变？

这和地球的磁性有关系。原来地球是一个"大磁铁"，它的南北两个磁极总要吸住磁针。只要朝着磁针指示的方向前进，就不会迷失方向了。

我们住在北半球，离北磁极比较近。如果不在罗盘磁针的南端缠上铜丝，加一丁点儿重量，指针被北磁极的磁力紧紧吸住，就不能保持平衡了。

对准没有铜丝的方向一直往前走，是不是就能够走到北极？

啊，不，按照这样笔直往前走，永远也别想走到真正的北极点。

请问，这是为什么？

说来道理很简单，因为北磁极和地理北极根本就不在一个地方，中间有一个磁偏角。必须把磁偏角算进去，才能够走到真正的北极点。

谁最早发现磁偏角？是不是航海家哥伦布？

不，我国北宋时期的沈括早就发现磁偏角了，比哥伦布还早四个世纪，真了不起！

除了磁偏角，还有磁针和水平面之间的夹角，叫做磁倾角，也是测定地磁要素的一个内容。

让我们换一个问题来考虑，不说走向地理北极和地理南极，转过头来说地球磁极吧。手里拿着罗盘，对准地球磁极走，是不是可以走到磁北极和磁南极？

这得要看走路耗费多少时间。从理论上来讲，应该走到目的地。可是如果在路上耽误的时间长了，照样不能达到目的。

咦，这是怎么一回事？

原来地球磁极是在不停迁移的。地球磁极迁移，是地磁轴变化的结果。地质学家认为是地球内部深处物质运动引起的。这种深处物质总在不停运动，所以地磁轴和地球磁极也跟随着不停变化了。只不过这种变化非常缓慢，一时不容易发现罢了。

在许多岩石里，含有磁性矿物成分，记录了过去地质历史时期里的地球磁极方向。研究不同地质时代的岩石，就可以恢复当时的地球磁极位置。例如在福建沙县至上杭一带，采集 6500 万年前上白垩统的岩石样品分析，可以确定当时的磁北极在北纬 79.4°，东径 210.3°地方，和现在有很大不同。利用这种方法，还测定出现在的赤道地方也曾经接近地理北极呢。

人们更加想不到的是，在漫长的地质历史中，地球磁极还会发生倒转。原来的磁北极变成了磁南极，磁南极又变成了磁北极。科学家经过详细研究发现，仅仅在最近 450 万年里，地球磁极就曾经倒转了四次之多。分别是 450 万年前开始的吉尔伯特倒转极性世，332 万年前开始的高斯正极性世，243 万年前开始的松山倒转极性世，69 万年前开始的布伦赫斯正极性世。

当地球磁极倒转的时候，会对环境演变、生物发展产生重大影响。

指南针

臣心一片磁针石，不指南方不肯休

峡中都是火,江上只空雷

《热》

(唐) 杜甫

雷霆空霹雳, 云雨竟虚无。

炎热衣流汗, 低垂气不苏。

乞为寒水玉, 愿作冷秋菰。

何似儿童岁, 风凉出舞雩。

　　杜甫一生坎坷, 到处流浪。他在成都西郊浣花溪畔的草堂平静地生活了一些年头, 又搬迁到三峡里的夔州居住。这里山高水深, 气候变化很大, 自然环境和浣花溪的小桥流水大不一样, 他很不习惯。

　　三峡和邻近的重庆一样, 也是有名的"火炉"。他实在热得受不了, 一口气写了《热三首》诗, 这就是其中之一。

　　看啊, 杜甫老先生在这里热得真够呛。汗水浸透了衣服流出来, 似乎衣服也在流汗了; 低垂着脑袋一动不动, 连呼吸也困难极了, 哪有浣花溪边的日子那样悠闲自在。

　　天气这样热, 下一丁点儿雨该有多好呀! 可是天上只打雷, 不下雨, 憋得实在难受。他在另外一首《热》诗里也写道: "峡中都是火, 江上只空雷。想见阴宫雪, 风门飒踏开。"杜甫接二连三写了这些"气候诗", 看来在三峡火热的夏天里, 这并不是偶然的现象。

　　在炎热的夏天, 雷雨常常同时出现。为什么这儿只打雷, 不下雨呢? 是不是老天爷故意和穷极潦倒的杜甫老先生过不去?

　　不, 老天爷是公平的, 并不专门欺侮杜甫这样的贫困诗人。请看《三国演义》里一段故事。曹操和刘备青梅煮酒论英雄。曹操一句"今天下英雄唯君与操耳", 就把刘备吓得筷子都掉落在地上了。恰巧天上一个响雷, 他才掩饰过去。打这个雷的时候，并没有下雨，岂不也和杜甫叹息空打雷一模一样。

　　要弄清楚这个问题，必须首先说明"雷"和"雨"是怎么形成的。雷雨是空气在极端不稳定状况下所产生的剧烈天气现象。雷和电是大气中的放电现象，雨是大气降水。雷和雨虽然常常相提并论，但是二者并不一定在所有的情况下都同时出现。一般山地雷电比平原多，所以在成都生活惯了的杜甫，到了三峡遇着这种情况就很不习惯了。

　　如果空中的积云里的正电荷和负电荷相互作用，就会产生火花放电，形成闪电。四周的空气一下子受热，突然膨胀发出巨大的响声，就打雷了。空气里的水分过饱和，就会凝结成水滴下雨。

　　打雷的时候，空气湿度很大，就会产生雷雨。如果打雷的时候，空气湿度不够，当然就只打雷、不下雨啰。

雷雨

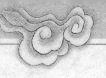

仲春遘时雨,始雷发东隅

《拟古》

(晋) 陶渊明

仲春遘时雨,始雷发东隅。

众蛰各潜骇,草木纵横舒。

翩翩新来燕,双双入我庐。

先巢故尚在,相将还旧居。

自从分别来,门庭日荒芜。

我心固匪石,君情定何如?

陶渊明在这首诗里,描写了仲春季节的一些现象。

什么叫做"仲春"?古时候把每个季节作"孟"、"仲"、"季"三段划分,每段包括两个节气。另一首古诗里说的"莫伤三春鸟"里的"三春",就是指整个春季。

其中,"仲",就是每个季节的第二个月。仲春究竟在什么时候?一本叫《书经》的古书里说:"日中星鸟,以殷仲春。"意思是当黄昏的时候,南方朱雀的星宿正在头顶,白天和晚上一样长,就可以定出仲春了。

春季包括立春、雨水、惊蛰、春分、清明、谷雨等六个节气。其中的仲春包括惊蛰、春分两个节气。

你看,陶渊明在诗中描写说,这时候天上打雷了,藏在地下冬眠的动物纷纷钻出来,草木也茂盛生长了。

这就是仲春的第一个节气,叫做惊蛰。"蛰"是"藏"的意思。惊蛰是指春雷乍动,惊醒了蛰伏在土中冬眠的动物。《月令·七十二候集解》中说:"二月节,万物出乎震,震为雷,故曰惊蛰。是蛰虫惊而出走矣。"

从这段话可以看出来，惊蛰又称为二月节，大致在阳历 3 月 5 日、6 日或 7 日，太阳到达黄经 345 度的地方。这个时候暖空气开始北上，开始有春雷出现。由于地温增高，蛰伏在地下的冬眠动物纷纷惊醒外出活动。需要说明的是，一些昆虫根本就听不见雷声，而是天气一天天变暖，才使它们结束冬眠，纷纷从藏身的角落里钻出来，天气变暖才是"惊而出走"的真实原因。

"春雷响，万物长"，惊蛰时节正是美好的艳阳天。这时候我国大部分地区都进入了春耕季节，应该作好早稻秧田和三麦拔节期的管理，还要注意越冬害虫的防治。一首唐诗说："微雨众卉新，一雷惊蛰始。田家几日闲，耕种从此起。"

农谚也说："过了惊蛰节，春耕不能歇"，就是这个道理。

紧接着的是春分，又称为二月中，大致在阳历 3 月 20 日或 21 日，太阳到达黄经 0 度的地方。这个时候太阳直射赤道，所以昼夜相等，是北半球真正的春季的开始。此后逐渐昼长夜短，气温越来越高。长江流域春分以后气温逐渐升到水稻、棉花等喜温作物需要的最低温度以上，进入春播大忙季节。越冬作物拔节，孕穗，加速生长，正是一刻值千金的时候。

春天

鹦鹉前头不敢言

《宫词》

（唐）朱庆余

寂寂花时闭宫门，

美人相并立琼轩。

含情欲说宫中事，

鹦鹉前头不敢言。

聪明的鹦鹉会说话。鹦鹉说话的故事，说也说不完。

有的人家养着鹦鹉，客人刚刚进门，就会开口说："欢迎，欢迎。"显得很有礼貌，谁见了都喜欢。

据说，厄瓜多尔有一位市长，专门训练了一只会说话的鹦鹉。在记者招待会上不好回答一些问题，旁边的鹦鹉就会一本正经帮他说："无可奉告"，要不就说："你的问题很无聊，我不想回答"。逗得大家哈哈大笑，市长就轻轻松松过关了。

鹦鹉不仅会说话，有的还会唱几句歌呢。

鹦鹉真的会说话吗？

不，它当然不会。真正说话必须通过大脑，听懂了对方的意思，自己也想清楚了该怎么说，才能把心里想的说出来。要不，叫做什么说话呢？

既然鹦鹉不会真正说话，怎么能够说出一些人们能够听懂的句子呢？说白了，这不过是它模仿人们说话的声音罢了。

为什么它能模仿人们说话？说起来不外几个原因。

它的模仿性也很强，加上记忆很好，听见什么感兴趣的声音就能牢牢记住。特别是人们经常在它面前说的句子，经过长时间反复听，就能够牢牢记住。

只是模仿性和记忆力还不够，还和它的特殊的舌头有关系。它的舌头和别的鸟儿不同，又尖又细，非常灵活柔软，可以发出许多简单的音节。如果它经过人们特别训练，再对它的舌头作一丁点儿特殊的修剪手术，使它的舌头变得更加灵活，就能慢慢学会开口说话了。一般简单的"你好"、"再见"一类的短语，对它来说只不过是小菜一碟。

鹦鹉除了能够模仿人说话，还能模仿别的动物"说话"。如果你听见屋子里一只鹦鹉突然汪汪叫起来，千万不要害怕。

鹦鹉并不是唯一会说话的鸟儿，八哥、鹩哥也是鸟儿里会学人说话的高手。

鹦鹉

蜃气为楼阁

《孟夏》

（唐）贾弇

江南孟夏天，
慈竹笋如编。
蜃气为楼阁，
蛙声作管弦。

山东半岛的蓬莱，古时候叫做登州。人们站在海边，常常可以瞧见一幅奇异的景象。

瞧呀，迷迷茫茫的大海远处，忽然浮现出一幅陆地风景。一座座烟雾缭绕的山峰，一座座从来也没有见过的楼阁，像放电影似地出现在海上。甚至还有一只只船影，高高悬浮在天幕上，真是奇怪极了。

这是什么？这就是诗中所说的"蜃气"生成的"楼阁"。李白说："云生结海楼"，说的也是它。

这是海上神仙居住的仙山吗？忽然显灵出现在人们的眼前，真是神话中的蓬莱仙境啊。北宋科学家沈括在《梦溪笔谈》里记载："登州海中时有云气，如宫室台观，城堞人物，车马冠盖，历历可睹"，就是这回事。运气好的话，在夏天平静无风的海面上就可以看见。

在炎热无风的沙漠里，有时候也会突然出现同样的景象。一片片美丽的绿洲，一个个人烟密集的村庄，显现在遥远的天际，使人们简直不敢相信自己的眼睛。这是不是看花了眼睛？是魔鬼欺骗人们的伎俩？还是神灵给疲惫的行路人一丁点儿安慰，鼓励他们奋力向前争取达到目的地？

不仅海上和沙漠里有这种现象，在炎热的天气里，柏油马路上有时也能看见它出现。

这真的是神仙居住的空中楼阁吗？当然不是的。这是平常的海市蜃楼，又叫做蜃景，是大气里的一种光学现象。只不过海上和沙漠里的蜃景出现的位置常常不同，海上蜃景浮现在空中，称为上现蜃楼，也就是一般所说的海市蜃楼。沙漠和柏油路上的蜃景常常在下方，叫做下现蜃楼，又叫沙漠蜃景。

把话说穿了，简单得不能再简单了。

这是近地面的气温剧烈变化，引起大气密度也跟着发生变化。在这种情况下，光线从一个密度的空气里，一下子穿进另一个密度的空气中，光的速度就会改变，前进的方向也跟着改变，产生折射现象。远方的景物经过大气折射和反射，就可能改变视角的位置，在空中浮现出来了。

为什么海市蜃楼往往只出现一会儿，很快就消失了？这是大气继续变化的结果。如果天色黯淡了，或是刮起一阵风，这个虚幻的景象就会一下子消失。这也是海市蜃楼显得特别神秘的原因之一。

蜃
气
为
楼
阁

海市蜃楼

凝固的波浪痕迹

《秋思》

（宋）陆游

桑竹成荫不见门，
牛羊分路各归村。
前村雨过云无迹，
别浦潮回岸有痕。

潮水冲上来，又退下去，这是多么熟悉的现象。

人们常常说："水过无迹。"一股股潮水流来流去，水流走了，还会有什么东西留下来呢？

请问，这可能吗？

不，只要是发生过的事情，没有不留下一丁点儿痕迹的。

让我们也来做科学"福尔摩斯"，侦察往昔水流留下的痕迹吧。

在河滩和海滩上仔细观察，在水流过的地方，常常留下一道道排列得非常紧密的沙波。一边陡、一边缓，活像是缩小了的沙漠里的沙丘。猛一看，还像是一块洗衣板。

瞧，这就是波浪留下的痕迹呀。地质学家给它取了一个名字，叫做波痕。

啊，波痕，听着这个名字，就不由得联想起了随风起伏的波浪，是它留下的痕迹。请问，这是凝固了的波浪的化石吗？

这话不对，也有些对。

说它不对，因为波浪是一层层水波，是液体，不是固体。孔老夫子站在河边望着川流不息的河水，叹息说："逝者如斯夫，不舍昼夜。"水哗啦啦流走了，也就不存在了，哪会凝固成什么化石？

说它对，虽然水流一去不再复返，可是它所冲动的泥沙，却保持着原来

184

的形态，记录了当时它流动的方向。从这个角度来讲，又怎么不能算是另类的"化石"呢？

当波浪流动的时候，冲动着河床底部的泥沙，一层层堆积起来，就形成波痕了。

波痕怎么表示水流的方向？从它的形态就能反映出来。

你看，它的两边不对称。比较平缓的一边，是迎着水流方向的；比较陡的一边，是顺着水流方向的，岂不十分清楚表现出水流的方向？虽然从前的水流早就消失了，可是它所生成的波痕却遗留下来。经过了漫长的地质时期，形成了坚硬的岩石，可以保存得非常久远。

原来研究古老的波痕，可以得出这样的结论，这就是科学"福尔摩斯"向人们提出的报告。

除了波痕可以指示水流的方向，保留在一些沉积岩里的斜层理和叠瓦状构造，也有同样的作用。

什么是斜层理？就是水流冲带着沙子，一层层沉积下来的。什么是叠瓦状构造？也是水流冲动着砾石，一块块堆积形成的，好像一片片依次排列的屋瓦似的，所以取了这个名字。不管沙子堆积的斜层理，还是砾石排列的叠瓦状构造，倾斜的一面都朝着水流的上游方向，和砂岩表面的波痕一样指示水流方向。

在一些沉积岩表面，有时还能见到当时雨点在地面留下的雨痕，动物和古人类留下的足迹，以及其他一些特殊形态，这些都保留了地质历史时期的种种迹印，对科学家研究远古时期的自然环境，具有非常重要的意义。

波痕石

凝固的波浪痕迹

轻罗小扇扑流萤

古诗文中的科学

《秋夕》

（唐）杜牧

银烛秋光冷画屏，

轻罗小扇扑流萤。

天阶夜色凉如水，

坐看牵牛织女星。

杜牧这首诗写得美极了。秋天的夜晚，天气凉悠悠的，一个姑娘坐在院子里，边拿着薄薄的丝绢小扇子扑打萤火虫，边抬头望着星空里的牛郎星和织女星。

小小的萤火虫，好像提着灯笼，在空中一闪一闪地飞来飞去，多么神奇、多么诱人呀。

萤火虫在南方的客家话里，叫做"火焰虫"，我国台湾省的土话叫做"火金姑"，全都非常传神地描写出它发光的特点。

五代诗人孙光宪只用六个字描写萤火虫："泛流萤，明又灭"，把它那拖着微弱的亮光，闪闪烁烁的特点描写得多么细致。

萤火虫一闪一闪的，是为了照亮前面的路吗？

不，它习惯了夜生活，根本就不用点起"灯笼"照亮。这是它们的无声语言，在互相传递讯号呀。

萤火虫一闪一闪的，在传递什么信息？

它们使用这种奇妙的发光讯号，在互相辨识身份和打招呼。大多数是雄虫和雌虫互相传递感情，并表明自己的空中的位置。

萤火虫到底有多亮？

传说古时候还有一位穷书生，抓住几只萤火虫，借用它们的亮光，苦苦读书学习。

在南美洲和非洲的热带丛林里，有的萤火虫特别大、特别亮。人们抓住几只萤火虫，放在鞋尖上，还可以照亮脚前的道路呢。也有一些爱美的姑娘，把绿莹莹的萤火虫装进薄薄的纱袋，作为头上别致的装饰品。这种鲜活的头饰，比贵重的宝石更加吸引人。

萤火虫的亮光有什么特点？

南朝梁元帝萧绎写的《咏萤火》诗中描述说："着人疑不热，集草讶无烟。到来灯下暗，翻往雨中然。"提出一连串奇怪的现象，把萤火描写得非常有趣。

你看，它挨着人一点也不烫，沾着草不冒烟。飞到灯面前反而不亮了，飞进雨中却还在燃烧。这首诗简直像是一个有趣的哑谜，等着人们去猜想。

请问，这是怎么一回事？

萤火虫发光是一种特殊的生理现象

说起来原因非常简单。因为萤火虫尾巴上的萤火，并不是真正燃烧起来的火焰，而是一种特殊的冷光。

萤火虫的尾部最后两节，有特殊的发光器官，里面一些发光细胞，含有一种荧光素和荧光素酶。和通过呼吸系统进入的氧气接触后，可以产生化学能，再转变为光能，发出一种特殊的冷光，光线非常柔和。当然一点也不烫，也不会被雨水浇灭了。

萤火虫呼吸一起一伏，输入的氧气也一下多，一下少，所以生成的荧光一明一暗，看上去就是一闪一闪的了。

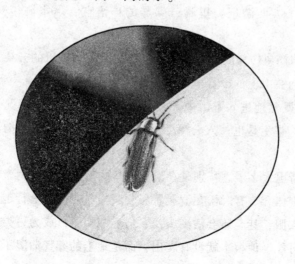

萤火虫

入云深处亦沾衣

《山中留客》

（唐）张旭

山光物态弄春晖，
莫为清阴便拟归。
纵使晴明无雨色，
入云深处亦沾衣。

这首诗里写到一个有趣的现象。尽管是大晴天，天上不会下雨，可是走进弥漫在山路上的云里，水汽照样会弄湿身上的衣服。宋代诗僧志南在一首《绝句》中说："沾衣欲湿杏花雨，吹面不寒杨柳风"，就和这种情况不同。一个是云中水汽沾湿衣服，一个是雨水弄湿了衣服，不能混为一谈。

第一个问题，云在天上，人在地下，人怎么可能走进云里呢？那样一来，岂不变成了《西游记》里腾云驾雾的孙悟空，《水浒传》里的"入云龙"公孙胜？

这是一个脑筋急转弯的问题。不是这个人跳上天空里的云朵上，而是他爬上山，走进缭绕在山上的云雾里。王维在《终南山》诗中说："白云回望合，青霭入看无。"既然他进入了山中云雾，也就可能有同样的情况。只是他没有在这里说清楚，是不是也"入云深处亦沾衣"。根据一般情况推测，这完全是可能的。

其实这种情况太多了。特别是在潮湿气候的南方山中，稍微有一些生活经验的人都有深刻体会。有时候在清晨冒着蒙蒙雾气在山路上行走，不仅雾气一会儿就沾湿了衣服，甚至还会沾满头发、眉毛和胡子，成为另类的"鬓如霜"。

还有一个可能。他根本就没有爬山，而是地上的雾气沾湿了他的衣服，只不过这不是诗中所说的环境罢了。

第二个问题，云是怎么生成的？云和雾有什么不同？为什么云雾能够沾湿衣服？

形成云的原因很多。最重要的原因是含有水汽的空气在上升过程中，由于气温逐渐降低，超过了饱和点，就会有一些水汽以空气里的灰尘为凝结核，生成一颗颗小水滴。它们的体积很小，常常被上升气流顶托着，悬浮在空中，就成为了一团团云气。

平流的潮湿气流遇着山地阻挡，沿着山坡上升。冷暖气团相遇的时候，冷气团把暖气团抬起来，都可以生成云。

雾也是一样的，也是空气里的水分凝结生成的。其实云和雾是一回事，只不过云漂浮在高高的天上，雾弥漫在低低的地面附近。人们常常说云雾山中，山上的云和雾怎么能够分清楚？贾岛《寻隐者不遇》中说："只在此山中，云深不知处"，又怎么能说清这是山上的云，还是雾呢？云和雾都包含着许多水分，如果钻进去，当然都能够打湿衣服。

云海

189

此夜曲中闻折柳, 何人不起故园情

《春夜洛城闻笛》

(唐) 李白

谁家玉笛暗飞声,
散入春风满洛城。
此夜曲中闻折柳,
何人不起故园情。

这是唐玄宗开元二十三年 (公元 735 年), 李白客居当时的东都洛阳写的一首诗。为什么他听见一支曲子有些伤感? 因为这是《折柳》的曲子呀。"柳"的读音和"留"一样, 古人送别的时候, 总要折一根柳条儿拿着, 表示希望亲人早日归来的意思。相传西汉张骞入西域得到《摩诃兜勒》的乐曲, 李延年就根据这首曲子改编出二十八首新曲子, 其中就有一首《折杨柳》, 后来又演变为《攀杨枝》、《月节折杨柳》、《小折杨柳》等许多曲子, 声音都非常哀怨幽咽, 寄托了人们伤离惜别的情感。

长安东边灞水上的灞桥, 是当时人们离别京城到全国各地去的必经之地, 两边种满了柳树, 所以灞桥折柳就成为人们送别的一种习俗。唐代诗人刘禹锡说"长安陌上无穷树, 唯有垂杨管离别", 北朝一首《折杨柳歌》唱道"上马不捉鞭, 反拗杨柳枝; 蹀坐吹长笛, 愁杀行客儿", 王维一首离别诗中说"渭城朝雨浥轻尘, 客舍青青柳色新。劝君更尽一杯酒, 西出阳关无故人", 都是这个意思。另一位唐代诗人韩琮说"灞陵桥上多离别, 少有长条拂地垂", 描写当时送别的很多, 几乎把长长的柳条儿都折光了, 可见这个习俗多么流行。

柳的种类很多, 大约有 500 种左右, 我国也有 200 种以上, 主要有垂柳、旱柳两大类。垂柳又名水柳、清明柳, 是高大的落叶乔木, 最高的可以达到二三十米。旱柳又称杞柳, 是矮小的落叶灌木。二者外表有很大的差别。古诗中吟咏的柳树大多是垂柳。

人们常常把柳树和杨树混为一谈，例如北宋诗人柳永就十分伤感地吟道："多情自古伤离别，更那堪，冷落清秋节。今宵酒醒何处？杨柳岸，晓风残月"，就是一个例子。其实二者完全不同，只是说惯了，有时候才把它称为杨柳的。

垂柳的枝条又细又长，非常柔软，可以随风轻轻摇摆。缀满了青青柳叶的枝条儿，活像是绿色的长头发，点缀着风景非常好看。柳叶是很狭的披针形，和别的树叶大不相同，很容易认识。春天很早就发芽，秋天很晚才落叶。

它的种子十分细小，有许多丝一样的长毛，成熟以后随风飘扬，叫做柳絮。

为什么垂柳又叫水柳？因为它喜欢潮湿的地方，特别喜爱在河边生长。它的适应性很强，非常容易繁殖，只消插在地上就能够成活，所以有"无心插柳柳成荫"的说法。

柳树不仅装点了风景，还有许多用途。不管中国还是西方，人们自古以来就知道柳树皮具有解热镇痛的神奇功效。解热和镇痛的阿斯匹林，学名叫做乙酰水杨酸，就是从柳树身上提炼出来的。柳絮、柳叶、柳枝、柳根、柳树皮都可以对症下药治病，轻软的柳絮还可以做枕心，用途可多呢。

垂柳

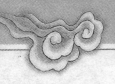

春城无处不飞花

《寒食》

（唐）韩翃

春城无处不飞花，
寒食东风御柳斜。
日暮汉宫传蜡烛，
轻烟散入五侯家。

看啊，正是寒食节，随着一阵阵春风，空中一片白蒙蒙的，随风上下飞扬着，散落进整个古城。真神秘，也真好看。

请问，这些随风飘飞的是什么东西？

这是随风飘散的花瓣吗？

不，春天的花朵正在怒放，还不到落花的季节。何况这些白蒙蒙的东西，很细很细。世间哪有这样细、这样雪白的花瓣？

这是落叶吗？

不，春天刚刚到来不久，树木正在蓬勃生长。哪会像秋天一样，漫天飞起一片片枯黄的落叶呢？

这是一场雪吗？

更加说得没有谱了。寒食节在清明前一两天，春天早已到来，寒冬已经过去。在这大地春回的季节里，哪会无缘无故下雪。

啊，明白了，这是不是柳絮？柳絮就是这样一片白蒙蒙的，随着春风到处飘飞。李白在诗中说："风吹柳花满店香，吴姬压酒劝客尝"，说的就是它。

这话似乎对了，却又有些不对。原来这是杨花，不是柳絮。杨树和柳树属于同一个杨柳科，却分别是杨属和柳属。人们常常说"杨柳"，其实它们是两种不同的树木。

杨花和柳絮也不是真正的花，而是它们的种子。种子成熟后就像蒲公英的种子一样，都利用风力来传播，随风飘散在空中，形成白蒙蒙一片。韩愈在《晚春》中说："杨花榆荚无才思，唯解漫天作雪飞"，另一个唐代诗人吴融在《杨花》诗里说："不斗穠华不占红，自飞晴野雪濛濛。百花长恨风吹落，唯有杨花独爱风"，宋代宰相诗人晏殊在《踏莎行》中说："春风不解禁杨花，蒙蒙乱扑行人面"，都说的是杨花。

　　杨树和柳树有什么差别？杨树的枝条向上，树枝比较硬，叶柄很长，叶片宽阔。柳树枝非常柔软，低低垂落下来，是随风摇摆的柳条儿。它的叶柄短，叶片又窄又长，和杨树大不相同。

　　杨树的种类和品种多，生长快，适应性强、分布很广，我国从南到北都有它的踪迹。特别值得一提的是西北耐干旱、耐盐碱的胡杨，能够生存在沙漠里，生命力特别顽强，是改造沙漠的无名英雄。北方的三北防护林带也有大面积的杨树，为防治风沙贡献了重大作用。

杨树

随风满地石乱走

古诗文中的科学

《走马川行奉送出师西征》

(唐) 岑参

君不见走马川行雪海边，平沙莽莽黄入天。

轮台九月风夜吼，一川碎石大如斗，随风满地石乱走。

匈奴草黄马正肥，金山西见烟尘飞。

汉家大将西出师，将军金甲夜不脱。

半夜军行戈相拨，风头如刀面如割。

马毛带雪汗气蒸，五花连钱旋作冰，幕中草檄砚水凝。

虏骑闻之应胆慑，料知短兵不敢接，车师西门伫献捷。

这是唐代边塞诗人岑参在昔日的西域，今天的新疆写的一首诗，把那里的自然情况描写得非常生动。

其中提到一个情况，轮台这地方的风大极了。一条干枯河床里斗大的石头，也可以被风推动着到处乱滚，真厉害呀。

读了这首诗，不禁会问，这是真的吗？为什么那儿的风那么大？

诗人常年生活在那儿，没有说错，新疆许多地方的风真有那么大呢。除了南疆的轮台，北疆和天山中间也有许多著名的风区。

以达坂城附近的"三十里风区"来说吧，就是有名的狂风灾害地带。一年里几乎有一半的时间吹刮大风，平均风力 9~10 级，最大可以达到 12 级以上。风速每秒超过 40 米，最大达到每秒 60 米。狂风呼啸的时候，到处飞沙走石，许多大石头腾空而起。

面对这种连列车和石头也能吹动的大风，弱小的孩子们每天来来往往顶着大风在路上走，家长担心孩子上学被风刮跑，甚至不得不在孩子的书包里装进沉重的石头，叫做"压风石"。家长实在不放心，所以才挖空心思想出背石头的办法，也是没有办法的办法啊。

1961 年的夏天，一列从上海开往乌鲁木齐的列车受到大风袭击，掀翻了10 节车厢，其中一节甚至被吹送到空中翻滚了一个圈子，才砰的一下跌下来。2007 年 2 月 28 日子夜，从乌鲁木齐开往阿克苏的 5807 次旅客列车行驶到吐鲁番附近不远的地方，也突然遭逢一场 13 级大风，沉重的列车被吹翻了。

这样的地方在新疆不止一处。中国和哈萨克斯坦边境的阿拉山口，也是有名的风区，同样发生过吹翻列车车厢的事情。大风连列车也可以吹翻，像岑参的这首诗中所说，斗大的石头随风满地乱走，简直就是小菜一碟了。

为什么达坂城一带有那么大的风？这不仅是风力的问题，还和特殊的地形条件有关。原来这里正好位于东天山和中天山之间狭窄的山口，正对着盛行风向，是强劲的西北风最好的通道，在管道效应的作用下，力量会变得更大，这就是大风可以吹动大石头的原因。

强大的风也并不全都是坏处。人们利用强大的风力，在达坂城修建了全国最大的风力发电站，显示出人定胜天的信心，化灾害为力量，让风为生产建设服务。

龙卷风

秋夜应渐长

《秋日》

(南朝·梁) 鲍泉

露色已成霜，梧楸欲半黄。
燕去檐恒静，莲寒池不香。
夕鸟飞向月，余蚊聚逐光。
旅情恒自苦，秋夜应渐长。

你看，露水结霜了，燕子飞了，梧桐黄了，莲叶枯了，秋已经很深了，一天天的白昼渐渐短了，夜晚渐渐长了。

请问，这是什么时候？是什么原因？

这是秋分的时候。在二十四个节气里，这是最重要的节气之一，又称八月中，大致在阳历 9 月 23 日或 24 日。

秋分有两个意思。一个意思是太阳到达黄经 180 度的地方，一天 24 小时昼夜均分，各 12 小时。第二个意思根据我国古代以立春、立夏、立秋、立冬为四季开始的季节划分法，秋分日居秋季 90 天之中，平分了秋季。

《春秋繁露·阴阳出入上下篇》说："秋分者，阴阳相半也，故昼夜均而寒暑平"。这个时候太阳直射赤道，所以昼夜相等，是北半球真正的秋季的开始。从此以后逐渐昼短夜长，气温越来越低。农谚说："一场秋雨一场寒"，"白露秋分夜，一夜冷一夜"。这时候，黄河流域早就很凉爽了。秋分以后，长江流域迅速转凉，进入秋收、秋耕、秋种的"三秋"农忙季节，华北也开始播种冬麦，南北一片大忙。

这时候北方冷气团开始活动了，全国大部分地方的雨季先后结束。一阵阵凉风习习，一股股丹桂飘香。正是碧空万里，秋高气爽的好季节。以北京来说吧，瓦蓝色的天空显得特别深邃，没有春天的风沙、夏天的烈日、冬天的冰雪，人们走出来尽情享受秋天的温情，真是再好也没有了。

这时候身边的许多景物也悄悄变化了。哪还有青蛙呱呱叫，哪还有燕子的影子？露水怎么不结霜，梧桐怎么不黄，莲叶怎么不枯，菊花怎么不开放呢？

秋分过后夜晚逐渐变长，经过寒露、霜降、立冬、小雪、大雪等五个节气，到了冬至，这时是夜晚最长的时候。

冬至又称十一月中，大致在阳历 12 月 21 日、22 日或 23 日，太阳到达黄经 270 度的地方。这个时候太阳直射南回归线，北半球中纬度地区的白昼最短、黑夜最长，是北半球真正的冬季的开始。到了那个时候黄河流域早就雪花飘飘。长江流域也已经很冷了，要加强管理，注意越冬作物和耕畜的防寒防冻。

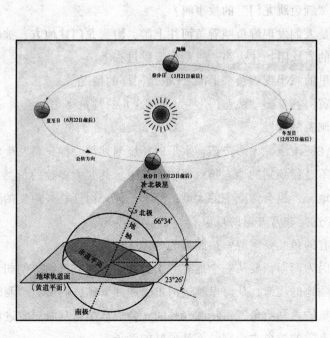

秋分星象图

半夜鲤鱼来上滩

《兰溪棹歌》

（唐）戴叔伦

凉月如眉挂柳湾，
越中山色镜中看。
兰溪三日桃花雨，
半夜鲤鱼来上滩。

你听过"鲤鱼跳龙门"的故事吗？

这说的是人们发现鲤鱼顺着黄河往上游，游到龙门这地方，被横亘在河心的一道高高的岩坎阻挡住去路，拼命也要跳过去。

这首诗里的"半夜鲤鱼来上滩"，也是同样的情况。

为什么黄河鲤鱼要"跳龙门"？为什么这儿的鲤鱼要"上滩"？这是一些鱼类顺着江河洄游的特性。

你以为江河滚滚，大海茫茫，水里的环境到处都一样，鱼儿生活在熟悉的地方，再也不迁移到别的地方吗？那才不是呢。其实大多数的鱼类都不会永远停留在一个地方，也会像空中的大雁、燕子一样来回迁移。鱼类的迁徙活动叫做"洄游"，这是非常普遍的现象。

为什么有的鱼儿要洄游？按照目的分为三种情况。

有的是因为产卵，要从一个地方游到另外一个地方产卵。例如从遥远的外海游到靠近陆地的浅海，从海里游进河里去产卵繁殖，叫做生殖洄游。

黑龙江里的大马哈鱼，每年八九月间，会成群结队从海里游进江里来，精疲力竭游到上游的故乡去产卵，就是最好的例子。

有的是追逐食物而洄游，叫做索饵洄游。

鲸就是最好的例子。它的食物主要是浮游生物。夏天热带海洋里的浮游生物很少，所以每到这个季节，它们就会成群结队，到南、北冰洋去找磷虾等浮游动物吃。北太平洋的许多鲸，甚至会穿过阿留申群岛，进入寒冷的白令海。其中，长须鲸、座头鲸、灰鲸还穿过白令海峡，一直进入北极圈找食物吃呢。

还有的是由于季节变化，顺着海流到水温适合的地方去，叫做越冬洄游，又叫季节洄游。

每种鱼类一般都适应一定的温度范围。随着气候变化，就要寻找适于它们生存的水温条件，像候鸟一样迁移。一般来说，大多数鱼类在春、夏季节由南方向北方迁移，秋、冬季节由北方向南方迁移，形成季节洄游。

越冬洄游的特点是朝着水温升高的方向游去，一般从浅水游进深水，从北方游往南方。中国近海的越冬洄游主要向南、向东迁移。河流里的鱼儿也有同样的越冬洄游。长江中、下游的许多鲤科鱼类，到了冬天就游进河床深处或坑穴中过冬。

最后一种是晚上浮上水面，白天钻进水底的垂直洄游，在海上也能经常看见。

黄河鲤鱼

唯有葵花向日倾

《客中初夏》

（宋）司马光

四月清和雨乍晴，
南山当户转分明。
更无柳絮因风起，
唯有葵花向日倾。

人们常说："朵朵葵花向太阳。"

为什么向日葵总是朝着太阳？难道它真的有一颗心，老是想着天上的太阳吗？

当然不是的。向日葵没有脑袋、没有心，不会像动物似的，会动脑筋有感情，恋着天上的太阳，从早到晚都向着它。

向日葵朝太阳的秘密，藏在它的花盘下面。

在它的大大的花盘下面，茎顶的总花轴里，含有许多生长刺激素，能够促进植物体生长。但是这种生长刺激素非常"娇气"，很容易受到阳光破坏。早晨东边的生长刺激素被破坏了，朝东边的一侧不如西边生长得快，所以花盘就朝着东边耷拉下脑袋。到了傍晚，西边的生长刺激素被破坏了，东边又生长得很快，脑袋又向西边低下去了。这样转来转去，好像一心一意跟着天上的太阳转似的，其实哪是这么一回事呢。

向日葵永远都是跟着太阳转的吗？

也不是的。只有它从发芽到花盘盛开以前的阶段，才朝向天空中的太阳。当它结籽以后，花盘越来越重，就低着脑袋再也不转动了。再说，它在夏天才开花，花期只有半个多月，其他季节当然就没有朝向太阳这回事了。

向日葵非常准确跟着太阳转吗？

也不完全是这样。人们仔细观察，发现它的花盘的指向，一般落后太阳大约 12 度，也就是 48 分钟左右。随着太阳在空中的运动，它早上向东，中午向南，傍晚向西。太阳落山后，它的体内的生长素重新分布，它的花盘又慢慢往回转动，大约在凌晨 3 点左右又转回起始位置，朝着东方耐心等待太阳升起来，继续新的一天的活动。

因为向日葵有朝太阳的特点，所以又叫朝阳花。因为在它那圆圆的花盘周围长满一圈黄色花瓣，活像是太阳的形象，所以英语干脆叫它 sunflower，就是太阳花的意思。在世界许多民族的传说中，向日葵都是向往光明之花，它还是俄罗斯的国花。

向日葵的一身都是宝。人们喜欢吃的葵花子，是它的倒卵形瘦果，外壳非常坚硬，含有非常丰富的脂肪和蛋白质，可以用来榨油，是我国主要油料作物之一，也可以做工业原料。它的花盘可以作饲料，籽壳可以制造酒精、活性炭等。

人们又说，向日葵一身是药。它的种子、花盘、茎叶、茎髓、根、花等都可以做药呢。种子油可以作软膏，茎髓是利尿消炎剂，叶子和花瓣可以作苦味健胃剂，花托有降血压作用，全身没有一点多余的东西。

向日葵

海水桑田欲变时

《涧中鱼》

（唐）白居易

海水桑田欲变时，
风涛翻覆沸天地。
鲸吞蛟斗波成血，
深涧游鱼乐不知。

这首诗里提出一个问题：海水弥漫的地方，可以变成陆地，种植桑树和庄稼，成为一片人们可以居住的桑田吗？陆地也会沉没，变成一片汪洋大海吗？

可以的！我国古代早就知道了沧海桑田的变化。春秋时期的老子，就在《道德经》里提到了这个问题。他说："桑田变沧海，我为之添一筹。沧海变桑田，我又为之添一筹。"

《诗经》里说："百川沸腾，山冢卒崩。高岸为谷，深谷为陵"，也阐明了地形高低可以变化。晋朝大将杜预甚至还想做一个试验，专门刻了两块碑，一块放在山下、一块放在山顶，对大家说："谁敢说以后它们不会随着地形升降，低的升起来，高的沉没下去呢？"由此可见，古人早就有了沧海桑田的地形升降变化的观念。

只是推想还不够，还必须有确切的证据。北宋科学家沈括还在山上发现了贝壳化石，推想从前这里一定是大海，后来才升起来，变成山地的。他的设想完全正确，印证了沧海桑田的变化确有其事。

为什么会发生"沧海桑田"的变化？这和地壳运动有关系。我们脚下的地壳不是永远稳定不动的，总在不停地上下起伏或者水平移动着，只不过移动非常缓慢，常常以成千上万年，甚至更长的时间来计算，人们不容易觉察而已。

在这种情况下，靠近海边的一些地方会慢慢下沉，海底也可能慢慢上升到露出水面，就一点儿也不奇怪了。

意大利海底考古学家就曾经在距离本土海岸线不远的海底，发现过一连串沉没的古代城市。在鱼群穿梭的一些大理石圆柱上，缠着长长的水草，诉说着往昔的沧桑。其时代大约在罗马帝国前后，距离现在不过两千年左右。

古巴、印度和别的许多沿海国家都发现过同样的海底城市。我国的太湖、抚仙湖以及南海边，都发现过沉没的古城和其他古代文明遗址。所有这一切都证明了沧海桑田变化是可信的。

沧海桑田

吹沙复喷石，曲折仍圆旋

《石窦泉》

（唐）顾况

吹沙复喷石，
曲折仍圆旋。
野客漱流时，
杯粘落花片。

什么是石窦泉？就是山里一股石头缝里冒出来的泉水。"窦"，就是缝隙和小洞洞的意思。

看啊，这股泉水很猛呢。当它流出来的时候，不仅可以冲动沙子，还能冲动小石头，所以诗人描写它"吹沙复喷石"。

什么泉水这样猛，能够冲动泉眼边的小石头？

地质学家说，看样子这是一股上升泉。

按照泉水流出来的形式，泉水可以分为上升泉和下降泉。

下降泉的源头比泉孔高，地下水顺着倾斜的含水层流出来，静悄悄流淌着，没有"吹沙喷石"的劲头。

上升泉就不同了，储存在地下，上下都有不透水的隔水层，是一种具有静水压力的承压水。就好像是储存在高高的水塔里，在水压力作用下流出来的自来水似的。当它在压力的作用下喷出地面的时候，被一股力量推动着往上冒。有时候还能喷得高高的，形成一股喷泉呢。

如果有一股来势很猛的上升泉喷出来，冲动了泉眼旁边的泥沙和小石子，就会造成诗人看见的"吹沙喷石"的现象了。

济南大明湖公园里，有名的趵突泉，就是上升泉最好的例子。《水经注》记载道："泺水出历城县故城西南，泉涌上奋，水涌若轮"，元代书法家赵孟颀在《趵突泉》诗中也说："泺水发源天下无，平地涌出白玉壶"，清代康熙皇帝也抓住了它的特点，题写了"激湍"两个大字，封为"天下第一泉"，这些都十分形象化描述了这个泉水喷出的巨大力量。

号称"泉城"的济南岂止这一个上升泉，自来有七十二泉的说法，其实远远不止这个数目。在它的老城区内，至今还有 136 处泉。加上郊区和附近地方，总共有 700 多个类似的泉眼。所谓"家家有泉水，户户有垂杨"，说得一点也不错。

为什么济南的泉水这么多，这和城边的千佛山有关系。

千佛山就是古代的历山，位于济南城附近。山里的地下水沿着倾斜的岩层和石灰岩缝隙流到这里，受到平原地下的不透水的岩浆岩阻挡，就纷纷涌出地面，遍地生成泉水了。

趵突泉

追赶春天的脚步

《边词》

（唐）张敬忠

五原春色旧来迟，
二月垂柳未挂丝。
即今河畔冰开日，
正是长安花落时。

五原指哪儿？五原是内蒙古自治区在黄河河套地区的一座小城。

看呀，在那儿二月里，河边的杨柳还没有垂挂着嫩绿的柳丝，冻结的黄河刚刚解冻的时候，而在遥远的长安，花早就开过了，已经一朵朵谢了，落下遍地的花瓣了。

这是怎么一回事，为什么两个地方的气候相差这样大？

其实，这一点儿也不奇怪。这是南北不同地方的气候差别呀。

由于所处的位置不一样，春天仿佛不是同时开始的呢。

我们都知道，由于地球自转轴倾斜，所以太阳不是直射所有的地方，直射和斜射地带的温度不一样，昼夜长短也有变化，造成了不同纬度地方的气候的差别，形成了热带、温带和寒带等几个不同的气候带。

热带位于南、北回归线之间的低纬度地方，是太阳往返垂直照射的地区。这里的热量大于其他气候带，几乎没有明显的四季变化。在赤道上，全年的昼夜长度完全相等。

温带位于南、北回归线和南、北极圈之间的中纬度地方，有明显的四季，昼夜长度的变化幅度，随着纬度增加而显著扩大。

寒带位于南、北极圈的高纬度地方，具有冬半年和夏半年，以及极昼和极夜现象。

热带、温带和寒带不仅非常有规律的水平排列，还能在山区有规律地垂直排列，组成了复杂的结构。

在同一个气候带里，由于南北位置不同，具体的气候也有差别。五原在北面，长安在南面，寒冬结束和春天到来的时间有差别，自然就形成了诗人描述的五原附近的黄河刚刚解冻，南边的长安早就过了花期的现象，这一点儿也不奇怪。

宋代王观在一首词里，表现出更加奇特的思路："才始送春归，又送君归去。若到江南赶上春，千万和春住。"

瞧，从一个地方到另一个地方，还可以根据各地气候的不同，赶上失落的春天呢。

这个现象一点也不奇怪。我们已经习惯了冬天到海南岛避寒，夏天到黑龙江，或者高山、高原上避暑。由于南、北半球的气候相反，北半球中纬度地方进入雪花飘飘的寒冬，南半球中纬度地方正是盛夏。甚至可以跨过赤道，到南半球去寻找失落的季节呢，岂不也是这种追赶春天的办法吗？

追赶春天的脚步

自天飞下九龙涎, 走地流为一股泉

《水仙子·惠山泉》

(元) 徐德可

自天飞下九龙涎, 走地流为一股泉, 带风吹作千寻练。
问山僧不记年, 任松鹤避青烟。
湿云亭上, 涵碧洞前, 自采茶煎。

无锡惠山有一个非常有名的泉眼, 号称"天下第二泉"。这位诗人坐在泉边写了这首诗, 其中包含了深奥的科学知识。

他说, 这股从地下冒出来的泉水, 是天上飞下来的"九龙涎"转化而成, 意思就是雨水变成的。泉水流出来, 被风一吹, 又变成了一股瀑布。蒙蒙的水汽沾湿了低低的云雾, 也沾湿了旁边的山洞和树木, 所以就有了湿云亭和涵碧洞的名称。

为什么他把泉水的来源, 当成是九龙涎? 有人说, 因为惠山又叫九龙山呀! 九龙涎, 就是九龙山里流出来的地下水。这样说, 当然没有错, 没准儿诗人自己就是这样想的。

可是如果我们把这个九龙涎, 联系前面的"自天飞下"几个字, 是不是当成雨水更加恰当呢? 聪明的诗人说了一句双关话, 怎么解释都可以呀。

按照后面一种解释, 就很有科学道理了。

你看, 天上落下来的雨水, 渗透进地下, 形成了地下水。流出地面变成一股泉水, 又变成了随风飞洒的瀑布。

请你好好想一想, 如果流出地面的泉水和瀑布水被太阳蒸发, 升腾进天空, 又会变成什么呢?

啊, 那岂不就是云朵和雨水吗? 一幅从天空到地下的水循环图, 就活生生浮现在我们的眼前了。

地球上的水分有大循环和小循环。

所谓大循环，是天空、大地和海洋之间的水分循环。

古时候人们看着一条条大河和小河的河水，日夜不息流进大海。心里免不了就会想，这样多的水不停流进大海，不会把大海灌满吗？为什么海水总也没有溢流出来？是不是海底有一个无底洞，多余的水全都流进去了？如果是这样，又会不会把地下灌满呢？越想越糊涂，不知道到底是怎么一回事。

其实，说起来非常简单。暴露在日光下的大海，本身就是一个蒸发体。虽然有源源不断的河水和雨水补充，却也不停蒸发，把大量水汽送进空中，形成了云朵。云变成雨后，一部分返回给大海，一部分降落在陆地上。陆地上的水分聚集起来成为河流，又流进了大海。水分就是这样周而复始不断循环着，形成了大循环。

什么是水分小循环？这是天空和陆地之间的水分循环。陆地水分不仅仅是河水和湖水，还包括地下水和冰川。地下水和地表水之间有循环补给关系。再加上蒸发和降水，和天空之间也存在着另一个循环补给关系，这就是水分小循环了。

问题还没有完呢。如果再考虑生物体和自然界之间的水分循环关系，就更加复杂了。

泉水

夕阳牛背无人骑，带得寒鸦两两归

《村居》

（宋）张舜民

水绕陂田竹绕篱，
榆钱落尽槿花稀。
夕阳牛背无人骑，
带得寒鸦两两归。

奇怪，真奇怪，牛背上没有骑着放牛娃，却骑着几只小小的乌鸦。

乌鸦也会放牛吗？当然不会。

乌鸦骑牛，因为它有比牛还大的本领吗？当然没有。

乌鸦不会放牛，也没有驾驭牛的本领，牛凭什么乖乖地要它骑？这是一种特殊的动物共栖的现象。

要说清楚这个问题，得要从犀牛背上的小鸟说起。

庞大的犀牛背上，常常有几只活泼的黑色小鸟跳来跳去，一点也不害怕犀牛发脾气。犀牛也不会伤害它们，好像驮着尊贵的骑手似的，任随它们在自己的背上蹦蹦跳跳，东啄啄，西啄啄，才不会发脾气呢。

为什么犀牛容忍这些小鸟在自己的背上乱啄乱跳？因为这些鸟儿在犀牛的皮肤褶皱里寻找寄生虫吃。讨厌的寄生虫把犀牛弄得浑身痒痒的，还会生皮肤病，它自己没有办法搔痒、抓这些寄生虫，只好让鸟儿帮助它，啄掉寄生虫和蛆卵。小鸟远远瞧见凶猛的野兽走过来，还会飞起来为犀牛报警呢。人们见惯了它们在犀牛背上自由自在蹦蹦跳跳，干脆就把这种小鸟叫做犀牛鸟。

这种动物之间互相帮助的事情，就是动物的共栖现象。

共栖现象的例子很多，大象也欢迎鸟儿来帮助自己抓虫子。

寄居蟹躲在空螺壳里，把螺壳当成自己的小房子。海葵又喜欢爬在寄居蟹的"房子"上面，让寄居蟹带着自己慢慢走。如果遇着敌害，它就用身上的刺细胞发出刺丝螫敌人一下，保护寄居蟹。

野山羊紧挨着火鸡休息，让火鸡给自己充当报警的卫兵。野山羊在冬天绝粮的时候，在雪地里刨出青草，火鸡也可以跟着吃一些。

有一种燕千鸟，甚至敢在鳄鱼的牙齿缝里找东西吃。鳄鱼张开大嘴巴，任随它在里面吃东西，也算给自己剔牙。燕千鸟吃饱了肚子，也给鳄鱼解除了痛苦，有什么不好？

给人方便，自己也方便。各种各样动物之间的这种互相依存的共栖关系的例子，说也说不完。

水牛

采玉河边青石子

《河湟书事》

（元）马祖常

波斯老贾度流沙，
夜听驼铃认路赊。
采玉河边青石子，
收来东国易桑麻。

这首诗里藏着两个不同的科学问题。

第一个问题，为什么骆驼能在沙漠里认路？

第二个问题，这个波斯老商人在河边拾了什么"青石子"，可以带到中国内地交换东西？

第一个问题是动物学的问题。骆驼号称"沙漠之舟"，它的脚掌又宽又大，不容易陷进松软的沙子里。脚掌下面有一层厚厚的角质垫子，不怕烫伤。鼻孔可以自由关闭，不轻易张开嘴巴，不怕漫天的风沙。加上它还能调节体温，储备水分和脂肪，因此就能够适应恶劣的沙漠环境，在沙漠里长途跋涉过日子了。

为了在沙漠里生存，骆驼还练出了寻找水源的本领。有了这些本领，不消说就能穿过茫茫沙漠，认识前进的路线了。这个问题比较简单，不用多说了。

第二个问题是地质学的问题。诗中说得明明白白，这是在"采玉河边"拾取"青石子"。诗中所说的"青石子"，就是玉石呀！著名的和田玉，自古以来就出产在和田。《史记·大宛列传》记述："汉使穷河源，河源出于阗，其山多玉石。"说的就是这个地方。《吕氏春秋》说："人无不爱昆山之玉"，也是一个证据。其实，这个地方的名字就透露了盛产玉石的消息。于阗，是"玉城"的意思。到了清代，把于阗译音叫和田，当然也是同样的"玉城"。

玉石生成在古老的变质岩里，昆仑山上蕴藏着很多。可是登山采集非常困难，一般都在山脚的几条山溪里拾取。这是水流从山里冲带来的，比辛辛苦苦爬上山到处寻找方便得多了。

　　其中白玉河、绿玉河、乌玉河最有名。听见这些的名字，就知道每条溪谷里有什么颜色的玉石了。

　　白玉河出产的玉石最好，人们干脆叫它玉龙喀什河，意思就是"采玉河"。这儿出产的羊脂玉，一块块晶莹透亮，是玉石中最贵重的白玉王。

　　采玉石非常简单。每年夏天山上的冰雪溶化了，汹涌的山洪冲来许多石块，就夹杂着许多大大小小的玉石。洪水消退后，趁着夜色在月光下寻找，瞧见哪块泡在水里的鹅卵石反射出亮晶晶的光芒，准就是玉石了。

玉石

沙漠老鼠奇谈

《塞上曲》

（唐）贯休

锦袷胡儿黑如漆，骑羊上冰如箭疾。
葡萄酒白雕腊红，苜蓿根甜沙鼠出。
单于右臂何须断，天子昭昭本如日。
一握黳髯一握丝，须知只为平戎术。

看呀，这首诗里提到沙漠里的老鼠。

老鼠是尖牙利齿的啮齿动物，总是到处跑来跑去找东西吃。在一片荒凉的沙漠里，怎么会有老鼠呢？

有的，沙漠里的老鼠还不少呢。

其中最有名的是跳鼠和大沙鼠。

从它的名字看，就知道跳鼠是跳来跳去的。它的两只后脚特别发达，可以像袋鼠一样快步蹦跳着。有一种毛脚跳鼠，个儿很大，用力蹦跳的时候，一下就能跳到好几十厘米高、两三米远，很快就能蹿过一大段沙漠地面，和普通放开四只脚乱跑乱蹿的老鼠大不一样。

有趣的是，它长着长长的胡须，整整有 10 厘米长，长得简直和身体不成比例，活像是一个拖着胡子的老爷爷，模样儿非常古怪。

它还有一根长长的尾巴，常常边跳边挥舞着，用来平衡身体，控制方向，增加弹跳的力量。好像袋鼠尾巴似的，是必不可少的工具。

为了在干旱的沙漠里生存，它总是白天躲在自己挖的洞里，晚上才出来活动，找一些植物根、叶和果子，填饱自己的肚皮。为了适应干旱的生活环境，它几乎从来也不喝水，这样才能在滴水皆无的沙漠生存下去。

沙漠里也有沙蟒、沙漠狐和狼等凶狠的敌害。所以当它在洞外活动的时候，常常用两只脚支撑着，十分警惕地观察周围的动静。稍微有一丁点儿不对劲，立刻转身躲进洞里。要不，就不能生存下去了。

说起它的洞，得要好好讲一下。因为沙漠里一片荒凉，找东西吃不容易。只要地面有一簇簇沙漠植物，附近很可能就有许多它的洞窟。有人统计过，在一个灌木丛生的固定沙丘或者半固定沙丘里，常常就有十几个，甚至二三十个老鼠洞。由于它繁殖很快，往往一胎就生七、八个仔。一大家子挤在一起，谈不上舒适，这样的生活简直够呛。

这样多的沙漠老鼠聚集在一个巴掌大的地方，哪有足够的食物填饱肚皮？

唉，生活在这个环境里，就没有挑嘴的份了。有什么东西，就凑合着吃什么吧，只要能够活下去就行。不管又干又硬，甚至带钩带刺的灌木，只要牙齿能够嚼得了，统统都是它们的食物。

唉，尽管这样也不行，沙漠里可以吃的东西毕竟太少。到了寒冷的冬天，几乎所有的野生灌木都枯死了。为了储备过冬的食物，它们只好把目光转向沙漠边缘地带，转向人们种植的树木和庄稼。它们常常成群结队出发，不管三七二十一，能够偷到什么就偷什么。有时候庄稼还没有成熟，就被它们偷得精光。说它们是小偷，还不如说是肆无忌惮的沙漠抢匪。

沙漠老鼠

终南阴岭秀

《终南望余雪》

（唐）祖咏

终南阴岭秀，积雪浮云端。
林表明霁色，城中增暮寒。

这是描写秦岭山脉里的终南山的景象。高大的秦岭向东一直连接大别山，东西绵延上千千米，隔断了南方和北方，不仅是长江和黄河的分水岭，也是南北气候分界线，它的南坡和北坡的气温和水分条件都不一样。

一条巨大的山脉这样，一座山往往也一样。在山的南北两边，自然景观常常有一些差别。我国古代早就注意到这个现象了，习惯把坐落在山南边的地方取名叫做"阳"，北边叫做"阴"。就以秦岭来说吧，它的南边有山阳，北边有华阴。位于河流南北的地名恰恰相反，南边叫做"阴"，北边叫做"阳"，例如江阴、淮阴、汉阳、洛阳。

这首诗就是终南山上写的，诗人敏锐地观察到南北坡的景色不同，描述了一幅多么熟悉的风景。天暖开春后，一些高山的阳坡上，积雪早已融化干净。可是在阴坡上，往往还残留着一片片积雪，远远就能看见，成为初春的一道特殊的风景线。

说到这里，需要简单解释一下，什么叫做阳坡和阴坡。

顾名思义，前者是朝向太阳的，所以叫阳坡。后者背向太阳，才叫做阴坡。

严格来说，这样解释也不确切。因为太阳高高在上普照四方，什么角落不能照晒到，分什么阳坡和阴坡？

话虽然这样说，却有照射程度的差别，就有了阳坡和阴坡之分。

一般说来，南坡和西坡接受的太阳照射较多，是阳坡；北坡和东坡接受的阳光照射相对较少，就是阴坡了。既然阴坡接受的太阳照射较少，积雪当然融化较慢，初春季节有可能还有残雪保留，生成了诗人眼中所见的"阴岭秀"。

随着积雪慢慢融化干净，阳坡和阴坡还有没有差别呢？有的！由于所接受的热量不同，蒸发状况也有明显的差别。蒸发程度的差异，表现在植被上，就会造成不同的景观。阴坡森林茂密，阳坡往往只是一片草地和灌木，当然也是"阴岭秀"啰。

不过话说回来，阴阳坡的差别不仅和阳光有关。倘若再考虑地方性的风向、降水量和地形陡缓的条件，情况就非常复杂了。

山脉

瀚海百重波

《饮马长城窟行》

（唐）李世民

塞外悲风切，交河冰已结。

瀚海百重波，阴山千里雪。

迥戍危烽火，层峦引高节。

悠悠卷旆旌，饮马出长城。

寒沙连骑迹，朔吹断边声。

胡尘清玉塞，羌笛韵金钲。

绝漠干戈戢，车徒振原隰。

都尉反戈堆，将军旋马邑。

扬麾氛雾静，纪石功名立。

荒裔一戎衣，灵台凯歌入。

唐太宗李世民是大唐帝国的开国君主，帮助他的爸爸打下了江山。上马征战，下马治国，开创了贞观之治，揭开了中国古代史里的一个辉煌的篇章。他是不是只会打仗，治理国家，胸中没有半点文采？倒也不见得。请看他写的这首边塞诗，也很不错呀。诗中描述了许多有关边疆风光和征战的情况，其中"瀚海百重波"一句，是对沙漠地貌的忠实描写。

没有到过沙漠的人或许会不解：沙漠里没有水，哪来什么"百重波"？

这不是通常的水波，而是波浪似的沙丘地形。站在高处远远望去，一层层沙丘宛如黄色波浪，所以才有这样的描述。如果没有亲临其境的经历，是没法想象出来的。李世民一生东征西讨，到过许多地方，不排除这是他亲眼所见的景象。

沙漠里的沙丘，为什么会形成波浪一样的景象？这和生成它的动力，风的作用有关系。

风掠过地面，遇着障碍物就会堆下一些沙子，成为一个小沙堆。沙堆越堆越高，风再也不能自由自在吹过去了，翻过沙堆在背后打一个滚，形成一股涡流，吹蚀着背风坡，使沙堆两边的坡度渐渐不一样。迎风坡缓，背风坡陡。前者适合风贴着地皮吹过，后者是沙丘背后的涡流吹蚀的结果。

渐渐长大的沙丘成为风的障碍。一股股紧贴着地皮吹的风，要想推动整个沙丘不容易，只能吹动沙堆两侧的沙子，往前推动一些儿。这样长期发展的结果，就把沙堆两侧慢慢越拉越长了，渐渐成为两个尖尖的角。原来的沙丘被改造成一个个弯弯的黄沙月牙儿，叫做新月形沙丘。

密集的新月形沙丘群，左右互相连接起来，就造成一列列波浪似的景观了。

对沙漠不了解的人们，常常对它有恐惧感，担心会在茫茫大沙漠里迷路。其实只要懂得新月形沙丘形成的秘密，了解它的两侧的尖角总是指向下风方，又知道当地不同季节的盛行风的风向，就不会迷失方向了。

想一想，这是为什么？因为每一座新月形沙丘都是一个无声的指路碑，难道不是这样吗？

沙丘

塞水不成河

《寓目》

(唐) 杜甫

一县葡萄熟，秋山苜蓿多。
关云常带雨，塞水不成河。
羌女轻烽燧，胡儿制骆驼。
自伤迟暮眼，丧乱饱经过。

　　河流是怎么生成的？就是地表水集中汇集在河床洼地里，不停往前流动的一股水流。从这个解释分析，河流有河床和河水两个组成要素，缺了任何一个也不行。当然啰，也有常流河和间歇河的差别。从这些角度出发，我们就来审查这首诗吧。

　　这是诗人杜甫在西域眼见的一番情景。

　　请看，这里的地面流水和别处不同，常常到处泛流，很难集中成为一条像模像样的河身。

　　这是真的吗？杜老夫子自称老眼昏花，是"迟暮眼"，是不是他看花了眼睛？

　　不是的，他的眼睛再不行，也不至于将这样明显的现象看错。在大陆深处的西域内地，的确是这个样子。

　　这里气候干旱，平时几乎不下雨。可是在酷热的夏季，却往往能够突降一场暴雨，哗啦啦降临在沙漠地面上，成为一种奇观。在新疆吐鲁番盆地里，就发生过这样的现象，造成一场令人们措手不及的沙漠洪水，冲毁了道路和桥梁。不是亲眼看见，谁也不会相信。

　　如果在别的地方，一场暴雨后，雨水就会统统汇集进河床，使河水迅猛上涨。可是这里本来就没有河流，自然也就没有可供水流集中流淌的河床。遍地

220

流水无处可以吸纳，只得到处横流，泛滥成灾。这样的景象，就是杜老夫子所说的"塞水不成河"了。

在沙漠地方，即使有几条非常稀罕的河流，也大多平时没有水，是典型的间歇性河流。这样的河道中一下子充满了水，常常会漫溢出来，也有些不成河。加上河水冲带的沙子太多，很容易堵塞河床，产生改道引起泛滥，照样是"不成河"的样子。

让我们用塔里木河做例子来说明吧。"塔里木"这个名字在维吾尔语里是"无缰的野马"的意思。听着这个名字，就可以想像它是怎么一回事了。它的野性十足，从来也不肯老老实实顺着固定的河道往前流，总是在沙漠大地里摆来摆去，活像是一匹游荡惯了的野马。

为什么它是这个样子？这和它的含沙量特别大有关系。

塔里木河流淌过茫茫的塔克拉玛干大沙漠，冲带着大量沙子。由于地形平坦，水流非常分散，搬运力量当然就很小。当河水没法再搬运这样多泥沙的时候，只好沿途堆积下来。泥沙阻塞了河道，就不得不改道了。由于地势非常平坦宽阔，没有山冈约束，可以自由自在摆来摆去，生成了弯弯曲曲的河身，有了许多汊流和沙洲。河流经常变化改道，是典型的"游荡河"，所以人们就叫它"塔里木"这个名字。

塔里木河

眼见风来沙旋移

《度破讷沙之一》

（唐）李益

眼见风来沙旋移，
经年不省草生时。
莫言塞北无春到，
纵有春来何处知？

这首诗中描写的沙地小龙卷风多么生动呀！李益出生在今天甘肃武威，对干燥的河西走廊和附近的沙漠非常熟悉，是唐代中叶边塞诗的代表诗人。

你看，一股小小的龙卷风吹刮过来，卷起地面的黄色尘沙，不住向前飞快移动。有过沙漠生活经验的人读了，感到多么熟悉，仿佛整个画面就在眼前似的。

你看，这里一片黄沙，几乎看不见一丁点儿绿色的东西。即使春天到来，又怎么能够感受到春天的气息呢？

在沙漠里，所有的一切都和风有关系。风是一切事物的创造者，也是破坏者。只要刮起了风，就会扬起沙子，形成黄尘漫漫的风沙一片。

龙卷风是空气对流作用形成的。别以为龙卷风都特别厉害，经过的地方都会造成可怕的风灾。沙漠地面被烈日强烈照射后，常常形成一些小型的龙卷风。高的不过几十米，低的甚至不足1米高。只能卷起一阵阵黄沙，随风飞速旋转，好像是一个黄尘柱子。这些小龙卷风生成快，消失也快，常常飞快掠过原野后，一下子就消失得无踪无影。

风是沙漠地形的营造者，是不是所有的风都能吹动沙子？

那也不见得，这和风力大小、沙粒粗细、地表湿度、沙生植被多少，以及具体的地形条件等许多因素有关系。

强劲的风不仅能够吹扬起沙子，还能推动庞大的沙丘前进。自然界里唯一可以移动的丘冈，就是沙漠里的沙丘。

不消说，个儿大的沙丘不容易移动，个儿小的沙丘很容易被风推移前进。所以陕北沙漠里的人们总结了两句话说："大冈走得慢，小冈走得快。"这里所说的"大冈"和"小冈"，就是大小不同的沙丘。

根据长期观察的结果，人们根据沙丘运动的速度把沙丘分为快速型、中速型、慢速型三种。由于一年内不同的风向影响，移动的沙丘还会来回动来动去，所以又可以分为前进式、往复前进式和往复式三种。

沙丘运动到底有多远？用兰新铁路砂泉子观测站观测的一个5米高的沙丘作例子，两年半内，它移动了整整18米。别的生根的山冈，想也别这样想。

龙卷风

丹青画出是君山

《陪族叔刑部侍郎晔及中书贾舍人至游洞庭》

（唐）李白

帝子潇湘去不还，

空余秋草洞庭间。

淡扫明湖开玉镜，

丹青画出是君山。

帝子是谁？

她就是屈原《九歌·湘夫人》中的一位仙女。

君山在什么地方？

君山是洞庭湖中的一个小岛。它又名湘山、洞庭山，和岳阳楼仅仅一水之隔。《九歌·湘夫人》开始就说："帝子降兮北渚，目眇眇兮愁予。袅袅兮秋风，洞庭波兮木叶下"。诗中的"北渚"，也是和君山一样的洞庭湖心的洲岛。

在不同的诗人的眼睛里，对君山有不同的感受。

李白远远望见它，怀疑它简直像是画家画出来的，所以说"丹青画出是君山"。用这种手法来描述它，显得更加神奇而迷惑人。

另一个与李白同时代的诗人刘禹锡，用另外的笔法来形容它说："遥望洞庭山水翠，白银盘里一青螺。"把洞庭湖比喻为一个白色的银盘，把湖中的君山比喻为银盘中的一个尖尖的青螺，有一片青翠的林木影子，真传神极了。还有一个唐代诗人骆宾王，就直接说："巴陵一望洞庭秋，日见孤峰水上浮"，指出它是一座水上孤山。

不管诗人怎么描写，君山突起在辽阔的洞庭湖面上，总是一幅特殊的风景画。

　　君山不仅风景秀丽，还出产一种有名的银针茶，早在唐代就是贡茶。

　　人们不由会问，号称"八百里洞庭"的水上，怎么会一下子冒出了一座小岛。

　　登上这座湖心岛一看，岛上到处都露出坚硬的岩石，原来这是一座岩石岛屿。地质学家研究报告说，这本来是一座小山。湖水淹没了周围地方，才耸立在湖上，成为一座岛屿。同样的岩石小岛，在我国许多大湖里都有。鄱阳湖里的鞋山，太湖里的东、西洞庭山，青海湖里的海心山，都是同样的例子。浙江千岛湖的岛屿更多，很难一下子数清。

　　为什么会有这些湖心小岛？原因各种各样。有的是湖心断块拱起生成的，有的是湖边山地的延续，有的是湖心火山锥，有的原本就有许多起伏的山丘，后来被水淹没的，千岛湖就是最好的例子。

　　这种岩石小岛不仅在湖上有，江上和海上就更多了，是常见的一种岛屿类型。湖心不仅有岩石小岛，也有泥沙淤积的沙洲。《九歌·湘夫人》中所说的"北渚"，很可能就是一片地势平缓的沙洲。要不，怎么不和君山一样叫做"山"，而叫做"渚"？

洞庭君山

北斗阑干南斗斜

《夜月》

（唐）刘方平

更深月色半人家，
北斗阑干南斗斜。
今夜偏知春气暖，
虫声新透绿窗纱。

请看，诗人在这首诗里，不仅写了"北斗"，还写了"南斗"。

我们都熟悉高高挂在北方天顶的"北斗七星"，那是指示北极星的一个可靠的标志，却很少听说过"南斗"这个名字。你可能忍不住会问，天空中真有"南斗"吗？是不是诗人弄错了？

他没有弄错，真有"南斗"呢。

顾名思义，"南斗"必定在南方。是不是和"北斗"遥遥相对，在靠近南天极的空间里？

不，位于北半球中纬度的中国根本就看不见南天极，只能看见接近天赤道的南方一些星星。既然没法看见南天极，南斗也就不在星空中的极点位置，不像北斗一样，一年四季都能够抬头看见。

南斗到底在哪里？它藏在南方的人马座里，包括人马座 φ、λ、μ、σ、ξ、τ 等六颗星星。每年八月傍晚，它在正南天空略微偏东的地方出现，那时我们就可以看见它的尊容了。

南斗是黄道十二宫之一，黄道上最靠近南边的一个星座。每年 12 月 22 日前后，太阳经过这里最南面的一个点，就是冬至点。这时候白天最短，夜间最长，具有重要的天文学和生活实践的意义。

在中国古代天文学里，南斗又名斗宿，也是二十八宿之一，属于北方玄武

古诗文中的科学

七宿的第一宿。北斗有七星，南斗只有六星，同样排成一个带尾巴的斗状图形。斗宿这个名字就是这样来的。"南斗"比"北斗"小得多，也没有"北斗"明亮。《诗经·小雅·大东》里说："维南有箕，不可以簸扬。维北有斗，不可以挹酒浆"，说的就是它。

人马座是八月星空里的一个有名的星座，银河经过这里最明亮。在这个星座里，除了"南斗"，还有另外六颗星星排成的"人马座弓形"，以及几个大星云。

话说到这里，还要再说几句。人们常常说的"气冲牛斗"，或者"气冲斗牛"，并不是斗宿和牛宿，而是牵牛星和北斗星，可别搞混了。岳飞在《题青泥赤壁》诗中说："雄气堂堂贯斗牛，誓将真节报君仇"也是如此。

最后需要特别提醒的是，星空里除了人马座，还有一个半人马座，两个根本不是一回事，千万不要弄混了。粗心大意的人要想在半人马座里找"南斗"，说什么也找不到。

北斗七星

卧看满天云不动,不知云与我俱东

《襄邑道中》

（宋）陈与义

飞花两岸照船红，

百里榆堤半日风。

卧看满天云不动，

不知云与我俱东。

这是诗人在晚春季节里在江上写的一首诗，其中包含了两个问题。

看呀，他乘坐的帆船顺风走得多快呀，上百里水路半天就走过了。躺在这样快的船上抬头看，天上的云却好像没有动一下似的。

为什么看起来云没有动？

诗人解释说，因为船和云都往东方走，看起来云就不动了。

这是一个相对运动造成的视觉心理学的问题。既然两者都朝向同一个方向运动，当然看起来就似乎不动了。我们熟悉的一首儿歌，开头就唱着："月亮走，我也走"，也是相似的现象。

同样方向的运动可以造成这种情况，迎面相对而来的运动体，又会造成什么现象呢？

我们在公路上、铁路上，看见迎面开来的汽车和火车，总是像一阵风似的，一眨眼就闪过去了，比同样方向前进的车辆快得多，也是视觉心理学的现象。这种相向运动，显得特别快的情况，在长江航道上称为"双来船"。迎面而来的船，总比同一个方向前进的船只，看起来迅速得多。

说清楚了这个视觉的物理学问题，在这首诗里还有另外一个问题值得探讨。

乘船的旅行者往东方移动，是他的主观行为。天上的云好好的，为什么也要朝向同一个方向移动?

我们都知道,云的移动和风分不开。风往哪边吹,云就会随风往哪边飘移。风速大,云速也大;风速小,云速自然也小。自然界里,风向经常改变,云向必定也跟随着时刻变化。诗人乘船东下,天上的云也跟随着往东移动,是不是巧合?

不是的。风吹云动是必然的现象,没有偶然的巧合。虽然低处的风向由于气流、地形等条件的影响而变化无常,但是由于地球自转,带动着高空气流总是由西向东流动,所以生成了高空西风带。在它的推动下,一些位置较高的云就始终不停地向东移动了。

当然啰,天空中的风向,也不是完全由西向东。由于地球偏转力的影响,包括气流、洋流等,在北半球都会相对向右偏移。于是西风就成为西北风,北风成为东北风,南风成为西南风,东风成为东南风。南半球与此相反,都相对向左偏移。西风就成为西南风,北风成为西北风,南风成为东南风,东风成为东北风。

这个现象还会在一些地方,造成河流两岸地形不对称的现象。乌克兰和俄罗斯境内,顿河、伏尔加河等大河都由北向南流。在地球偏转力的影响下,水流就会偏向右岸冲刷,使右岸高高隆起,左岸地势低缓得多。

云

雁点青天字一行

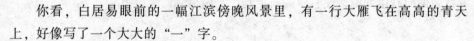

《江楼晚眺景物鲜奇吟玩成篇 寄水部张员外》

（唐）白居易

淡烟疏雨间斜阳，江色鲜明海气凉。

蜃散云收破楼阁，虹残水照断桥梁。

风翻白浪花千片，雁点青天字一行。

好着丹青图画取，题诗寄与水曹郎。

你看，白居易眼前的一幅江滨傍晚风景里，有一行大雁飞在高高的青天上，好像写了一个大大的"一"字。

大雁在空中飞行，只排出一个"一"字吗？

不，明代诗人李梦阳又写道："河上秋风雁几行"。别的诗中也有"风外几行斜阵"、"一一背人飞"等许多诗句，全都是描写雁阵的。归纳起来有一字形、人字形和斜行等类别。

为什么大雁在天上要排成雁阵？

因为它们是候鸟，从很远的地方飞来，在长途飞行中，如果没有严格的队形和纪律，很容易在半路失散，必须紧紧排在一起，在一只最强壮、最勇敢、最有经验的领头雁的带领下，保持着固定的队形，才能够达到目的地。领头雁总是排列在一字形的中间，人字形和斜行的最前面。别的大雁紧紧跟随它，用不着多操心，也可以节省体力。

这样纵贯南北的空中长征，一路上有许多危险。有凶狠的老鹰，贪心的猎人，弄得不好就会丧失性命。所以雁群总是飞得高高的，飞到猎人的弓箭和猎枪够不着的地方。晚上落地歇息的时候，常常还安排一个夜间值勤的，遇着危险就发出警报。《禽经》说："夜栖川泽中，千百为群。有一雁不瞑，以警众也"，说的就是这回事。

关于大雁长途飞行，古时候还有一个奇怪的传说。据说，它们有时会衔着一根芦苇飞行。

为什么这样？有各种各样的猜想。《淮南子》说它"衔以避缯缴"，就是用来拨开猎人射的箭。有人说，这是用来增加风力的。还有人说，这是防备飞过大海的时候精疲力竭，抛在水上休息一会儿用的。据说每年秋天飞到日本的大雁，为了这个目的，就常常衔着一根根一尺长的短树枝。当它们到达后，再也用不着这些树枝了，就从空中丢下来。人们收集了许多大雁抛弃的树枝，用来烧水洗澡，叫做"雁浴"。

每年秋天大雁飞到什么地方去？

有一个名叫元与恭的诗人说："雁到衡阳亦倦飞"。因为南岳衡山是南方的高山，古人以为长途飞来的雁群飞到这里就非常疲倦了，没有力量翻过山继续南飞，所以这里还有一座回雁峰。北宋政治家王安石也说："万里衡阳雁，寻常到此回"，可见这个说法已经根深蒂固了。

这是真的吗？

那才不见得呢。北宋的宰相诗人寇准在衡阳南边的春陵地方，抬头看见一群大雁，不仅没有停下来，还接着往南飞去，就说："谁道衡阳无雁过？数声残日下春陵。"

古代的春陵就是今天湖南最南边的道州。再往前飞不远，就飞过五岭山脉，飞到温暖的广东和海南岛了。大雁的飞行距离很远，夏天在内蒙古、新疆和西伯利亚一带繁殖，秋季经过东北、华北、华中，一直飞到华南海边过冬。

大雁阵

南山一树桂，上有双鸳鸯

《鸳鸯》

无名氏

南山一树桂，
上有双鸳鸯；
十年长交颈，
欢庆不相忘。

鸳鸯啊，美丽的水鸟，总是打扮得漂漂亮亮的，在水上浮来游去。好像是花枝招展的水上模特儿，扯动着人们的眼球。谁都会不由自主转过身子，多看它们几眼。

鸳鸯到底是什么样子？

猛一看，它很像是小鸭子，可是羽毛非常华丽，比鸭子漂亮得多。要说所有的鸳鸯都很漂亮，全都是美的象征，那也不见得。和别的一些鸟儿一样，只有雄鸟的羽毛五彩缤纷，脑袋上飘动着长长的羽冠，翅膀上还竖起一对栗黄色的羽毛，好像是小小的船帆似的，十分惹人注目。雌鸟身上比较朴素，就没有这样好看。

为什么雄鸟要打扮得那样花里胡哨的？因为它们要讨雌鸟喜欢，才这样精心装扮自己。雌鸟是等着雄鸟来求婚的，就不用这样挖空心思打扮自己了。

鸳鸯啊，美丽的爱情鸟，总是成双成对在水上浮游，一会儿肩并肩慢慢游着，一会儿一前一后跟随着，身影投映在起伏荡漾的水波里，一刻也不分离，好像是一对正在度蜜月的情侣。

传说如果其中一只不幸死亡了，另一只就会围绕在伴侣的身边不停地飞着，悲伤地叫着，最后也同归于尽。

这是真的吗？有诗为证。

杜甫说："合昏尚知时，鸳鸯不独宿"。卢照邻说："得成比目何辞死，愿作鸳鸯不羡仙"。黄庭坚说："五老峰前万顷江，女儿浦口鸳鸯双"。这样赞美和表露鸳鸯成双成对生活的诗，一下子说也说不完。《古今注》这本书说得更加清楚，据说"人获其一，则一相思而死"，真是高尚纯洁的爱情的典范呀。

这是真的吗？有科学资料为证。

动物学家仔细研究了以后，报告说："事实真相并不像人们想像的那样。"

鸳鸯和别的候鸟一样，也随着季节南北迁移。当它们成群结队飞来飞去的时候，并没有固定的伴侣。只是在繁殖季节，才临时配对结合在一起，整天形影不离地在水上游荡着，使人们误以为它们是一对爱情很深的情侣。

噢，原来是这么一回事。说起来，它们并没有海枯石烂不分离的爱情，只不过是暂时的伴侣而已。

鸳鸯

火焰山传奇

《火山云歌送别》

(唐) 岑参

火山突兀赤亭口，火山五月火云厚。
火云满山凝未开，飞鸟千里不敢来。
平明乍逐胡风断，薄暮浑随塞雨回。
缭绕斜吞铁关树，氛氲半掩交河戍。
迢迢征路火山东，山上孤云随马去。

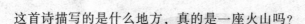

这首诗描写的是什么地方，真的是一座火山吗？

不是的，这儿说的"火山"，是吐鲁番的火焰山。《山海经》中称为"炎火之山"。从隋唐时期以来称为"赤石山"。维吾尔语称为"克孜勒塔格"，意思是"红山"。我们熟悉的《西游记》里的一个故事，孙悟空向铁扇公主借芭蕉扇，要扇灭的那座火焰山，就在这个地方。

说火焰山也好，赤石山和红山也好，为什么诗人偏偏把它叫做火山？

有人说，这是因为山上的煤层自燃。火焰山上确实含有煤层，最厚的地方达到 11 米，曾经发生过自燃现象。有一本古书《高昌行记》可以作为书证，书中叙述说："北庭北山。山中常有烟气涌起，而无云雾。至夕火焰若炬火，照见禽鼠皆赤。"古时候的北庭北山就是现在的火焰山，在这里还能找到一些燃烧的痕迹，可以作为物证。《西游记》说这里曾经熊熊燃烧，并非完全捕风捉影的事情。

火焰山的名字，真的是这样来的吗？

不对啊，就算是它曾经燃烧过，只不过是一时的事情，往后早就熄灭了，为什么还叫这个名字呢？

要说这个问题，得从吐鲁番本身说起。吐鲁番古时候名叫火州，听见这个名字就会使人觉得发烫。

　　吐鲁番到底有多热？让我们来做一个实验吧！把鸡蛋埋在太阳晒烫的沙子里，一会儿就熟了。在戈壁滩的石头上"烙"饼，也不用多大工夫就能吃上了。这可不是神话故事，是吐鲁番活生生的事实。

　　用温度表一量。天呀！沙丘表面最高温度可以达到 87℃。夏天的气温热到 40℃ 以上，也是平常的事情。这里是不折不扣的中国的"热极"，难怪古人要把这里叫火州。

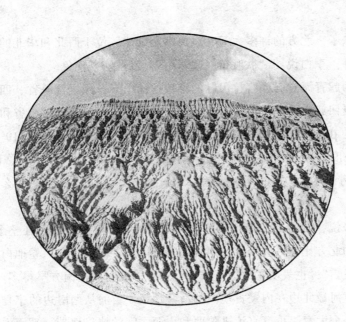

火焰山

火焰山传奇

黄河九曲冰先合

《塞上曲》

（唐）周朴

一阵风来一阵沙，
有人行处没人家。
黄河九曲冰先合，
紫塞三春不见花。

　　冬天来了，北方的许多大河、小河都会结冰。位于西北和华北的黄河，当然也不例外。李白说："欲渡黄河冰塞川"，就是这个现象。

　　黄河西起青海省巴颜喀拉山脉的雅拉达泽山下，经过青海省、四川省、甘肃省、宁夏回族自治区、内蒙古自治区、陕西省、山西省、河南省和山东省等九个省区，在山东省流入渤海，全长 5464 千米。从东经 96° 到 119°，东西横跨 23 个经度，从北纬 32° 到 42°，南北跨过 10 个纬度，流域总面积达到 752443 平方千米。这样广阔的面积，各地气候差别很大，到底什么地方先结冰呢？

　　一般来说，西边的内地比东边沿海冷些，当然就先结冰。在整个流域里，纬度较高的北方比南方先结冰。唐代边塞诗人岑参说："北风卷地白草折，胡天八月即飞雪"，也表明了北方气候寒冷，下雪的时间比南方早得多。

　　整条黄河最北边在内蒙古境内的河套地区。黄河从西南边的宁夏流来，在这里绕了一个大弯，再笔直流进陕西和山西之间的峡谷地带。不用说，这里比它的上下两段都先结冰。到了春天，上游已经解冻开河，这里还没有解冻。上游带来的大量冰凌随着滔滔春水向下流动，造成冰凌阻塞，形成了一道冰坝堵住河水，引起上游水位迅速上涨，就会发生泛滥，叫做"凌汛"。

　　"凌汛"造成的洪水对当地有很大的影响，怎么办才好？

耐心等待它慢慢融化吗？

那可不成。那样得要等多久？

人们实在等不得了，只好想办法用炸药把冰坝炸开。有时候干脆用大炮轰、飞机炸。河上炮声隆隆，炸弹轰鸣，非常壮观。

除了地理位置的原因，形成凌汛还有别的原因。总的来说，凌汛是受气温、水温、流量与河道形态等几方面因素的综合影响而形成的。

流量和流速大小对封冻、解冻和输冰能力都有直接影响。一般情况下，流量大，流速也大，输送冰块的能力也越大。上游河水冲带着大大小小的冰块，浩浩荡荡流淌而来，到了河面的冰还没有融化的地方，就会堵塞泛滥了。

凌汛不仅发生在还没有解冻的地方，由于冰块堵塞也能够造成同样的现象。所以河道形态的影响也很大。特别是河身弯曲的地段，最容易阻塞冰块。一些河身太宽，河水太浅的地方，由于河形散乱，流速比较小，也很容易使冰块搁浅堵塞河道。

九曲黄河

洞府深深映水开

《冠岩》

（明）蔡文

洞府深深映水开，
幽花怪石白云堆。
中有一脉清流出，
不识源从何处来。

从桂林沿着漓江顺流而下，进入阳朔境内，在有名的冠岩山脚，有一条暗河从溶洞里流出来。这首诗就是描绘这条暗河的。

这个有暗河淌流出来的洞穴叫做冠岩水洞，是漓江著名的一个景点，有一种抵抗不住的诱惑，使人情不自禁划着小船，顺着清清的水流，慢慢朝洞里划去。举起火把抬头一看，洞顶垂挂着一簇簇形态奇异的乳白色石钟乳，就是诗人说的"幽花怪石白云堆"了。再仔细看，洞壁上还有一些古代游客留下的诗篇，表明这里早就有人来过，不知已经开发了多少年。

你想沿着这条暗河再往里面划吗？洞内宽窄高低不一，有的地方划船就不行了，得要划一个小竹筏才行。

这条暗河很长，好像是一条特殊的水路，穿过了5个洞厅进入地下深处。有的地方非常宽敞，可以上岸观赏美丽的石钟乳，或者在沙洲上拾小石子；有的地方非常低矮狭窄，只能躺在竹筏上，用手轻轻拨着暗河水慢慢前进，从两边的石壁中间挤进去，得要有一番耐心和勇气才成。

面对着这条神秘的暗河，诗人忍不住惊叹："不识源从何处来。"

是呀，在这黑黝黝的地下洞府里忽然"中有一脉清流出"，谁不充满了好奇心，提出同样的疑问呢？

暗河是怎么生成的？

地质学家说，这是地下水的水平循环带的露头，是石灰岩地区常见的现象呀。

地下水在深深的地下，是怎么流动的呢？

在石灰岩地区，地面到处都是溶蚀生成的漏斗和落水洞，把雨水、地表水统统吸进地下，沿着一条条裂隙和垂直管道往下流。这个向下流动的地带，叫做垂直循环带。

顺着垂直管道流到一定的位置，水流越来越集中，就会改变方向，沿着一条水平管道流动，进入水平循环带了。流动过程中，逐渐溶蚀扩大空间，把原来的狭窄的水平裂隙改造成宽大的水平溶洞，同时也能产生石钟乳和别的碳酸钙堆积。

瞧，这就是地下暗河的由来，解答了古代诗人心中的疑惑。说来说去，暗河水还和雨水、地表水有关连啊。由于有源源不绝的洞外丰富的水源补充，暗河水总是流淌不完。

地下不仅有暗河，还有地下暗湖和地下瀑布，都是石灰岩地区常见的现象。巨大的地下瀑布可以发电，建立一座特殊的地下水电站。

如果运气好，有时候还能在暗河里瞧见一条条全身透明的盲鱼，十分胆怯地在清亮亮的水里游来游去。

话说到这里，要对盲鱼多说几句话。原来它生活在黑漆漆的山洞里，眼睛没有用处，所以就慢慢退化了，只留下两个小小的圆点儿。有的盲鱼虽然还有眼睛，却有一层皮膜遮住，和正常的鱼不一样。

你以为所有的盲鱼全都看不见东西吗？才不是呢。有的盲鱼虽然视力下降了，却还模模糊糊看得见一些儿影子。说它们是瞎子，还不如说它们视力低下，并不完全都是瞎的。它虽然看不清东西，可是其他的感觉器官很灵敏，同样能够弄清楚周围的情形。要不，它们在一片漆黑的地下世界里怎么过日子呢？

山洞里可以吃的东西很少。盲鱼长期生活在这种环境里，已经习惯了饿肚皮。有什么吃什么，忍饥挨饿很久也饿不死。

地下暗河

昆仑山顶有积雪

《暑旱苦热》

（宋）王令

清风无力屠得热，落日着翅飞上山。

人固已惧江海竭，天岂不惜河汉干？

昆仑之高有积雪，蓬莱之远常遗寒。

不能手提天下往，何忍身去游其间！

这位诗人热得实在受不了，一下子就想起了昆仑山顶的积雪。要是能够到那儿去避暑，该有多好啊。

世界上何止昆仑山顶有积雪。几乎所有超过四、五千米的高山顶上，统统都有同样终年不化的冰雪，好像戴着银光灿亮的头盔，老远就能望见，这是高山的特殊标志。

仔细一看，高山顶上有一条奇怪的界线。上面盖满了白皑皑的冰雪，下面却没有冰雪覆盖，上下分得清清楚楚的。

难道雪花只落在这条界线上面，下面不下雪吗？

当然不是的。漫天飞舞的雪花随风到处飘洒，怎么会分得那样清楚，过了这条线就不下了呢？

是不是下面的冰雪都被风吹得干干净净了吗？

也不是的。高山上的风是越高越大，怎么会只吹掉下面的冰雪，反倒把上面保存得好好的？

是不是上面地形平坦，下面陡峭，所以没法在这条线的下面堆积雪层吗？

不，与此恰恰相反。紧挨着积雪的山顶的地形特别陡峭，这就是造成登山困难的一个重要原因。越往下走，一般越来越缓和。要说地形陡峭，这条线以上的地形才最陡峭，为什么反而堆满了冰雪？仔细看，在这条线下面不但没有冰雪，反倒是一片片裸露的乱石滩、高山草甸和密密的森林。

240

这也不是，那也不是，这条神秘的分界线到底是怎么生成的？

这就是雪线呀。上面温度低，积雪可以长期保存。下面温度高，冬天的积雪很快就融化了，因此就形成了这条界线。

噢，明白啦，山地气温有随着高度上升不断降低的规律。这儿的气温下降到了冰点，就形成这条天然的气候界线了。

话说到这里，需要再多说几句。

第一个问题，是不是所有高山上的雪线都是一样高？

不，雪线高度受许多因素制约，不会统统一样高。一般来说，雪线分布总的规律是从赤道向两极，随着气温下降而逐渐降低。在赤道非洲的雪线是5700~000米，到了中纬度的阿尔卑斯山降低为2400~3200米，再到高纬度的挪威下降到1540米，到了北冰洋就接近海平面了。

此外，在同一个地区内，日照和地形条件也对雪线高度有影响。一般来说，由于日照的影响，山的南坡雪线比北坡高，西坡比东坡高。天山南坡雪线高4000~4250米，北坡只有3500~4000米。祁连山的雪线从东向西升高，雪线一般海拔4500~5000米。

喜马拉雅山是一个特殊情况。由于高大的山墙挡住了印度洋吹来的湿润气团，所以南坡降水量远远比北坡大得多。水分多，雪线也会低些。南坡雪线5000~5600米，北坡雪线反倒升高为5800~6200米。

第二个问题，高山的冰雪有多少？

让我们用一条冰川来说明吧。祁连山里有一座野马山，野马山里有一条老虎沟，老虎沟里有一条第12号冰川，仅仅只有10.8千米长，面积27.4平方千米，大约储水12.31亿立方米，简直是一个空中水库。请你想一想，全世界有多少冰川，储存了多少固体水吧。

昆仑积雪

怒发冲冠,凭栏处、潇潇雨歇

《满江红》

（宋）岳飞

怒发冲冠，凭栏处、潇潇雨歇。

抬望眼，仰天长啸，壮怀激烈。

三十功名尘与土，八千里路云和月。

莫等闲、白了少年头，空悲切。

靖康耻，犹未雪。

臣子恨，何时灭。

驾长车，踏破贺兰山缺。

壮志饥餐胡虏肉，笑谈渴饮匈奴血。

待从头、收拾旧山河，朝天阙。

你看，岳飞想起凶恶的敌人，就不由怒发冲冠气愤极了，恨不得一下子打到敌人的老窝，吃敌人的肉，喝敌人的血。收服失地，还我河山，实现自己的愿望。

"怒发冲冠"是什么意思？说的是生气得竖起头发，把帽子也顶起来了。想像一下这幅情景，是不是有些奇怪？

读了这首词，人们忍不住会问，真的能够怒发冲冠吗？我们生气的时候，为什么没有把脑袋上的帽子顶起来呢？

这只不过是一种形容罢了，是艺术的夸张。作为浪漫的诗词，完全可以这样写。李白可以说"黄河之水天上来"，为什么岳飞不能讲"怒发冲冠"呢？

话又说回来了，从科学的角度观察，这也不是完全不可能。一个基本原理是毛发的活动主要受立毛肌收缩控制。立毛肌是一种由纤细的梭形肌纤维束所构成的，受着肾上腺素和交感神经的控制。当人们非常愤怒，或者恐惧、惊吓的时候，肾上腺素水平增高，交感神经兴奋，就能使立毛肌收缩，带动头发竖立起来了。

让我们想一想，如果所有的头发统统都竖立起来，从理论上来讲，顶起帽子也不是完全不可能。事实上，头发的弹性和柔韧性都很高。头发也有一些重量，即使不戴帽子，立毛肌收缩的力量也不能使整个脑袋的头发都直立起来，更加谈不上可以"冲冠"了。岳飞虽然不明白立毛肌收缩活动的原理，却无意中涉及了这个科学问题。这种写法无意中把正常的立毛肌收缩活动加以夸张，用来形容人们极端愤怒的心理和生理活动。岳飞恨透了敌人，为什么不能使用这种句子，来抒发自己的愤怒心情呢？

岳飞

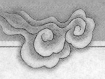

水作青罗带,山如碧玉簪

古诗文中的科学

《送桂州严大夫》

(唐) 韩愈

苍苍森八桂,兹地在湘南。
水作青罗带,山如碧玉簪。
户多输翠羽,家自种黄柑。
远胜登仙去,飞鸾不暇骖。

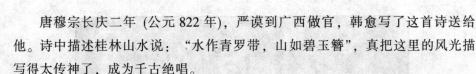

唐穆宗长庆二年 (公元 822 年),严谟到广西做官,韩愈写了这首诗送给他。诗中描述桂林山水说:"水作青罗带,山如碧玉簪",真把这里的风光描写得太传神了,成为千古绝唱。

你看,漓江水多么清亮,两边的山峦也是青幽幽的,真是青山绿水呀。

清代诗人袁枚乘船从桂林到兴安,沿着漓江航行,也有一首诗说:"江到兴安水最清,青山簇簇水中生。分明看见青山顶,船在青山顶上行",把漓江水的特点写得更加生动,好像玻璃一样透明的江水里,两岸青山倒影看得清清楚楚的,低头瞧见水里的青山,船儿好像在山顶上驶过似的。噢,这是多么迷人的一幅江上风景画啊。俗话说,桂林山水甲天下,一点也不假。

读了这两首诗,人们不禁会问,为什么漓江水这样清亮?这是石灰岩地区水流的特点。

在石灰岩分布的地区,水流对岩石主要进行溶蚀作用,很少形成泥沙。加上环境保护好,两岸都是"青山",而不是光秃秃的山头,江水里的含沙量自然就很少,透明度很好,好像"青罗带",仿佛"船在青山顶上行"啰。

为什么这儿的山都像"碧玉簪",形成了"青山簇簇"呢?这也是石灰岩地形的一个特点。唐代一个名叫沈彬的诗人说:"陶潜彭泽五株柳,潘岳河阳一县花。处处比阳朔好,碧莲峰里住人家。"清代诗人刘名誉说:"桂林山水世争夸，阳朔奇峰另一家。我坐扁舟随意看，果然千朵碧莲花。"都抓住了漓江两岸石灰岩山丘的特点，比喻为"碧莲花"，和韩愈所说的"碧玉簪"是一个意思。

石灰岩山地的溶蚀作用常常沿着岩石裂隙进行。岩体内通常都有由于挤压而产生的垂直裂隙，水流顺着这些裂隙不断向下溶蚀发展，就会生成一座座孤立的山丘。由于岩石性质和裂隙组合格式的差异，产生了形形色色不同的山丘，地貌学里笼统称为溶蚀残丘，又可以细分为孤峰、连座峰林等，就形成桂林山水的各种各样的奇峰了。

漓江

桂林多洞府

《咏桂林》

（宋）陈藻

桂林多洞府，

疑是馆群仙。

四野皆平地，

千峰直上天。

石灰岩分布的地方，几乎到处都是奇特的山丘，每座山上都有洞穴。郭沫若在一首诗里说："桂林山水甲天下，天下山水甲桂林。请看无山不有洞，可知山水贵虚心。"陈毅在《游桂林》诗中，引用韩愈的诗句，进一步发展说："水作青罗带，山如碧玉簪。洞穴幽且深，处处呈奇观。桂林此三绝，足供一生看。"

是啊，在桂林几乎"无山不有洞"，里面都是空空的，原来外表看着很完整的山头，里面都是"虚心"呢。幽深的溶洞和青青的江水、奇异的山丘，是这里的山水三绝。

人们不禁会问：为什么桂林的洞穴特别多？

有人说："这是地下水和石灰岩作用，慢慢溶蚀的结果。"

请问，这个说法对吗？

这样解释很对，也不对。

说它对，因为水和石灰岩作用，会产生溶蚀作用。我们看见的各种各样的岩溶地貌（喀斯特地貌），主要就是这种作用形成的。

说它不对，是由于这个答案还不完整。只靠水一点一滴溶蚀周围的岩石，要形成一个个巨大的洞穴是不行的。仔细分析一下地下洞穴的形成过程，还有别的作用参与呢。

真实的情况是这样的：地下水从裂隙里渗流出来，逐渐溶蚀扩大了缝隙。当空洞顶部的岩石缝隙扩大后，就会发生岩块崩落，跌成无数碎屑。后来这些碎屑被地下水流冲带走了，空洞也就慢慢扩大了，最后形成了巨大的地下洞穴。

噢，原来石灰岩溶洞是以地下水溶蚀为主，加上重力崩塌和地下水冲刷等许多作用，共同完成的呀！

溶洞的结构非常复杂，常常由许多互相连接贯通的洞廊和洞厅组成。特别是迷宫式溶洞，一不留神就会在洞里迷路。溶洞里的地形真的没有一点规律吗？也不是的。地质学家说："别害怕！每一条弯来拐去的洞廊，都沿着一条条岩石裂隙发育，巨大的洞厅往往是几条裂隙聚会的地方。只要掌握住岩层里的裂隙伸展方向的规律，就不会在漆黑一片的地下迷路了。"

仔细观察石灰岩洞穴，还可以发现另外一个特点。石灰岩洞穴往往是一层层分布，上下可以连通，好像是一座座石头"公寓"似的。原来每一层溶洞代表一个时期的地下水水平循环带的位置，随着地壳一次次抬升，就生成了一层层的溶洞。只要数一数崖壁上有几层溶洞，就知道这里曾经上升过几次了。

溶洞还是古人类居住的地方。包括著名的北京猿人、山顶洞人，以及广西的许多古人类在内，都住在可以遮蔽风雨、防备野兽的溶洞里。溶洞是研究远古时期原始文明的好地方。

桂林山水

象鼻分明饮玉河

《象鼻山》

(明) 孔镛

象鼻分明饮玉河，
西风一吸水应波。
青山自是饶奇骨，
白日相看不厌多。

象鼻山，是桂林城边的一处名胜，活像是一头巨象站在江边，把长鼻子伸进水里吸水。古往今来，不知引起了多少游客的兴趣。

看着它，人们会好奇地打听："难道这是真的吗，会不会有人工雕凿的痕迹？"

不，这是大自然老人的杰作，没有一丁点儿人工造作。

原来，这是一座石灰岩的小山丘。水流沿着山体裂隙特别集中的部位，长期溶蚀发展，加上江水冲刷和崩塌共同作用，形成溶蚀天生桥，恰巧分布在江边，就造成特殊的巨象吸水的景观了。

如果这种圆拱形的溶蚀天生桥坐落在山上，就会造成另一种景观。有名的阳朔月亮山上，有一个透明的圆窟窿，也是这样生成的。明代诗人周进隆在《月牙岩》中吟咏道："翠微峭拔倚天表，半轮月照桂江小。"当你抬头瞧见这个背后映着天光的圆窟窿，像是一个真正的月亮；当你沿着山边慢慢行走时，由于观察的角度不同，后面一个山头遮住空洞的面积不一，这个山上的"月亮"形状不断发生变化，造成了从满月到新月的月相变化的错觉。爬上山仔细一瞧，才看清楚这是一个圆拱形的溶蚀天生桥。

在石灰岩分布的地区，同样的溶蚀天生桥很多。贵州省黎平县高屯天生桥的桥身有 350 米长，98 米宽，30 多米高，桥拱的跨度也有 118 米，可以算是世界第一天生桥。被称为"南方喀斯特"代表性地点的荔波县，也有一个巨大的天生桥，虽然没有高屯天生桥长，却有 73 米高，好像是一座巨大的拱门。这原本是一条暗河穿过石灰岩地下，形成的一个溶洞。后来因为地壳上升，暗河不断向下切割，加上洞顶不断崩塌，就使洞身逐渐变高。当它出露到地面的时候，就生成一座天生桥了。

　　自然界里的天生桥很多，除了地下水形成的溶蚀天生桥，还有地表水冲开的冲蚀天生桥，海浪冲开的海蚀天生桥，风卷带着沙石磨蚀形成的风蚀天生桥，冰川融化形成的冰川融化天生桥等。

象鼻分明饮玉河

象鼻山

"泾渭分明"和"泾渭不分"

《诗经·邶风·谷风》

......

泾以渭浊，湜湜其沚。

......

这是《诗经》里的一句诗，说的是因为渭水浑浊，所以才显得泾水清亮，可以看见水底的情况。

泾水和渭水都位于黄土高原上。渭水发源于甘肃渭源县鸟鼠山，全长 818 千米。泾水发源于宁夏六盘山东麓，全长 451 千米，在陕西境内汇入渭水，是渭水最大的支流。

从前，人们瞧见泾水清、渭水浑，常常说"泾渭分明"，又常常说"泾渭不分"。用泾水和渭水的清亮和浑浊，比喻人品的高低、对待是非的态度。

请问，这两个成语的形成有没有先后？仔细探讨，引出了一系列环境变化的问题。

最早提到这个问题的，就是《诗经》里的这首诗了。到底泾水清，还是渭水清？在古往今来许多诗篇中有些说不清。杜甫在《秋雨叹》中说"浊泾清渭何当分"，他又说"旅泊穷清渭，长吟望浊泾"。柳宗元在《乐府杂曲·鼓吹铙歌·泾水黄》中，开始第一句就是"泾水黄，陇野茫"。按照他们的说法，应该是泾水浑浊，渭水清亮了。泾水和渭水，到底谁清谁浊，这两个成语谁先谁后，简直是一笔糊涂账。

让我们还是回到《诗经》来看吧。从这首诗分析，显然是先有"泾渭分明"的。千百年流传下来，泾水清、渭水浊，似乎是天经地义。在一代代人们的心目中，留下了深深的烙印，永远不能改变。

难道真是这样吗？泾水真的永远都是清的，渭水从来都是浑的吗？

啊，不，历史老人会告诉你，从前并不是这样的。

泾水和渭水都在同一个地区，自然环境一模一样，河水原本都是一样的。它们的变化，是后来造成的。

科学家从当地的黄土层里采集了孢子花粉分析，恢复了这里的远古自然面貌。原来，从前这里不管是渭水，还是泾水沿岸，到处都是一片茂密的森林草原，和今天瞧见的光秃秃的黄土山包，到处冲沟纵横，一片破碎的黄土塬面大不一样。慢慢流淌在草地上的泾水和渭水都很清亮，压根儿就没有什么"清浊"的差别，有什么好分的呢？显然是"泾渭不分"。

需要特别指出的是，这种最早的"泾渭不分"不是浑水，而是清水，和后来的"泾渭不分"大不相同。这是多么美好的"泾渭不分"啊！

前面所说的"泾渭分明"，是怎么产生的？

进入了农业迅速发展的西周初期，渭水流域首先开始了农业开垦。随着自然植被破坏，渐渐引起了水土流失。渭水变浑了，泾水还是清的，就产生了《诗经》里所描述的"泾渭分明"的情况，是泾水和渭水流域自然环境演变的第二阶段。

其实，这样的情况并没有维持多久，随着泾水流域也开始乱砍乱伐，破坏了森林草原，水土流失也和渭水同样严重，泾河水也变浑了。"泾渭分明"一下子变成了新的"泾渭不分"，全都是浑浊的，进入了自然环境演变的第三阶段，一直延续到现在。

那个时候泾水的泥沙有多少？《汉书·沟洫志》描写说："泾水一石，其泥数斗。"

瞧，这时候泾水里的泥沙真多呀！1954 年，笔者在泾水流域考察，踩着河水过河，一下子就变成了泥腿子。

啊，明白了。所谓真正"泾渭分明"的时间，其实非常短暂。随着无知的人们不断破坏环境，很快就消失得无踪无影了。今天我们还死死抱着早就过时的"泾渭分明"和"泾渭不分"的概念，评论这样那样，实在太可笑了。

泾水再也不会变清，消失的"泾渭分明"永远也不会重新呈现在我们的眼前，我们永远只能生活在这样到处黄水汤汤，"泾渭不分"的恶劣环境里吗？

不，人们干的傻事，还能用自己的行动改变过来。

20 世纪 50 年代初期，科学家在水土流失特别严重的甘肃省西峰镇的南小河沟，进行了植树造林和各种水土保持的工程实验。几十年过去了，如今谁再到这儿来，准会不相信自己的眼睛。看啊，昔日光秃秃的黄土坡，

已经绿树成荫。从这儿流出来的小河水，也变得清清的。在它流进另一条河的地方，已经变成了新的"泾渭分明"。

一条小河沟可以变成这个样子，整个黄土高原也能变成这个样子吗？

当然可以呀！只要大家认真重视环境保护，开展植树造林，不怕麻烦和艰苦，修建起必要的水土保持工程，使所有的河水全都清清亮亮。昔日已消逝的最早的"泾渭不分"，一定会重新出现在人间。

啊，这两个成语的形成和演变，包含着非常深刻的环境变化的意义呢。

泾水

古文部分

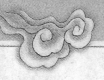

三峡束江流,崖谷互吐纳

《水经注·三峡》

(北魏) 郦道元

......

　　自三峡七百里中,两岸连山,略无阙处。重岩叠嶂,隐天蔽日。自非亭午夜分,不见曦月。至於夏水襄陵,沿诉阻绝,或王命急宣,有时朝发白帝,暮到江陵,其间千二百里,虽乘奔御风不以疾也。春冬之时,则素湍绿潭,回清倒影。绝𪩘多生怪柏,悬泉瀑布,飞漱其间。清荣峻茂,良多趣味。每至晴初霜旦,林寒涧肃,常有高猿长啸,属引凄异,空谷传响,哀转久绝。故渔者歌曰:"巴东三峡巫峡长,猿鸣三声泪沾裳。"

......

　　郦道元这段文字,把长江三峡的美丽风光描写得淋漓尽致,是一篇难得的美文,列进了中学语文课本。

　　仔细研读这篇文章,地质学家提出一个小小的意见。三峡是三个峡谷,怎么会"两岸连山,略无阙处",甚至还"重岩叠嶂,隐天蔽日",除了正午和午夜,看不见太阳和月亮的面孔?读了这段话,人们势必会想象,长江三峡不知多么狭窄,有的地方简直像是一线天那样的障谷。

　　当然啰,说这句话错了,似乎也没有太大的错。因为三峡的确是"两岸连山",没有一片开阔的平原。从这个角度讲,"略无阙处"也没有大错。问题在于文学家用浪漫的手笔,进一步描写为"重岩叠嶂,隐天蔽日。自非亭午夜分，不见曦月"，就值得商榷了。要知道，科学语言和文学语言不一样，容不得半点含糊的。

其实在三峡的几个峡谷之间，分布着一些宽谷，互相连接构成整个长江三峡。陆游穿过长江三峡的时候，在一首诗里就指出："三峡束江流，崖谷互吐纳。"说的就是这个意思。他亲自考察过长江三峡，专门写了一本《入蜀记》，把三峡沿岸情况写得清清楚楚，当然就比从来也没有到过这里的郦道元正确得多。

这个峡谷和宽谷相间的现象，在三峡里非常明显。瞿塘峡和巫峡中间有地形开展的巫山宽谷，巫峡和西陵峡之间有香溪宽谷，西陵峡上下段峡谷之间是庙河——南沱宽谷。

请看，长江三峡哪里是一个完整的大峡谷？如果用科学的角度认真分析，怎么能够说是"两岸连山，略无阙处"？

在这些峡谷里，即使最狭窄的瞿塘峡和巫峡的十二峰地段，也不是除了正午和午夜就看不见太阳和月亮。为什么这样说？因为这几个峡谷还不是一线天式的障谷，而且它们的走向基本上是东西方向，太阳和月亮东升西落，还能看见一些儿。

我们不责怪古人郦道元。他毕竟不是地质学家，而是一位文学家。他使用充满浪漫气息的语言，描绘三峡风光，写得栩栩如生，陶醉了世世代代的读者，已经很了不起。何况他是北魏的官员，在那南北分隔的南北朝时代，根本就不可能亲自进入三峡考察。能够根据收集的资料进行描述，写到这个几乎乱真地步，也真难为他老人家的了。

三峡

三峡的由来

《蜀都赋》

（晋）左思

　　若夫王孙之属，郤公之伦。从禽于外，巷无居人。并乘骥子，俱服鱼文。玄黄异校，结驷缤纷。西逾金堤，东越玉津。朔别期晦，匪日匪旬。蹴蹹蒙笼，涉寥廓。鹰犬倐眒，罻罗络幕。毛群陆离，羽族纷泊。翕响挥霍，中网林薄。屠麖麋，翦旄麈。带文蛇，跨雕虎。志未骋，时欲晚。追轻翼，赴绝远。出彭门之阙，驰九折之阪。经三峡之峥嵘，蹑五屼之蹇滻。戟食铁之兽，射噬毒之鹿。晶貙㺌于蓁草，弹言鸟于森木。拔象齿，戾犀角。鸟铩翮，兽废足。

三峡这个名字是怎么来的？

最早提到三峡的是西晋初年的文学家左思。他在《蜀都赋》里写道："经三峡之峥嵘，蹑五屼之蹇滻。"但是三峡究竟是哪三个峡谷，他却没有说清楚。这一来，就有各种各样的说法了：

有人把三峡中下段的巫峡、归峡、西陵峡当做是三峡；

有人把三峡最下段的西陵峡、明月峡、黄牛峡当做是三峡；

还有人把巴东峡内的门扇峡、东奔峡、破石峡当做是三峡。

王安石在智辨三峡水的故事中，还把三峡分为上、中、下三个峡谷，提出上峡水性太急，下峡太缓，惟中峡水缓急相半的理论。

其实这些划分都不完整，所以五代西蜀诗人韦庄在《峡程记》指出："三峡者，即明月、仙山、广溪。其有瞿塘、滟滪、燕子、屏风之类，皆不预三峡之数。"

广溪峡又名夔峡，就是今天的瞿塘峡，全长约 8 千米。《水经注》云：
"江水又东迳广溪峡，斯乃三峡之首也。"峡内另有风箱峡，相传是鲁班遗留
在这里的风箱。

仙山峡就是巫峡，全长约 44 千米。峡内有金盔银甲峡和铁棺峡两个小峡谷。

明月峡又名扇子峡，就是今天的灯影峡，古人把它泛指整个西陵峡，全长
约 65 千米，由断续相连的几个小峡谷组成。包括位于黄陵背斜西翼的西陵峡
上段的兵书宝剑峡、牛肝马肺峡，崆岭峡中段黄陵背斜轴部的崆岭峡，下段黄
陵背斜东翼的灯影峡和黄猫峡，后者又叫宜昌峡。这本书里提到的黄牛峡，就
是灯影峡的一部分。

最后，我们顺便再讨论一下三峡是怎么生成的？

这和本地区的地壳运动分不开。

大约在 1 亿 4 千万年前结束的燕山运动，使这里拱起成为一系列的褶皱山地，
形成了雄伟的巫山山脉。长江切过一个个褶皱拱起的背斜山地，就形成了一道道
幽深的峡谷。峡谷所在的地方，不仅是拱起的背斜构造，还分布着坚硬的石灰岩
层。宽谷所在处，除了庙河——南沱宽谷是被破坏的黄陵背斜轴部，分布着花冈
闪长岩和一些变质岩外，其他宽谷所在处都是下凹的向斜构造，分布着较松软的
砂岩和泥岩。地质构造和岩石性质，决定了地形高低起伏和河谷宽窄。

三峡的生成和巫山山脉、长江的关系分不开。先有巫山山脉，还是先有长
江？引起许多科学家争论。

有人说，先有长江，巫山山脉是后来拱起的。

有人说，先有巫山山脉。长江原本是两条河，分别从山地向东西两边流。后
来东边的古长江向上游伸展，切穿了分水岭，才东西贯通形成了现在的长江。

笔者在三峡许多地方的
山顶上，发现了古代河流切
割生成的夷平面地形和残留
的砾石层。宜昌东边的早第
三纪的东湖系地层中，发现
了来自遥远的青藏高原的变
质岩砾石。这些都可以证明
长江的历史非常悠远，早在
山地隆起以前就存在了。

三峡

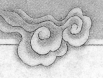

落霞与孤鹜齐飞

《滕王阁序》

(唐) 王勃

......

时惟九月,序属三秋。潦水尽而寒潭清,烟光凝而暮山紫。俨骖騑于上路,访风景于崇阿;临帝子之长洲,得仙人之旧馆。层峦耸翠,上出重霄;飞阁流丹,下临无地。鹤汀凫渚,穷岛屿之萦回;桂殿兰宫,列冈峦之体势。被绣闼,俯雕甍,山原旷其盈视,川泽盱其骇瞩。闾阎扑地,钟鸣鼎食之家;舸舰迷津,青雀黄龙之轴。虹销雨霁,彩彻云衢。落霞与孤鹜齐飞,秋水共长天一色。渔舟唱晚,响穷彭蠡之滨;雁阵惊寒,声断衡阳之浦。

......

秋深了,洪水消退了,水潭清亮了,远山似乎也有些消瘦了。在一阵阵凉飕飕的秋风羽翼下,鄱阳湖的风光也有一些变化,和汹涌澎湃的洪水季节有些不一样。

啊,鄱阳湖,毕竟还是鄱阳湖。尽管季节变化,依旧是一片烟波浩渺。

看呀,一只失群的野鸭扇动着翅膀,迎着晚霞越飞越远,慢慢溶进了远方的晚空。霞光映照下的脉脉秋水,一直延展到天际线,和同样被映红的天空一个颜色。好一幅诗意葱茏的风景画,叫人好难忘。

在这片广阔的天地间,只有一只孤零零的野鸭吗?

噢,不,才不是这样呢。

听吧，这里，那里，随风传来一声声吱吱嘎嘎的叫鸣。

看呀，远处近处，空中盘旋着一些小黑点儿。有的高、有的低，似乎还对湖上最后的余光恋恋不舍，转了一圈又一圈，不肯一下子就飞落下去。

那是鄱阳湖上的鸟儿呀！

鄱阳湖上岂仅是"落霞与孤鹜齐飞"，还有数不清的鸟儿藏在这里那里，等待着人们去发现，去认识它们。

鄱阳湖是拴在长江腰上最大的一个水葫芦，早已胜过了往昔的八百里洞庭湖，成为了不折不扣的"湖老大"。它不仅湖面宽阔，湖滨还有大片的湿地，是越冬的水鸟最好的栖息地方，招引来数不清的候鸟，成为了鸟儿的天堂。

秋天，这里并不萧瑟，反倒是热闹的季节。一到秋风起的时候，成群结队的鸟儿就千里万里飞来。吱吱嘎嘎欢声鸣叫着，聚集在鄱阳湖湿地上，使冷冷清清的秋天变得热闹起来。

据统计，这里有313种鸟类，包括国家一级保护鸟类11种，二级保护鸟类44种。每到候鸟回归的季节，天空中一群群鸟儿遮天盖地飞来，形成了"飞时遮尽云和月，落时不见湖边草"的景象，壮观极了。

这儿的白鹤最多，1993年12月6日，仅仅在一个角落里就统计到白鹤2892只！有人估计，这里的白鹤占全世界白鹤的98%。加上丹顶鹤和黑鹳等珍贵品种，以及天鹅、野鸭等水禽，这里真是名副其实的"白鹤世界"和"水鸟王国"。

白鹤

江上"音乐岛"

《石钟山记》

（宋）苏轼

……

《水经》云："彭蠡之口有石钟山焉。"郦元以为下临深潭，微风鼓浪，水石相搏，声如洪钟。是说也，人常疑之。今以钟磬置水中，虽大风浪不能鸣也，而况石乎！至唐李渤始访其遗踪，得双石于潭上，扣而聆之，南声函胡，北音清越，枹止响腾，余韵徐歇。自以为得之矣。然是说也，余尤疑之。石之铿然有声音，所在皆是也，而此独以钟名，何哉？

元丰七年六月丁丑，余自齐安舟行适临汝，而长子迈将赴饶之德兴尉，送之至湖口，因得观所谓石钟者。寺僧使小童持斧，于乱石间择其一二扣之，硿硿焉。余固笑而不信也。至暮夜月明，独与迈乘小舟，至绝壁下。大石侧立千尺，如猛兽奇鬼，森然欲搏人，而山上栖鹘，闻人声亦惊起，磔磔云霄间；又有若老人欬且笑于山谷中者，或曰："此鹳鹤也。"余方心动欲还，而大声发于水上，噌吰如钟鼓不绝。舟人大恐。徐而察之，则山下皆石穴罅，不知其浅深，微波入焉，涵淡澎湃而为此也。

……

彭蠡是指哪儿？是指鄱阳湖。"彭蠡之口"，说的就是鄱阳湖口。

在鄱阳湖口，湖水和长江交汇的地方，有两个小岛，外形活像是两口倒扣的大铜钟，叫做上石钟山和下石钟山。

为什么叫这个名字？不仅因为它们的外形好像两口钟，更加奇特的是它们常常发出一阵阵奇异的钟声，是一个难解的谜。

郦元是谁？就是写《水经注》的郦道元。

郦道元认为，由于小岛下面的水很深，哪怕一阵微风掀起波浪，撞击着石头，也会发出好像钟声一样的声音。

这话对吗？人们有些怀疑。

唐朝的李渤在水边上找到两块石头，敲一敲、听一听声音。南边一块石头的声音沉重模糊，北边一块石头的声音清脆响亮。停止敲击以后，余音还响了很久才慢慢消失。他认为这就是石钟山发声的原因了。

这两个说法对吗？苏东坡表示怀疑，决心亲自前往调查。他划了一只小船，绕着两个小岛仔细观察，突然发现岸边有一个黑漆漆的山洞。他好奇地划进去一看，一切都明白了。原来是一阵阵波浪涌进洞里，拍打着洞里的石壁，才发出闷沉沉的声音呀！

听啊，洞里发出一阵阵"嘭、嘭、嘭"的水声，真的像是钟声呢。

我们听惯了波浪冲击岸边，发出哗啦哗啦的声音。为什么在石钟山下，声音不一样？

说来非常简单。因为涌进山洞的波浪，冲击洞壁的声音，在封闭的洞里，能够产生特殊的回响呀。

石钟山

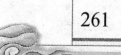

清清的小石潭

《小石潭记》

（唐）柳宗元

从小丘西行百二十步，隔篁竹，闻水声，如鸣佩环，心乐之。伐竹取道，下见小潭，水尤清冽。全石以为底，近岸，卷石底以出。为坻，为屿，为嵁，为岩。青树翠蔓，蒙络摇缀，参差披拂。

潭中鱼可百许头，皆若空游无所依。日光下澈，影布石上，怡然不动；俶尔远逝；往来翕忽，似与游者相乐。

潭西南而望，斗折蛇行，明灭可见。其岸势犬牙差互，不可知其源。

坐潭上，四面竹树环合，寂寥无人，凄神寒骨，悄怆幽邃。以其境过清，不可久居，乃记之而去。

同游者：吴武陵，龚古，余弟宗玄。隶而从者，崔氏二小生：曰恕己，曰奉壹。

柳宗元被贬到湖南永州的时候，深深喜爱这个偏远的地方，常常到处游览。有一天，他走过一个低矮的小山包，往前走了不远，忽然听见密密的竹林后面，传来一阵阵叮叮咚咚的水声，好像音乐似的，把他的心儿搔得痒痒的，可是隔着一片竹林没法走过去，只好拿刀砍出一条小路，顺着水声的方向去寻找那儿的秘密。

走到面前一看，他一下子惊呆了。只见在一片怪石环绕里，有一个小小的水潭。水底就是一块大石头，石面凹凸不平。一些石头拱起来，成为小小的礁石。水非常清亮，可以一直瞧见水底。一股金灿灿的太阳光照射在湖上，一直射进深深的水底，把水边树木的影子投映在水底的石头上。四周树木围绕，参差不齐的枝条随风摆动，显示出一派幽美静穆的景象。

再一看，水里有许多小鱼儿，好像悬空漂浮着似的，呆呆地动也不动一下。数一数，大约有100多条，上上下下聚集在一起，影子映照在水底的石头上，显得十分清晰。一会儿，鱼儿忽然摇着尾巴飞快朝向四面散开，一下子就全都消失了踪影，好像在和人们捉迷藏。

水潭旁边一条弯弯曲曲的小溪，两岸明明暗暗、高高低低，更加增添了神秘的气氛。

啊，这个水潭真清亮呀！

啊，这是一幅罕见的由静到动，又由动回返入静的图画。

啊，这儿简直像是传说中的一块净土。

为什么这儿的水这样清亮？因为这里是石灰岩分布的地区，水对石灰岩进行溶蚀作用，很少形成泥沙。加上这里位置偏僻，很少有人类活动，环境保护很好，所以水里的含沙量就很少，水潭里的透明度很高，几乎和玻璃一样。在这样清亮亮的水里，鱼儿好像悬空漂浮在水里，就一点也不奇怪了。

清清的小石潭

小石潭

263

水落石出的秘密

《醉翁亭记》

（宋）欧阳修

环滁皆山也。其西南诸峰，林壑尤美。望之蔚然而深秀者，琅琊也。山行六七里，渐闻水声潺潺，而泄出于两峰之间者，酿泉也。峰回路转，有亭翼然临于泉上者，醉翁亭也。作亭者谁？山之僧智仙也。名之者谁？太守自谓也。太守与客来饮于此，饮少辄醉，而年又最高，故自号曰"醉翁"也。醉翁之意不在酒，在乎山水之间也。山水之乐，得之心而寓之酒也。

若夫日出而林霏开，云归而岩穴暝，晦明变化者，山间之朝暮也。野芳发而幽香，嘉木秀而繁阴，风霜高洁，水落而石出者，山间之四时也。朝而往，暮而归，四时之景不同，而乐亦无穷也。

……

水落石出，这是一个多么熟悉的概念。和欧阳修同时代的苏轼，在《后赤壁赋》中，也曾经用同样的词句写道："江流有声，断岸千尺；山高月小，水落石出"。

为什么他们都用同样的词句，写出"水落石出"？因为这是一个常见的现象。江河沿岸随着季节变化，水位高低不同。随着水位降低，水下的石头就有可能露出水面了。所以欧阳修和苏轼都写出了同样的句子，不是谁抄袭谁的。

由于水位变化，水上显露出的景物也不同。就以苏东坡在赤壁岸边重游，写出的《后赤壁赋》来说，不过才相隔一些日子，由于水落石出，上次他游览所见的江山景色，几乎也认不出来了。

水落石出的现象，仅仅引发了诗人的诗情吗？

不，聪明的古人还根据水落石出的现象，用在河道水文研究上。洪水淹没了河床和河滩上的一切，而枯水季节水落石出，显露出水底的许多礁石，犹如布置了一些特殊的枯水水位标志。

重庆东边的涪陵城下，水底就隐藏着这样一个神秘的古代"水位博物馆"。

原来，这里水下有一条巨大的砂岩石梁，东西长约 1600 米，南北宽约 15 米。枯水期有时会出露水面，外形好像是一只白色的仙鹤，所以叫做白鹤梁。

在这道石梁上刻写了许多题记，记录了唐代广德二年（公元 764 年）以来的许多珍贵的枯水水位资料。例如宋神宗时期的一段记录："熙宁七年（公元 1074 年），水齐至此。"

这条石梁上，还有两条栩栩如生的石鱼，刻于清康熙二十四年（公元 1685 年）。其鱼眼高度，大致相当于川江航道部门规定的当地水位的零点，以此作为根据来计算，是一个走遍世界也难以找到第二个的特殊枯水水位标志。

清代刻写的一段文字说："涪州大江有石梁，长数十丈，上刻双鱼。一鱼三十六鳞，一含萱叶，一含莲花。或三五年，或十余年一出。出必丰年，名曰石鱼。"和它有关的，也有许多枯水记录。例如：宋徽宗"大观元年（公元 1107 年）正月壬辰，水去鱼下七尺，是岁夏秋果大稔。"仔细观察两条石鱼头尾交接的地方，下面还有一条已被江水冲刷，变得模糊不清的唐代石鱼和"石鱼"两个篆字。

由于江水冲刷，使许多古老的石刻题记消失了，至今还保存有 163 个。其中，水文题记 108 个，石刻鱼图 14 尾，作水文标记者 3 尾，是历代记录枯水水位的一座极其宝贵的水下水位碑，国家级文物保护单位。长江三峡大坝蓄水后，白鹤梁将会永远沉没在水底，再也不能出露了。为了保护它，计划采取特殊方法把它保存在水底原地，作为永远的纪念。

同样的水下枯水水文石刻，在川东长江水底还有很多。例如重庆朝天门外，嘉陵江水底的灵石，云阳县城南面长江水底的龙脊石。白帝城边小滟滪堆的水下巖壁上，民国四年（1915 年）和二十六年（1937 年）嵌立的两块石碑，上书"水落至此"等多处水下石刻标记，都不再保留，永远沉睡在水库水底了。

石梁

给鳄鱼的最后通牒

《祭鳄鱼文》

（唐）韩愈

……

鳄鱼！其不可与刺史杂处此土也！刺史受天子命，守此土，治此民；而鳄鱼睅然不安溪潭，据处食民畜，熊豕鹿獐，以肥其身，以种其子孙；与刺史抗拒，争为长雄。刺史虽驽弱，亦安肯为鳄鱼低首下心。伈伈睍睍，为民吏羞，以偷活于此耶？且承天子命以来为吏，固其势不得不与鳄鱼辨。

鳄鱼有知，其听刺史言！潮之州，大海在其南。鲸鹏之大，虾蟹之细，无不容归，以生以食，鳄鱼朝发而夕至也。今与鳄鱼约：尽三日，其率丑类南徙于海，以避天子之命吏！三日不能，至五日；五日不能，至七日；七日不能，是终不肯徙也；是不有刺史，听从其言也；不然，则是鳄鱼冥顽不灵，刺史虽有言，不闻不知也。夫傲天子之命吏，不听其言，不徙以避之，与冥顽不灵而为民物害者，皆可杀。刺史则选材技吏民，操弓毒矢，以与鳄鱼从事，必尽杀乃止。其无悔！"

……

韩愈刚到南海边的潮州担任刺史的时候，打听到恶溪里有鳄鱼，几乎把老百姓的牲口吃光了，成为一方祸害。他就写了一篇《祭鳄鱼文》，丢进恶溪水里，对鳄鱼说："这儿紧紧挨靠着南海，海里有的是虾蟹，够你们吃的。限令你们三天内离开这儿，到南海里去。三天不够，就五天。五天不够，就七天。如果到时候还不离开，就别怨我不客气，把你们统统杀干净了"。想不到鳄鱼真的害怕，一下子全都逃走了，以后潮州就永远也没有鳄鱼的影子了。

咦，这是怎么一回事？难道鳄鱼真的能够看懂韩愈的文章，吓得夹着尾巴逃跑了？

当然不是的。说到这里，得要先弄清楚它的种类和生活习惯。

鳄鱼，其实不是鱼，而是一种爬行动物，和远古时期的恐龙是一家。它的正确名称是"鳄"，古时候又叫猪婆龙。

鳄鱼生活在温暖的南方，一般身长4~5米。最大的可以达到10米长，体重超过1吨，是现存最大的爬行动物。鳄鱼的头部扁平，大嘴巴里长满尖牙利齿，全身布满角质鳞片，拖着一条钢鞭似的大尾巴，性格非常凶猛，却又十分狡猾。它喜欢只露出眼睛和鼻孔，一动不动浮在水上，也喜欢趴在沙滩上晒太阳。粗心大意的动物挨近它的时候，它就会迅速出击，动物一般都很难逃脱它的魔掌。

根据它们的生活习性和分布，可以分为淡水鳄和咸水鳄。淡水鳄生活在江河湖沼里，咸水鳄生活在温暖潮湿的海滨，二者各有自己的独特活动领域。

韩愈的《祭鳄鱼文》，真的吓跑了鳄鱼吗？当然不是的。由于潮州靠近海边，海潮经常沿着河道逆流而上，所以才叫这个名字。从情况分析，当时很可能有一些海边的咸水鳄经常顺着潮水溯流而上，到达潮州附近。以后由于潮流减弱，不再进入内河，所以才产生了一篇《祭鳄鱼文》吓跑鳄鱼的故事。

鳄鱼

黔驴技穷

《黔之驴》

（唐）柳宗元

黔无驴，有好事者船载以入。至则无可用，放之山下。虎见之，庞然大物也，以为神。蔽林间窥之，稍出近之，然莫相知。

他日，驴一鸣，虎大骇，远遁，以为且噬己也，甚恐。然往来视之，觉无异能者。益习其声，又近出前后，终不敢搏。稍近益狎，荡倚冲冒，驴不胜怒，蹄之。虎因喜，计之曰："技止此耳！"因跳踉大㘎，断其喉，尽其肉，乃去。

瞧，这只驴子多么可笑呀！自己没有本领，却敢向老虎叫板，真不知天高地厚。最后被老虎看出了破绽，扑上去一口咬死，当成午饭吃掉，真是活该倒霉！

驴子有什么本领，不就是用后腿使劲踢一脚吗？这一招被别人看破了，就再也没有别的招数了。人们说黔驴技穷，一点也不错。

没有见过驴子的人，没准儿会把它当作是马。远远一看，真有些像马呢。说起来，它们可以算是远房亲戚，都属于马科。走近一看，就看出不同的地方了。

马个儿大，它个儿又矮又小。马的耳朵小，向上笔直竖起，它的耳朵反倒又长又大，微微朝后面斜伸。马的胸膛非常宽阔，它的胸膛却比较狭窄。马有一条蓬蓬松松的长尾巴，它只在尾巴梢才有一撮毛。马蹄很大，善于奔跑，它的蹄子又窄又小，跑不过身体强健的骏马。马的叫声有些嘶哑，它的叫声却非常宏大，所以雄驴又叫做叫驴。这篇故事里，它遇着老虎大声叫，开始把老虎也吓了一跳呢。

268

驴子和马还有什么不同？

最大的不同是马性格刚强，外表威武雄壮，奔腾起来好像一股风，总是和剽悍的骑士联系在一起。两军对战中，宁死不屈的战马可多了。

驴子呢？

唉，它和马相比，似乎有些窝窝囊囊的，简直没法相比。它的脾气天生温顺，不管老头儿、小媳妇都可以放心大胆骑它。慢悠悠在村间小路和山路上走，保证安全不会出问题。甚至传说中的八仙之一张果老，还能倒骑驴呢。

不过也别小瞧了驴子。它的个儿小，力气却不小。它好像一个老老实实的庄稼汉，虽然外表没有马那样的威风，干起活来却一点也不含糊。

驴子有这样好的脾气，加上一身的力气，是人们的好帮手。除了给人骑一骑，还能够驮沉重的货物。不管喂它吃什么粗饲料，也不会吭一声，谁不喜欢它呢？难怪人们亲昵地叫它小毛驴。

驴子从来都是这样吗？也不是的。它的祖先是野驴。我国青藏高原上有西藏野驴，蒙古高原有蒙古野驴，它们成群生活在沙漠和草原上，能够耐热耐旱，跑得像风一样快，可以连续奔跑好几十千米，连狼也追不上它们，是有名的长途越野奔跑选手。

驴子既然和马是远亲，有时候驴子爸爸和马妈妈也可以相配，生下混血的骡子。骡子继承了父母的特点，高大的个子像马，小蹄子和尾巴又像驴子。骡子的力气超过了父母，能够驮更重的货物，日行好几十千米。可惜骡子不能繁殖后代，是天生的缺点。

如果是马爸爸和驴子妈妈相配，生下来是什么呢？

唉，那是个子小，力气也小的马骡，或者叫做马驮骡，就一点用处都没有了。

山不在高，有仙则名

《陋室铭》

（唐）刘禹锡

山不在高，有仙则名。水不在深，有龙则灵。斯是陋室，惟吾德馨。苔痕上阶绿，草色入帘青。谈笑有鸿儒，往来无白丁。可以调素琴，阅金经。无丝竹之乱耳，无案牍之劳形。南阳诸葛庐，西蜀子云亭。孔子云："何陋之有？"

山不一定要很高，有仙人居住就能名扬天下。

请问，这话是什么意思？

名山一定有神仙吗？

当然不能这样简单理解。世界上哪有什么神仙上帝？所谓的"仙"，说的只不过是经过开发，带上了深深的文明烙印而已。"仙气"，就是"人气"，就是文明的烙印。

大自然里的山还少吗？高高低低的山，数也数不尽。笔者是地质工作者，一生和山打交道，从1950年到现在，已经半个多世纪了，走遍了祖国大地。这一辈子不知爬了多少山，看了多少山。说一句实在话，野外许多无名的山丘，并不比一些名山差多少，有的甚至远远超过了许多名山。为什么这样？说起来有两个原因。一是位置偏僻，交通不便，所谓养在深闺人不识。再一个原因就在于没有经过开发，没有留下很深的文明烙印，好像是一块没有琢磨的玉石，有谁能够发现它的价值和灵气呢？

仔细再想一下，还有一个感情问题。笔者也曾考察过世界一些地方，不得不承认，国外有的山也是很美的。例如欧洲的阿尔卑斯山，美洲的落基山，甚至卢森堡、比利时之间那些森林披盖的低矮丘陵，的确也很美。可是在自己的眼睛里，总觉得少了些什么，那就是民族的感情。当我们行进在祖国的山野中，看见一座座无名的山丘，总会不由联想起一页页有关的历史和传说，还会从胸臆中浮现出许多古人有关的诗句。以杭州西湖来说吧，周围的群山和中间的湖，就其本身条件而言，确实不能和千千万万别的湖山相比。但是联系无数历史往事和脍炙人口的诗词文章，几乎无一步一景没有典故，就深深打动人心，成为心目中最美的地方了。正像辛弃疾所说的"我见青山多妩媚，料青山见我应如是。情与貌，略相似。"李白在《独坐敬亭山》中吟道："众鸟高飞尽，孤云独去闲。相看两不厌，唯有敬亭山。"山河之爱，是有感情因素的。

不过，撇开这些因素，仔细分析一些山成名的原因，简单来说不外有几点。

一是交通位置方便，人们便于进入。于是古往今来许多名人雅士来到这里，流连不返，题写下一篇篇诗文，自然就增添了山的知名度，有了"仙气"和"人气"。

二是环境保护良好。有山有水有森林，自然就有好风景，会吸引来无数游客，提高山的名声。

让我们积极行动起来，加强环境保护，使每一座山丘都有"仙"而"名"吧。

丘陵

271

富饶的天府之国

《隆中对》

（晋）陈寿

......

亮答曰："自董卓已来，豪杰并起，跨州连郡者不可胜数。曹操比于袁绍，则名微而众寡。然操遂能克绍，以弱为强者，非惟天时，抑亦人谋也。今操已拥百万之众，挟天子而令诸侯，此诚不可与争锋。孙权据有江东，已历三世，国险而民附，贤能为之用，此可以为援而不可图也。荆州北据汉、沔，利尽南海，东连吴会，西通巴蜀，此用武之国，而其主不能守，此殆天所以资将军，将军岂有意乎？益州险塞，沃野千里，天府之土，高祖因之以成帝业。刘璋暗弱，张鲁在北，民殷国富而不知存恤，智能之士思得明君。将军既帝室之胄，信义著于四海，总揽英雄，思贤如渴，若跨有荆、益，保其岩阻，西和诸戎，南抚夷越，外结好孙权，内修政理天下有变，则命一上将将荆州之军以向宛、洛，将军身率益州之众出于秦川，百姓孰敢不箪食壶浆，以迎将军者乎？诚如是，则霸业可成，汉室可兴矣。"

先主曰："善！"于是与亮情好日密。

......

这是《三国志·蜀志·诸葛亮传》里的一段话。这是诸葛亮在刘备三顾茅庐的时候，向刘备说的一番话。短短的几百个字里，勾绘出当时的天下战略形势，分析得头头是道，脉络十分清晰。后来就成为蜀汉发展的主要根据，实在太令人佩服了。

在这篇议论里，诸葛亮为未来蜀汉政权选择的主要根据地是"沃野千里，天府之土"的益州。益州就是四川盆地，四面山地围绕，地形"险塞"。中间一片广阔的丘陵平原。特别是西边的成都平原，土壤肥沃，物产丰富。加上秦代李冰主持建成的都江堰水利工程，利用山前冲积扇的倾斜地形，使无数大大小小的分支河流加上人工开凿的灌溉渠，共同组成一个庞大的自流灌溉系统，可以流到平原上任何角落。

晋代历史学家常璩在《华阳国志》里说："蜀沃野千里，号称陆海，旱则引水浸润，雨则杜塞水门。故记曰水旱从人，不知饥馑，时无荒年，天下谓之天府也。"就是说的这回事。"天府之国"的称呼，就这样流传下来了。

为了发展农业，世界上许多文明古国都曾经兴建了巨大的水利工程，经过时间淘汰，一个个都消失在历史灰尘里了。只有都江堰至今还发挥着作用，造福于人间，真了不起！诸葛亮看准了它给益州带来的巨大效益，极力向刘备推荐，就是这个道理。

在四川盆地内，还有广阔的丘陵地带，主要由中生代侏罗纪和白垩纪红色岩层构成，所以又叫红色丘陵。虽然没有成都平原那样的自流灌溉系统，但由于红色岩层风化形成的紫色土肥力很高，也是重要的粮仓，可以算是广义的"天府之国"。

四川盆地不仅内部的丘陵平原非常肥沃，周围山地物产也很丰富。《华阳国志》又描述了以成都为中心的蜀地物产说："其宝则有璧玉、金、银、珠、碧、铜、铁、铅、锡、赭、垩、锦、绣、罽、氂、犀、象、毡、毦、丹黄、空青、桑、漆、麻、纻、之饶，滇、僰、賨、僰、僮仆六百之富。"各种各样的矿产也很丰富呀。特别是盐和铁，在后来蜀汉发展中具有非常重要的战略物资价值。说起来，应该算是第三层意义的"天府之国"了。

诸葛亮的战略地理目光非常敏锐，把地势封闭的益州当作是和曹魏、东吴对抗，三分天下的根据地。这篇短短的《隆中对》，胜过了厚厚的万言书，难道不是这样吗？

丘陵

世界最早开发天然气的地方

《蜀都赋》

（西晋）左思

……

夫蜀都者，盖肇基于上世，开国于中古。廓灵关以为门，包玉垒而为宇。带二江之双流，抗峨眉之重阻。水陆所凑，兼六合而交会焉；丰蔚所盛，茂八区而庵蔼焉。

于前则跨蹑犍牂，枕倚交趾。经途所亘，五千余里。山阜相属，含溪怀谷。岗峦纠纷，触石吐云。郁菈菈以翠微，崛巍巍以峨峨。干青霄而秀出，舒丹气而为霞。龙池瀑潢其隈，漏江伏流溃其阿。汩若汤谷之扬涛，沛若蒙汜之涌波。于是乎邛竹缘岭，菌桂临崖。旁挺龙目，侧生荔枝。布绿叶之萋萋，结朱实之离离。迎隆冬而不凋，常晔晔以猗猗。孔翠群翔，犀象竞驰。白雉朝雊，猩猩夜啼。金马骋光而绝景，碧鸡儵忽而曜仪。火井沈荧于幽泉，高焰飞煽于天垂。其间则有虎珀丹青，江珠瑕英。金沙银砾，符采彪炳，晖丽灼烁。

……

左思在《蜀都赋》中所说的"火井沈荧于幽泉，高焰飞煽于天垂"是什么意思？说的就是秦汉时期，在临邛地方开发天然气的情况。

临邛就是今天四川的邛崃，距离成都不远。秦灭巴蜀后，就在这里建立了临邛郡，是古代西南地方重要城市，也是"南方丝路"离开成都后的第一大站。早在两千多年前的秦汉时期，这里就开发利用天然气了，是世界上最早开发天然气的地方。

英国是西方最早开采和利用天然气的国家。那是公元1668年的事情了，比中国古代临邛晚了一千七百多年。古代临邛人民争了一口气，咱们中国才是开发天然气的世界第一！

谁最早在这里发现了天然气？

具体是什么人，已经没法考证了。有一个流传很广的民间故事，说出了这里发现天然气的来历。

传说古时候这里原是一片荒滩，地下有一些盐水浸出来。有人便就地挖井熬盐。挖得越深，出盐越多。大家一起动手，先后一共挖了六口井，呈六角形排列，统称为"六角井"。有一天，忽然雷声隆隆、电光闪闪。一道闪电砸下来，一口井里突然窜出好几丈高的火焰。人们看得傻眼了，把它称为"神火"。

这是什么"神火"？就是地下喷出的天然气！这个故事不一定可靠，但是当地的天然气是从挖盐而来的，却是不容怀疑的事实。有了天然气，就能用来"煮盐"。盐和天然气的开发，也就进一步发展了。

这样说，有证据吗？

当然有！

根据一本最早记载古代蜀国情况的《华阳国志》说，这里有一种特殊的"火井"，晚上常常冒出熊熊火光。人们要用井里的火，只要丢下火种，立刻就能发出打雷一样轰隆隆的声音，引燃一股大火，火光可以照耀好几十里。

《水经注》记载，临邛"县有火井、盐水，昏夜之时,光兴上照。"《蜀王本纪》说："临邛火井深六十余丈。"

明代大科学家宋应星的《天工开物》中描述说："西川有火井，事奇甚。其井居然冷水，绝无火气。但以长竹剖开去节，合缝漆布，一头插入井底，其上曲接，以口紧对釜脐，注卤水釜中，只见火意烘烘，水即滚沸，启竹而视之，绝无半点焦炎意。未见火形而用火神，此世间大奇事也。"

成都和邛崃等地出土的东汉画像砖上，都有利用天然气的煮盐图，这岂不是最好的物证吗？

临邛古城

275

"手气筒"和诸葛亮

《博物志》

(西晋) 张华

......

　　临邛有火井,深六十余丈,火光上出,人以筒盛火,行百余里,犹可燃也。

......

　　临邛的火井是怎么一回事?就是天然气井。这里早就发现了天然气,用来熬盐、炼铁。火井这样有名,南北朝的北周时期,干脆在这里设立火井镇。隋炀帝大业十二年 (公元 616 年) 火井镇升为火井县,直至元世祖至元二十一年 (公元1284 年),一直是县级行政单位,到今天也没有改过"火井"这个响亮的名字。

　　记载古代四川情况最权威的《华阳国志》里,有一段值得注意的趣闻。据说在古代临邛地方,人们"以竹筒盛其光而藏之,可拽行终日不灭也。"

　　这话是什么意思?就是把天然气装进竹筒里,点燃了就能照亮身边。晚上拿着它走夜路,是最好的照明工具。

　　啊,这岂不和"手电筒"一模一样吗?让我们给这个"手电筒"的鼻祖取一个名字,叫做"手气筒"吧。如果今天照样做一个,一定非常好玩。

　　说起临邛的天然气,还得提两个大名鼎鼎的人物。

　　一个是卓王孙。他原本是赵国贵族。秦始皇统一六国后,把许多六国贵族迁移到边远地方。他也带着女儿卓文君和一大家人,被迫迁移到了临邛。这里本来就有铁矿,聪明的卓王孙利用当地的天然气炼铁,很快就成为大富翁。说他是世界上最早开发天然气的企业家,一点也不错。

　　另一个是诸葛亮。三国相争时期,他受刘备重托,北伐中原、南征孟获,一手擎天,托起了蜀汉政权。蜀汉地促势弱,连年征战必须要有强大的经济基础支持才行。聪明的诸葛亮自然不会放过临邛地方的盐、铁和天然气。据说那时候这里的天然气生产，已经逐渐衰退了。一本古书说："临邛火井，诸葛亮往视后，火转盛"。

为什么诸葛亮视察了一下，这里的天然气又熊熊燃烧起来？是他用鹅毛扇轻轻煽了几下吗？

不是的。诸葛亮不是妖道，哪有那种法术。这是他在视察过程中，指导天然气生产，火势才重新旺盛起来。据说，他指导人们用盆子放在"火井"的井口熬盐。使用竹筒连接成为管道，一直引到熬盐的灶下，这是最早的天然气输送管道。看来他懂得天然气的生产知识，说他也是一位了不起的天然气专家，一点也不错。

火井地区的人民为了纪念诸葛亮，就把附近的一座山岗命名为"卧龙岗"。在山上建了一座八角庙，点燃他当年使用的八角灯笼，取名叫做"孔明灯"。八角庙供奉着诸葛亮的神像，世世代代永不忘他造福人民的恩德。

如今八角庙已经不复存在了，"诸葛老井"也湮灭在历史烟云里，卧龙岗却依然耸峙在盐井溪边。八角灯笼也发生了变化，经过一番改进，成为人人熟悉的孔明灯。

可惜呀！真可惜。刘备那个宝贝儿子阿斗是一个窝囊废皇帝，诸葛亮死后不久就没有人再管这儿的天然气生产。这儿的天然气利用就一天天走下坡路，后来要想点燃天然气也不行了。

时间一年年过去，到了南宋孝宗乾道八年（公元 1172 年），在古代火井县附近的高何镇附近，忽然有一股天然气从井口冒出来，伤害了当地的玉米地。

人们忘记了古代轰轰烈烈的火井故事，居然不知道这是什么东西，以为是"妖气"为害，连忙在井口上盖上一块大石板，上面再修建一座大殿，把冒气的井口封堵得严严实实的。这还不够，又专门化缘募集资金，修建了一座大悲寺，外加一座13层密檐式宝塔，牢牢镇压地下"妖气"，不让天然气冒出来，简直叫人哭笑不得。

唉，人怎么越活越傻了？

唉，要是那时候诸葛亮还在，多好呀！

唉，这是封建迷信蒙蔽了人们的眼睛。封建迷信阻碍科学技术发展，这就是一个活生生的例子。

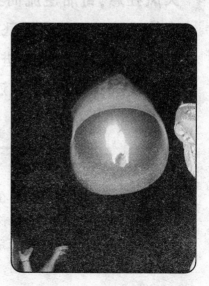

孔明灯

最古老的长江大桥

《后汉书》第十七卷,《列传第七·岑彭传》

(南朝宋) 范晔

……(建武)九年,公孙述遣其将任满、田戎、程汛,将数万人,乘枋箄下江关,击破冯峻及田鸿、李玄等,遂拔夷道、夷陵,据荆门、虎牙,横江水起浮桥、斗楼,立攒柱绝水道,结营山上,以拒汉兵。(岑)彭数攻之,不利。于是装直进楼船,胃突露桡数千艘。十一年春,(岑)彭与吴汉……凡六万余人,骑五千匹,皆会荆门……彭乃令军中募攻浮桥,先登者上赏。于是偏将军鲁奇应募而前。时天风狂急,奇船逆流而上,直冲浮桥,而攒柱钩不得去。奇等乘势殊死战,因飞炬焚之。风怒火盛,桥楼崩烧。(岑)彭复悉军顺风并进,所向无前。蜀兵大乱,斩任满,生获程汛,而田戎亡保江州。"

……

请问,最早的长江大桥修建在什么时候?什么地方?

是1957年10月通车的武汉长江大桥吗?

不是的。翻开历史看,据不完全统计,至少还有十几座古桥,曾经横跨长江。其中,最古老的是两千年前,修造在今天宜昌下游不远的地方的一座坚固的巨大浮桥。

东汉建武九年（公元33年），盘踞巴蜀的公孙述要和汉光武帝争夺天下，派遣大将任满、田戎带兵东出三峡，抢占今天宜昌以东荆门、虎牙一带的有利地形，在这里的狭窄江面上修筑了一座浮桥。

这座桥建筑结构十分复杂。桥上有弓箭手藏身的斗楼，桥下有带倒钩的铁攒柱，桥头两端分布着铁甲骑兵和步兵防卫的坚固堡垒，以此组成一道水陆防线，抵挡汉光武帝手下大将岑彭带领的汉军猛烈进攻，一直坚持了整整两年。建武十一年（公元35年）三月，汉光武帝不得不把刚刚大破匈奴的大将吴汉从北方前线调来增援。全军共6万多人，战船几千艘，整顿完毕后，当年8月向这座浮桥发动最后进攻。

进攻开始后，偏将鲁奇率领的先锋敢死队乘着小船冲到桥下，不小心船被铁攒柱上的倒钩钩住无法脱身。桥上乱箭齐发，情况非常紧急。鲁奇不能后退，干脆放火点燃自己的船，奋力攀登到桥上。火势越来越大，终于延烧到桥身，把这座在大江上横卧了两年多的巨大浮桥全部烧毁了。汉军趁势进攻，一下子攻进三峡，消灭了公孙述政权。

历史上，在重庆、瞿唐峡口、武汉、采石矶等地，都曾经修建过许多座浮桥。其中，太平天国在汉阳晴川阁和武昌汉阳门间架设的浮桥，正好和今天的武汉长江大桥的位置相合，表现出古今桥梁工程师共同的认识。

两千多年前的荆门、虎牙浮桥，不用说是最早的长江大桥。有趣的是，在这座桥址附近，长江南岸虎牙地方，恰巧高高耸起一座天生桥，从江上可以清楚望见。这是那座古长江浮桥的天然纪念碑，是大自然老人给历史留下的佐证。

长江大桥

古今不同的北极星

《论语·德政》

（春秋·鲁）孔丘

子曰："为政以德，譬如北辰，居其所而众星拱之。"

孔老夫子在《论语》里议论有关以德治理天下的问题。孟子也说："以德服人者，其心悦而诚服也"。过去讲究先"修身、齐家"，然后才能"治国、平天下"，也就是这个道理。撇开这个问题不说，让我们来看，孔老夫子所说的"北辰"是什么意思。"北辰"就是北极星，所以才有"众星拱之"的现象。

《尔雅·释天》："北极谓之北辰"，明明白白说了它所在的天北极的位置。

北极星在哪里？它是北斗七星中最亮的一颗，正好在小熊座尾巴尖上，叫做小熊座 α，中国名字叫做勾陈一。

要找北极星很容易。只需从大熊座的"斗边"后面两颗星星，引出一条直线，大约相当于"斗边"五倍的距离，遇着一颗星星，就是北极星了。从 W 形的仙后座中间引出一条直线，也可以遇着北极星。如果这两条线交会在一起，就更加容易认识了。

北极星叫这个名字，顾名思义就是座落在天北极的位置。什么是天北极？就是地球北极引向星空的那一点。

认识了北极星，就不会在晚上迷路了。

只要朝着它笔直往前走，必定可以走到北极吗？

才不是呢！如果对准北极星走，永远也走不到地球的北极。

咦，这是怎么一回事？顺着它的方向走，不能走到北极，还叫什么北极星呢？

这不是故意卖弄玄虚。说来道理非常简单，它并不在真正的正北方，而只是靠近天北极最近的一颗星星，所以才把它当成是北极星。

噢，原来如此，想不到北极星只能代表"北方"，却不是"天北极"。现在人们看见的北极星，只是一颗"近似的"北极星而已。真正的天北极是一片黑糊糊的，什么东西也没有，人们找不到别的星星，才姑且把它当成是认识北方的标志了。

北极星不是不变的。我们看见的北极星，仅仅是现在的北极星。

我们看见的北极星，和天北极之间有多大的差距？以 20 多年前，也就是 1983 年测量的结果来说，当时的极距是 48 分 45.37 秒，正以每年 15 秒的速度接近天北极。现在比 20 年前更加靠近天北极了。到了公元 2100 年前后，极距将会达到最小值，大约 28 分左右，但是也还不等于就是真正的天北极的位置。从那以后，就将渐渐远去，现在我们看见的北极星，就会慢慢退位，让给新的北天极的主人了。

难道北极星还会有别的星星，大家轮流着担任吗？

是的，过去和未来，都有不同的北极星。

3000 年前，古埃及的天文学家把天龙座 α，中国称作右枢的星星当作北极星。

隋唐到元明时期，当时的北极星，是鹿豹座的一颗微不足道的小星星。

到了公元 7000 年左右，北极星将会改变为仙王座 α，中国名字叫做天钩五。

到了公元 10000 年，北极星是银河里明亮的天鹅座 α，中国名字叫做天津四。

公元 14000 年的北极星最灿烂辉煌，那是天琴座 α，就是大名鼎鼎的织女星。

现在是公元 2008 年，公元 14000 年，就是 12000 年后。

啊，想不到北极星会有这样大的变化。

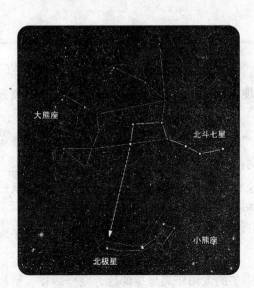

北极星

两小儿辩日

《列子·汤问》

（战国·郑）列御寇

……

孔子东游,见两小儿辩斗,问其故。

一儿曰:"我以日始出时去人近,而日中时远也。"一儿以日初出远,而日中时近也。

一儿曰:"日初出大如车盖,及日中,则如盘盂,此不为远者小而近者大乎?"

一儿曰:"日初出沧沧凉凉,及其日中如探汤,此不为近者热而远者凉乎?"

孔子不能决也。两小儿笑曰:"孰为汝多知乎?"

……

这个故事真有趣。两个孩子辩论早晨和中午的太阳距离远近,竟把孔老夫子也难倒了。

一个孩子说:"太阳刚刚出来的时候,大得像车上的篷盖,中午就只有盘子一样小了。远的小,近的大呀。"

另一个孩子说:"太阳刚出来的时候还很凉爽,中午就热得像把手伸进滚烫的汤里一样。近的热,远的凉呀。"

孔老夫子听了,也没法说谁对谁错,反倒被两个毛孩子取笑一顿,一句话也说不出来。

其实,早晨和中午的太阳距离地球的远近完全一样。早晨的太阳看起来比中午的太阳大，是眼睛的错觉。

同一个物体，放在比它大的东西中间显得小，放在比它小的东西中间显得大。早晨的太阳刚刚从地平线上升起来，衬托着树木、房屋和远山，当然显得很大。中午的太阳升上高高的天空，衬托着辽阔无垠的天空，当然就显得小了。加上同一个白色的物体比黑色的显得大些，这是一种叫做"光渗作用"的物理现象。早晨太阳升起来的时候，天空还是一片暗沉沉，中午天空已经非常明亮了。太阳在这两种不同色调的背景衬托下，也会显得一个大些，一个小些。

早晨和中午的太阳距离地球一样，为什么中午热，早晨凉爽呢？

这因为早晨的太阳斜射大地，中午太阳直射大地。在相同的时间、相等的面积里，直射当然比斜射的热量高。加上夜间地面的热量散发干净了，所以早晨感觉更加凉爽了。

太阳是不是永远距离地球都是一样远？也不是的。

由于地球自转轴是倾斜的，自转轴和公转轴的夹角是23.5°，所以在不同的季节，不同地方距离太阳的远近都有变化。

由于地球绕太阳公转的轨道是椭圆形，所以有远日点和近日点的差别。当地球运行到远日点的时候，距离太阳1.52101亿千米，在近日点只有1.47099亿千米。再加上别的因素，地球和太阳之间的距离变化就更加不同了。不过话说回来，在一般情况下用不着考虑那样多的原因，这里就不详细分析了。

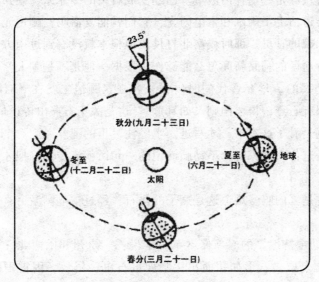

四季太阳与地球位置图

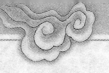

飞上天的石头燕子

《水经注》

(北魏) 郦道元

……

石燕山有石绀而状燕，因以名山。其石或大或小，若母子焉。及雷雨相薄，则石燕群飞，颉颃如真燕矣！

……

郦道元在这儿说的是怎么一回事？

他说的是在今天湖南祁阳地方，有一座石燕山。崖壁上露出许多"石头小燕子"，有的大，有的小，好像母子似的，藏在石头缝里休息。每逢雷雨的时候，就会成群结队飞起来，活像真正的燕子一样。

啊，这简直像是一篇神话故事。已经变成石头的冷冰冰、硬邦邦的燕子怎么还能飞？难道沾上了雨水和雷电闪光，它们就能复活吗？郦道元生活在南北朝时期，是北魏的官员。那时候南北打仗，他根本就没有到过南方，准是听别人说的。道听途说的马路新闻怎么能够作为根据，他是不是骗人？

不，这是真的。早在晋代的时候，著名画家顾恺之就在《启蒙记》里提到："零陵郡有石燕，得风雨则飞如真燕。"这是关于石燕山传说最早的记录，也许郦道元就是看了这本书，才写进《水经注》里的吧？

唉，就是这位大画家呀，不动脑筋说的一句话就流传开，把才富五车的郦道元也骗住了。

请问，这是真的吗？难道这是燕子的化石，经过雷电刺激，真的能够起死回生飞起来？

唐代李勣主持编纂的《新修本草》中说："永州祁阳西北一百十五里土冈上，掘深丈余取之，形如蚶而小，坚如重石也。俗云，因雷雨则自石穴中出，随雨飞坠，妄也。"按照他的观察，这种石燕非常沉重，根本就不能飞。

石燕不能飞，怎么脱离崖壁呢？

宋代张师正的《倦游杂录》中找到了正确答案。他说："零陵出石燕，旧传雨过则飞。尝见谢郎中鸣云：'自在乡中山寺为学，高崖岩石上有如燕状者，圈以笔识之，石为烈日所暴，忽有骤雨过，所识者往往坠地。盖寒热相激而迸，非能飞也'。"

瞧，这个名叫谢鸣的乡村医生，从前在庙里读书的时候，看见崖壁岩石上有许多石燕，觉得很稀奇，就用墨笔一一圈划出来，经常检查它是不是真的会飞？后来他发现一些圈划出来的石燕，由于日晒雨淋，特别是暴雨冲刷，发生热胀冷缩，岩石逐渐崩裂破碎，石燕就一个个落下来了。于是他得出了石燕"非能飞也"的正确结论，揭破了这个秘密。

噢，原来是这么一回事，细心观察的乡村医生，比许多夸夸其谈的名人还管用。实践出真知，岂不又是一个很好的例子？

石燕不是燕子的化石，是远古时期的一种腕足动物，从古生代的奥陶纪到中生代的早侏罗纪，都有它的踪影。其中以泥盆纪和石炭纪最多。

腕足动物是什么样子？好像贝壳一样，两个壳有铰合器官连系。如果剖开它的外壳一看，可以瞧见里面有两根盘旋成一圈圈的腕带，叫做腕螺。这就是它开关外壳的"手臂"。它生活在浅海海底，用一根肉茎作锚，固定在泥沙上，摄取海水里的养料，过着静悄悄的隐士般的生活。它不知道春夏秋冬，也不知道什么是天空，根本就不能飞起来，和迎风飞翔的燕子完全不沾边。

石燕不是燕子，为什么人们给它取了这个名字呢？

这因为它有一个又尖又弯的壳缘，有些像燕子的嘴。它的连接两个外壳的铰合线又平又长，活像是展开的燕子翅膀，加上鼓胀胀的壳瓣，好像是燕子的胸脯，就被没有古生物知识的人们当作是燕子的化石了。

石燕生活在海底，怎么会藏在高高的崖壁上？

这是地壳升降变化造成的呀！

石燕

愚公移山

《列子·汤问》

(战国·郑) 列御寇

太行王屋二山，方七百里，高万仞。本在冀州之南，河阳之北。

北山愚公者，年且九十，面山而居。惩山北之塞，出入之迂也。聚室而谋曰："吾与汝毕力平险，指通豫南，达于汉阴，可乎？"杂然相许。

其妻献疑曰："以君之力，曾不能损魁父之丘，如太行、王屋何？且焉置土石？"杂曰："投诸渤海之尾，隐土之北。"遂率子孙荷担者三夫，叩石垦壤，箕畚运于渤海之尾。邻人京城氏之孀妻有遗男，始龀，跳往助之。寒暑易节，始一返焉。

河曲智叟笑而止之曰："甚矣，汝之不惠。以残年余力，曾不能毁山之一毛，其如土石何？"

北山愚公长息曰："汝心之固，固不可彻，曾不若孀妻弱子。虽我之死，有子存焉；子又生孙，孙又生子；子又有子，子又有孙；子子孙孙无穷匮也，而山不加增，何苦而不平？"河曲智叟亡以应。

操蛇之神闻之，惧其不已也，告之于帝。帝感其诚，命夸娥氏二子负二山，一厝朔东，一厝雍南。自此，冀之南，汉之阴，无陇断焉。

这是一个人人都知道的故事。据说，北山有一个将近九十岁的老愚公，立志要挖平挡在门口两座大山。别人笑话他。他说："我死了有儿子，儿子死了有孙子。子子孙孙没有穷尽，还怕挖不了这两座山吗？"他的志气感动了天上的神仙，神仙就把这两座山搬走了。这个故事表现出大无畏的精神，鼓励着人们不怕艰辛，克服一切困难。

话说到这里，人们会问，山真的能够挖平吗？

可以的！且不说老愚公那样的志气，子子孙孙接连不停挖下去，总有挖平大山的一天。在大自然里，不管多高多大的山也可能被夷平。

地质学家告诉我们，地面的地形是内外营力共同造成的。一般来说，包括地壳升降、褶皱挤压、火山活动等，来自地球内部的内营力作用，总是使地面拱起或者沉降，生成山地和凹地。

以山的具体生成原因而言，大致可以分为断裂活动生成的断块山，褶皱活动生成的褶皱山，以及火山活动生成的火山等许多种类。

山地生成后，就会受到包括风化剥蚀、流水冲蚀、冰川刨蚀、地下水潜蚀和溶蚀、风力吹蚀、海水冲蚀，以及山崩、滑坡等各种各样来自地球外部的外营力作用，以不同的方式逐渐把隆起的山地夷平。如果地壳在较长时间内不强烈升降，保持稳定状态，在各种外营力的共同作用下，总会把山地夷平，生成准平原地形。顾名思义可以理解，准平原和一般的堆积平原不一样，是特殊的侵蚀平原。这种平原面不是一马平川，而有一些微微起伏。我国徐州和长春附近，就有这种经过长期侵蚀夷平的准平原分布。不消说，这种准平原生成的时间，是以漫长的地质时代来计量的，比愚公移山以人们时代为单位来计量的时间长得多。

愚
公
移
山

太行山

287

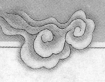

出淤泥而不染

《爱莲说》

（宋）周敦颐

水陆草木之花，可爱者甚蕃。晋陶渊明独爱菊；自李唐来，世人盛爱牡丹；予独爱莲之出淤泥而不染，濯清涟而不妖，中通外直，不蔓不枝，香远益清，亭亭静植，可远观而不可亵玩焉。

予谓菊，花之隐逸者也；牡丹，花之富贵者也；莲，花之君子者也。噫！菊之爱，陶后鲜有闻；莲之爱，同予者何人；牡丹之爱，宜乎众矣。

莲花是什么？就是荷花呀！周敦颐在这篇文章里，称赞它"出淤泥而不染，濯清涟而不妖"，简直是君子的高尚品行。

人们喜爱它，古往今来有数不清的诗篇描写它。

你看，汉代乐府《江南》里，描述说："江南可采莲，莲叶何田田。鱼戏莲叶间。鱼戏莲叶东，鱼戏莲叶西，鱼戏莲叶南，鱼戏莲叶北。"不用多费笔墨描写别的景物，只消写一群活泼可爱的鱼儿，在荷花池塘里快活地游玩着。一会儿游到东、一会儿游到西、一会儿又游到南边和北边，一幅生动的夏天荷花池塘画面，一下子就呈现在人们眼前了。

你看，五代南唐中主李璟的《山花子》中写道："菡萏香销翠叶残，西风愁起绿波间。还与韶光共憔悴，不堪看。"简单几句中，透露出的却是另一番深秋的荷花池塘风景。荷花谢了，荷叶残败了，就和逐渐消逝的人生一样，难以回首了。

荷花又叫莲花，还有许多别的名字，叫做水芙蓉、菡萏、芙蕖、水芝、六月春、水芸、红蕖、玉环等。这是一种多年生的水生草本植物，根、茎、叶、花和果实都有自己的特点。

它没有明显的主根，也没有一般植物常见的直立的茎，而是一种又短又粗的长圆形根茎，里面有许多孔洞，好像竹子一样一节一节的，横卧在水下的淤泥里。在每个节下面长出一些不定根，代替常见的根。

它的根茎是什么样的？就是我们喜欢吃的藕呀！

它的叶柄又细又长，高高擎起一张又圆又大的荷叶。猛一看，还会以为这就是茎呢。用手一摸，叶柄上长满了细细的刺，和一般的叶柄大不一样。

它的叶子也不是真正的圆形，而是一种特写的圆盾形。小的直径有二三十厘米，最大的直径将近1米。撑开在水上，好像是一把把绿色的太阳伞。

荷叶真的是一般的绿色吗？仔细一看，又有些不像了。它的叶面绿中带蓝，好像涂了一层蜡似的，水滴落在上面，生成一颗颗滚来滚去的水珠儿，亮晶晶的非常奇异，也非常好看。

荷花单生在花托上，花瓣很大，有单瓣、复瓣、重瓣等各种样式。单瓣的花瓣一般10到20片，重瓣的可以达到上百片。花色有白、红、粉红、淡紫等颜色，散发出淡淡的清香。每年6~8月开花。有趣的是它开花好像人们的生活一样，白天很有精神地开放，晚上像睡觉似地闭合起来。一朵花可以开放2~4天。满塘的荷花开放，有的早，有的晚，可以延长许多日子。

它的果实就是莲子。花托上有十几个蜂窝似的圆孔，每个孔里面藏着一颗椭圆形的小小坚果，这就是好吃的莲子了。花托和莲子合称为莲蓬。莲子的寿命很长，1951年在辽宁新金县发现的一颗1000年前的古莲子，经过精心培育后，还能够开花结果呢。

荷花

斗蟋蟀的故事

《聊斋志异·促织》

（清）蒲松龄

宣德间，宫中尚促织之戏，岁征民间。此物故非西产。有华阴令，欲媚上官，以一头进，试使斗而才，因责常供。令以责之里正。

市中游侠儿，得佳者笼养之，昂其直，居为奇货。里胥猾黠，假此科敛丁口，每责一头，辄倾数家之产。

……

这是一个斗蟋蟀的传奇故事。说的是明宣宗在位的时候，皇宫里流行斗蟋蟀的游戏。皇帝喜欢蟋蟀，就布置任务给各地官员收集。官员为了应付这个任务，就硬逼着老百姓到处抓蟋蟀。一个孩子不小心弄死了一只珍贵的蟋蟀，被逼得跳下水井淹死了。他死后，家里还是被官府逼得无路可走。他就变成一只特别凶猛的蟋蟀，斗败了所有的蟋蟀，皇帝喜欢极了，不知道这是一个孩子的生命换来的，这个故事多么值得人们深思啊。

蟋蟀俗名蛐蛐，有的地方干脆就叫它为促织。它的种类可多了，全世界已知的就有 2000 种，中国的蟋蟀种类也有好几十种，有名的北京油葫芦就是其中的一种。

常见的蟋蟀个儿有好几厘米长，脑袋上伸出一对比身体还长的丝状触角，尾须也很长。蟋蟀的嘴巴多数为中、小型，少数为大型，呈黄褐色至黑褐色。头圆，胸宽，丝状触角细长易断。咀嚼式的口器，有的大颚很发达，能够用来咬敌人。

它有前后和中间六只脚。其中后足特别发达，善于跳跃，一下子可以蹦得很远很高。有趣的是在它的前足胫节上，还有一种特殊的听器。"耳朵"长在脚上，是听也没有听说过的怪事吧。

我们常常听见蟋蟀的叫声，是雄蟋蟀发出来的。这不是真正的"叫声"，而是它的前翅摩擦的时候发出的声音。啊哈！想不到蟋蟀的发音器不在嘴巴里，而是在翅膀上，也很奇怪呀。

雄蟋蟀和雌蟋蟀不一样，不仅会"叫"，性情也特别凶猛好斗，见着别的雄蟋蟀就要打架互相残杀。为什么雄蟋蟀会叫，还特别好斗？原来这是为了争夺伴侣。人们抓住它的这个特点，就开展斗蟋蟀的游戏了。

蟋蟀住在土穴中、草丛间，也喜欢藏在砖瓦和石头下面。白天躲藏起来，晚上出来活动。是杂食性的昆虫，喜欢咬植物的鲜嫩植物根茎和叶子吃，常常咬坏作物、蔬菜和树苗，对庄稼有害处，是一种农业害虫。

蟋蟀

苏武牧羊的地方

《汉书·苏武传》

（汉）班固

……

律知武终不可胁,白单于。单于愈益欲降之,乃幽武,置大窖中,绝不饮食。天雨雪,武卧啮雪,与旃毛并咽之,数日不死。匈奴以为神,乃徙武北海上无人处,使牧羝,羝乳乃得归。别其官属常惠等,各置他所。

武既至海上,廪食不至,掘野鼠去草实而食之。仗汉节牧羊,卧起操持,节旄尽落。积五六年,单于弟於靬王弋射海上。武能网纺缴,檠弓弩,於靬王爱之,给其衣食。三岁余,王病,赐武马畜、服匿、穹庐。王死后,人众徙去。其冬,丁令盗武牛羊,武复穷厄。

……

苏武牧羊的故事流传千古。汉武帝派他出使匈奴,不幸被匈奴抓起来,送到遥远的北海边去放羊,忠贞的苏武不肯投降,在极端恶劣的环境里,度过漫长的十九年。最后多亏他用大雁传书,汉朝才得到他的消息,把他接回了久别的故乡。

你可知道神秘的北海在什么地方?

北方和东方、南方不同,根本就没有大海。古时候有四海的说法,《书经·禹贡》就说过"四海会同",认为在九州之外,有四个大海环绕。北海,就是其中之一。

古人笔下的北海，有不同的说法。一种说法认为渤海就是北海。《左传》里记载齐侯伐楚的事件，就有"君处北海"一句话。说的是当时齐国的位置，所谓北海就是渤海。《孟子》里也说过"挟泰山以超北海"，都是最好的证明。另一种说法，认为中亚的里海是北海。《史记·大宛列传》里说奄蔡"临大泽无崖，盖乃北海云"，说的就是里海。苏武牧羊不在渤海湾，也不在亚洲腹地中心的里海边，而是今天西伯利亚的贝加尔湖。从前这里属于匈奴管辖的范围。因为湖面非常宽阔，看起来像海一样，所以也叫做北海。贝加尔湖这个名字的来源于布里亚特蒙古语，是"天然之海"的意思，就是一个内陆的"大海"嘛。

贝加尔湖很宽，有 636 千米长，平均 48 千米宽。最宽的地方将近 80 千米，站在湖一眼望不着边。这样宽阔的水面，难道不能说是"海"？

贝加尔湖很深，平均水深 730 米，最深的地方达到 1620 米，比渤海和别的一些内海还深，是世界上最深的湖泊。这样深的湖也完全够格叫做"海"了。

贝加尔湖的蓄水量很大，达到 23000 立方千米，大约占全世界淡水总量的五分之一。这样丰富的水，也可以和有些比较小的海比一比呢。

贝加尔湖的水很清，透明度达到 40.5 米，在世界上排名第二，是透明度最好的湖泊之一，世界上任何大海也不能和它相比。

为什么贝加尔湖的透明度这样高？因为四周是密密的大森林，植物覆盖度极高，几乎没有裸露的地面，所以流进湖里的河水含沙量很小，湖水当然就很清亮了。

贝加尔湖附近地旷人稀，没有什么污染，所以水质很好，简直是满湖的矿泉水，可以随意饮用。从这一点来说，不仅又咸又苦的海水没法比，许多淡水湖也比不上它。

人们禁不住会问：为什么贝加尔湖这样大、这样深，有这样多的湖水？到底是怎么生成的？

原来这是一个非常典型的构造湖，是地壳断裂沉陷的结果。它的地质基础是一个地堑构造。顺着地堑两侧的断层活动，两边隆起、中间陷落下去，形成一个巨大的湖盆。由于中间的地块陷落很深，所以湖底也很深。

贝加尔湖周围有 336 条大大小小的河流，最大的是发源于蒙古高原的色楞格河，从四面八方流进湖盆，天长地久就灌满了水，成为一个大湖了。

在断裂构造的影响下，这里生成了 300 多处矿泉点，是西伯利亚最大的矿泉疗养中心。

在特殊的地质构造条件下，矿藏也很丰富。主要有铁、煤、云母等。

贝加尔湖内和周围保存了很好的生态环境，野生动植物非常丰富，是天然的亚寒带动植物园。据统计，湖内有 1800 多种水生生物，其中上千种是特有种呢。

啊，贝加尔湖，真是西伯利亚的一个宝库。

贝加尔湖